本书由大连市人民政府资助出版
The published book is sponsored
by the Dalian Municipal Government

陈与义诗研究

杭勇◎著

中国社会科学出版社

图书在版编目(CIP)数据

陈与义诗研究/杭勇著.—北京：中国社会科学出版社，2018.2
ISBN 978-7-5161-9350-1

Ⅰ.①陈⋯　Ⅱ.①杭⋯　Ⅲ.①陈与义（1090—1138）－宋诗－诗歌研究　Ⅳ.①I207.227

中国版本图书馆 CIP 数据核字（2016）第 280735 号

出 版 人	赵剑英
责任编辑	任　明
责任校对	朱妍洁
责任印制	李寡寡

出　　版	中国社会科学出版社
社　　址	北京鼓楼西大街甲 158 号
邮　　编	100720
网　　址	http://www.csspw.cn
发 行 部	010-84083685
门 市 部	010-84029450
经　　销	新华书店及其他书店

印刷装订	北京君升印刷有限公司
版　　次	2018 年 2 月第 1 版
印　　次	2018 年 2 月第 1 次印刷

开　　本	710×1000　1/16
印　　张	15
插　　页	2
字　　数	246 千字
定　　价	58.00 元

凡购买中国社会科学出版社图书，如有质量问题请与本社营销中心联系调换
电话：010-84083683
版权所有　侵权必究

目 录

绪论 …………………………………………………………（1）

上编　陈与义诗歌的创作历程

第一章　辗转京洛：陈与义创作的因袭期 ……………（11）
　一　影射社会现实 ……………………………………（13）
　二　抒写仕途困顿 ……………………………………（17）
　三　表达遁隐思想 ……………………………………（20）
　四　描写风物山水 ……………………………………（25）
第二章　谪居陈留：陈与义创作的转变期 ……………（34）
　一　批判现实 …………………………………………（36）
　二　贬谪的痛苦 ………………………………………（39）
　三　谪居的无奈 ………………………………………（41）
第三章　避难湖峤：陈与义创作的高峰期 ……………（50）
　一　感伤时事 …………………………………………（53）
　二　漂泊离难 …………………………………………（67）
　三　山水情怀 …………………………………………（75）
第四章　为官京畿：陈与义创作的衰退期 ……………（80）
　一　叹老伤时 …………………………………………（82）
　二　故园之思 …………………………………………（86）
　三　闲适情怀 …………………………………………（88）

中编　陈简斋体的审美特征

第五章　陈简斋体的界定 ………………………………（95）

第六章　强烈的风雅精神 ………………………………………（104）
第七章　苍凉的意象选取 ………………………………………（114）
第八章　浑融的意境营造 ………………………………………（128）
第九章　自然的语言特色 ………………………………………（139）
第十章　雄浑悲壮为主的审美风格 ……………………………（149）
　　一　雄浑悲壮 ………………………………………………（149）
　　二　沉郁低回 ………………………………………………（156）
　　三　平淡清远 ………………………………………………（161）

下编　陈与义与江西诗派关系考论

第十一章　陈与义与江西诗派关系问题的由来 ………………（172）
第十二章　陈与义与江西诗派创作关系考索 …………………（179）
第十三章　陈与义与江西诗派诗学主张比较 …………………（190）
第十四章　陈与义与江西诗派诗歌风貌比较 …………………（207）

主要参考文献 ……………………………………………………（226）
后记 ………………………………………………………………（235）

绪 论

陈与义（1090—1138年），一生经历哲宗、徽宗、钦宗和高宗四朝。其诗歌创作主要在徽宗中期到高宗绍兴议和（1141年）之间，是这一时期最杰出的诗人。

陈与义登上诗坛的时候，正值徽宗统治的北宋末年。由于徽宗的荒淫昏庸，党争酷烈，文禁大炽，国家政治腐败、经济枯竭、军事衰退、士风靡弱。此时，北方新兴的金国又不断南侵，国家在内忧外患中，衰败不堪，逐步走向灭亡。1127年，"靖康之难"发生，北宋政权土崩瓦解。南渡后，南宋与金国经历了长期的战争，于绍兴十一年（1141年）达成和议，标志着偏安格局的形成，南宋政局从此基本上稳定了下来。

陈与义生活在这样一个动荡变乱的时代，其人生、仕途与诗歌创作也随之起伏跌宕。南渡前陈与义的诗歌取材比较狭窄，思想内容也较单调，主要写的是诗人辗转卑位悲怆、颓废的末世情怀。反映了北宋末年末世氛围中正直士人压抑悲怆的情怀和虚无避世的末世心态，也折射出当时政局的混乱和社会的衰败。迫于政治的压力，诗人几乎没有正面触及当时的社会和政治现实，这也是北宋末年一代诗人普遍的创作倾向。值得注意的是，宣和六年（1124年），陈与义贬谪后，他的诗风开始出现了一些变化。山水成为其主要的创作题材，景物描写的格局也变得相对阔大，出现了像"日落河冰壮，天长鸿雁哀"这样壮美的诗句（《至陈留》）。也出现了像《放鱼赋》深刻揭露社会腐朽的作品，体现出其审美情趣和创作视野的变化，肇起了陈与义南渡后创作的某些迹象。南渡后陈与义的诗歌创作，深刻地反映了南渡初年强敌入侵所带来的严重灾难，以及高宗的庸弱和其政权的无能。同时也反映了诗人离乱中所经历的种种艰辛，以及内心对中兴的热望和这种热望的衰退过程，情感真挚深刻，可以看作是两宋之交社会和士人心态的一个缩影。他一些感伤时事的作品，以内容的深刻性见长，明显地表现出重思理、重意的特点，是比较典型的宋诗，也是他这一时期诗歌创作一个突出的亮点。而此时创作的山水诗写得情景交融，表现出重意象和意境营造的特点，具有唐诗的审美韵味，是陈与义这一时期诗歌创作的另一个突出的亮点。高宗绍兴元年（1131年），陈与义应召赴会稽行在，诗歌创作走向低落进入了尾声阶段，感伤国运不兴，以及对故国家园的深切思念成为其抒写的主要内容，内容渐趋狭窄，但在艺术上还是有较高的价值。总体上看陈与义南渡后的诗歌创作上表现出融合唐宋的新诗风的新趋向，具有重要的文学史意义。

陈与义的诗在当时和后代都产生了重大的影响。他早年就被称为洛阳"诗俊"[1]。当时就有人对他的诗给予了很高的评价，据洪迈的《容斋随笔》记载，陈与义《夏日集葆真宫池上》"诗成出示座上，皆诧为擅场。朱新仲时亲见之，云京师无人不传写也"[2]。他南渡后的诗作更是受到当时和后代诗论家的众多好评。他还在世的时候，有人就说其南渡后"能以山川秀杰之气益昌其诗，故晚年赋咏尤工。缙绅士庶争传诵，而旗亭传舍题写殆遍，号称'新体'"[3]。其中"新体"二字就突出了他的诗在当时的诗坛上具有独特的面貌。陈与义去世后，他的学生周葵刻印其诗集，晦斋为之作序，说陈与义的诗"能独步一代"[4]。认为陈与义的诗歌成就在两宋之际的诗坛上无人可比。到了南宋中后期，论家对陈与义的诗给予了更高的评价。杨万里在《跋简斋奏章》中说"诗宗已上少陵坛"。将陈与义提到了备受宋人推崇的杜诗廊庑之下。严羽从诗史的角度，将陈与义的诗单独列为一体，置于苏轼、黄庭坚、陈师道之后，杨万里、陆游等四大家之前，认为陈与义的诗代表宋诗发展的一个独立阶段，并将陈与义列入了江西诗派之中[5]。刘克庄对陈与义的诗给了更高的评价：

---

[1] （宋）楼钥：《简斋诗笺序》中云："参政简斋陈公，少年在洛下，已称诗俊。"参见（宋）陈与义撰，吴书荫、金德厚点校《陈与义集》卷首，中华书局1982年版。

[2] （宋）洪迈：《容斋随笔》，岳麓书社1994年版，第529—530页。

[3] （宋）葛胜仲：《陈去非诗集序》，（宋）陈与义著，白敦仁校笺《陈与义集校笺》附录，上海古籍出版社1990年版，第1013页。

[4] （宋）晦斋：《简斋集原引》，（宋）陈与义著，白敦仁校笺《陈与义集校笺》附录，上海古籍出版社1990年版，第1013页。

[5] （宋）严羽："《沧浪诗话》以人而言，则有苏李体（李陵苏武也）、曹刘体（子建公干也）……东坡体、山谷体、后山体、（后山本学杜，其语似之者但数篇，他或似而不全，又其他则本其自体耳。）王荆公体、（公绝句最高，其得意处太高出苏黄陈之上，而与唐人尚隔一关。）邵康节体、陈简斋体、（陈去非与义也，亦江西之派而小异。）杨诚斋体。（其初学半山、后山，最后亦学绝句于唐人，已而尽弃诸家之体，而别出机杼，盖其自序如。）"参见（宋）严羽著，郭绍虞校释《沧浪诗话校释》，人民文学出版社1961年版，第59页。

元祐后诗人迭起,一种则波澜富而句律疏,一种则锻炼精而性情远,要之不出苏黄二体而已,及简斋出,始以老杜为师。《墨梅》之类,尚属少作。建炎以后,避地湖娇,行万里路,诗益奇壮……造次不忘忧爱,以简洁扫繁褥,以雄浑代尖巧,第其品格,故当在诸家之上。①

与刘克庄同时的刘辰翁更是说"宋诗至简斋至矣",并把他和苏东坡相提并论②,将他在宋诗史上的地位提高到了黄陈之上,并对陈与义的诗作了大量的点评。胡稚还对他的诗作了详细的注释。元初的方回,不但把陈与义纳入了江西诗派,又提出了"一祖三宗"③说,将陈与义列为"古今诗人"的三宗之一,他的《瀛奎律髓》选评唐宋律诗,某些门类(如雨诗)所选陈与义的诗居第一位,数量超过了被他认为是"古今诗人"之祖的杜甫。方回的这些论析,对后世产生了极大的影响。在众多论家的推崇下,陈与义的诗集在南宋晚期到元代初期在社会上流传极广④。当时著名的学者吴澄就说:"宋诗自简斋超矣,近来人竞学之。"⑤类似的记载还有很多。据记载有个叫作陈从古的诗人,将

---

① (宋)刘克庄:《后村诗话》前集卷二,中华书局1983年版,第26页。
② (宋)刘辰翁:"《简斋诗笺序》诗至晚唐已厌,至近年江湖又厌,谓其和易如流,殆不可与庄语,而学问为无用也。荆公妥帖排奡,时出经史,而体格如一。及黄太史矫然特出新意,真欲尽用万卷,与李、杜争能于一辞一字之顷,其极至寡情少恩,如法家者流。后山自谓黄出,理实胜黄,其陈言妙语乃可称破万卷者,然外示枯槁,又如息夫人绝世,一笑自难。惟陈简斋以后山体用后山,望之苍然,而光景明丽,肌骨匀称。古称陶公用兵,得法外意,以简斋视黄、陈,节亮无不及。则后山比简斋,刻削相似,矜持未尽去也。此诗之至也。吾执鞭古人,岂敢叛去,独为简斋放言?或问:'宋诗至简斋至矣,毕竟比坡公何如?'曰:'诗道如花,论品则色不如香,论逼真则香不如色。'"(宋)陈与义撰,吴书荫、金德厚点校:《陈与义集》卷首,中华书局1982年版。
③ (元)方回《瀛奎律髓》云:"古今诗人,当以老杜、山谷、后山、简斋四家为一祖三宗,余可预配飨者有数焉。"参见(元)方回选评,李庆甲集评点校《瀛奎律髓汇评》,上海古籍出版社2005年版,第1148页。方回在《刘元辉诗评》中又云:"黄陈二老诗,各成一家,未能有及之者,然论老笔名手,黄陈之外,江西派中多有作者,吕居人、陈简斋,其尤也。"参见方回《桐江集》卷六,《四库全书》,文渊阁本。
④ 沈松勤、史伟:《元初陈与义诗风的流衍与江西诗风的转变》,《南开学报》2007年第4期。
⑤ (元)吴澄:《曾志顺诗序》,《吴文正公集》,《四部丛刊》本。

陈与义的诗集拿来，逐一和作①，这也是诗史上少有的现象。南宋后，诗坛上唐宋诗之争非常激烈，宋诗大家苏轼、黄庭坚等人经常受到宗唐者的攻击，而"陈与义是宋代诗人中少有的几个为宗宋者喜欢，同时也为宗唐者喜欢的诗人之一"②。到了清代，四库馆臣总结了前人的论析，对陈与义这样评价：

> 与义之生，视元祐诸人稍晚，故吕本中《江西宗派图》中不列其名。然靖康以后，北宋诗人凋零殆尽，惟与义文章宿老，岿然独存。其诗虽源出豫章，而天分绝高，工于变化，风格遒上，思力沈挚，能卓然自辟蹊径。《瀛奎律髓》以杜甫为一祖，以黄庭坚、陈师道及与义为三宗，是固一家门户之论。然就江西派中言之，则庭坚之下，师道之上，实高置一席无愧也。初，与义尝作《墨梅》诗见知于徽宗，其后又以"客子光阴诗卷里，杏花消息雨声中"句，为高宗所赏。遂驯至执政，在南渡诗人之中，最为显达，然皆非其杰构。至于湖南流落之余，汴京板荡以后，感时抚事慷慨激越，寄迹遥深，乃往往突过古人。故刘克庄《后村诗话》谓其"造次不忘忧爱，以简严扫繁缛，以雄浑代尖巧，第其品格，当在诸家之上"。③

从以上众多的评价中，足可以见陈与义在诗史上的重要性。

自新时期以来，特别是20世纪90年代以来，学界对陈与义的研究逐步活跃了起来，到目前为止共有论文60余篇，专著3部④。另外，研究两宋之交诗坛和江西诗派的论著，以及主要文学史也对陈与义的诗有不同程度的探讨。这些论著对陈与义创作心理，陈与义诗歌的思想内容、艺术特色，陈与义在诗史上的地位以及其与江西诗派的关系都有比较丰富的论述。但多数论家受到"一祖三宗"说的影响，习惯把陈与义和黄庭坚、

---

① （宋）周必大：《省斋文集》卷三十四《朝散大失直秘阁陈公从古墓志铭》，《四库全书》，文渊阁本。
② 钱锺书：《宋诗选注》，人民文学出版社1994年版，第132页。
③ （清）纪昀等：《四库全书总目提要》卷一百五十六，集部卷九。
④ 3部专著包括：吴淑钿《陈与义诗歌研究》，（台湾）文津出版社1993年版；吴中胜《陈与义论稿》，作家出版社2004年版；杨玉华《陈与义陈师道研究》，巴蜀书社2006年版。论文详细篇目及发表期刊参见书后附录、参考资料，此处提到论文不注明出处。

陈师道放在并列的地位来考察，忽视了陈与义和黄陈巨大的年龄与创作时代的差异①，对陈与义研究也出现以下几个方面的偏差和不足。

一是对陈与义诗歌的创作心理和创作历程认识比较粗略。论家习惯以南渡为界将陈与义的创作分为前后两期。总的来看，学界在研究陈与义南渡前的创作时，过分强调了党争的影响，而忽略了北宋末年整个社会烂透的末世时代环境对陈与义创作心态和创作实践的影响。在研究陈与义南渡以后的创作时，又主要强调战乱对陈与义创作的影响，而忽略了南渡后，宋王朝内部社会混乱对陈与义创作心态和创作实践的影响。事实上绍兴元年（1131年）陈与义到达会稽行在以后，南宋政权内部的争斗（包括党争）以及整个社会混乱对陈与义创作影响巨大。再者，这种以社会历史变迁划分陈与义创作分期还忽视了陈与义人生仕途起伏以及陈与义文学艺术积累对其诗歌创作的影响。就实际情况看，南渡前以贬谪陈留为界，陈与义诗歌创作无论是取材还是艺术都有非常明显的变化。贬谪陈留前，陈与义的诗风与当时诗坛占主导地位的江西诗派诗风基本一致，还没有形成自己独立的风格，可以看作是其创作的初期。贬谪陈留后，他开始形成了自己相对独特的风格，可以看作是他诗风的转变或创作的自立期。南渡后，以到达会稽行在为界，陈与义诗风也有明显的改变。在南渡初期逃难的五年中，题材和审美风格巨变，标志着陈与义创作的成熟期到来，也是他创作高峰。到达会稽行在后，陈与义诗歌创作取材和内容又有了重大变化，进入了诗歌创作的衰退阶段。这些被忽略的因素对陈与义创作的影响是什么？在其诗歌中有什么表现？尚需要从实际来深入细致地考察。

二是对陈与义的创作个性描述不够清晰，甚至还有很大争议。古代论家对陈与义的诗风大致有三种看法：一种是陈与义诗风与江西诗派诗风相近；另一种看法是陈与义诗风逼近老杜；还有一种看法是陈与义是个山水诗人，诗风"上下陶谢韦柳之间"。现在学界对陈与义诗风的看法主要传承了前面两种看法，大多学者认为陈与义属于江西诗派，这也是学界的主流观点。持这种观点的学者固然也承认陈与义和黄陈的创作差异，但更强

---

① 黄陈的创作从宋英宗治平年间就已经开始，其创作高峰是在神宗元丰到哲宗元祐年间，到哲宗绍圣年间陈与义出生时，黄陈的创作已经进入了衰落期，黄陈的传人江西诗派已经逐步进入了创作高峰。到徽宗政和三年陈与义登上诗坛时，陈师道已经辞世十四年，黄庭坚也离世八年了，他们的传人江西诗派的创作巅峰（大观年间）也即将过去。当南渡前后陈与义进入创作高峰时，黄陈的传人江西诗派的主要成员也大部分离世。从年龄上看，陈与义和黄陈有一定的重合期，而从诗歌创作上看，他们就是隔代人。

调陈与义与江西诗派创作的一致性，认为陈与义是江西诗派的后起之秀，是江西诗派中的改革派，明显地对陈与义创作个性和审美个性没有给予足够的重视。由于生活时代和个人经历的差异，陈与义和以黄、陈为中心的江西诗派诗人的创作心态存在很大差异。生活时代、创作心态、审美情趣的差异必然导致诗歌风貌的差异。陈与义的诗歌独特风貌是什么？与黄、陈以及江西诗派有什么异同？也需要进一步探讨。

三是"一祖三宗"的说法对陈与义在诗史上定位有偏差。产生这种偏差的根本原因，就在于将陈与义纳入江西诗派的依据存在着严重的缺陷。总的来看方回等人将陈与义纳入江西诗派，是因为他们认为陈与义和江西诗派的成员一样学杜、推崇黄陈，因此其诗风也与江西诗派相近。这与南宋中后期论诗强烈的派别和门户之争的风气有极大关系，他们的持论有明显的门户之见。这种偏差到底是什么？其带来的弊端又是什么？陈与义在两宋之交的诗坛上地位到底如何？也是非常值得思考的问题。

本书以当时的历史文献和陈与义的作品为依据，将陈与义放在属于他自己的创作环境中，将宏观把握和微观研究结合起来，从时代、社会、文化、心理等多个方面，对陈与义的创作历程以及其诗的思想、艺术进行全面、系统的考察。在此基础上，对陈与义与江西诗派的关系作一个全面的考索，辨析将陈与义纳入江西诗派的偏颇，对陈与义是否属于江西诗派做出自己的判断，力求对陈与义两宋之交以及宋诗史上的贡献、地位予以客观的评价。

上　　编

陈与义诗歌的创作历程

陈与义生活在两宋之际社会变乱纷争、内忧外患交加的时代，其人生与诗歌创作也随之起伏跌宕。世事巨变和人生跌宕使他的心态、创作视野、审美取向在不同的时期呈现出不同的特点，再加上诗人阅历、艺术经验的不断积累，其诗歌创作在不同的阶段明显地呈现出不同的特点。

关于陈与义诗歌的创作历程，历来论家都以"靖康之难"为界分为前、后两期。陈与义去世后，与其同时代的葛胜仲在给他的诗集所作的序中写道："会兵兴抢攘，避地湘广，泛洞庭湖，上九疑、罗浮，随流离困厄，而能以山川秀杰之气益昌其诗，故晚年赋咏尤工……号为新体。"①可以看作是两期说的滥觞。南宋晚期，刘克庄认为陈与义的"《墨梅》之类，尚是少作，建炎以后，避地湖峤，行万里路，诗益奇壮，遂以诗名天下"。② 楼钥也说："参政简斋陈公，少年在洛下，已称诗俊；南渡以后，身履百罗而诗益高。"③ 明确地提出了"两期说"。清人邓显鹤说："少陵诗至夔州而始盛，简斋诗至湖峤而亦昌。"④ 谢启昆也说陈与义"南行万里眼见宽"。⑤ 以上种种说法大同小异，都强调靖康之难对陈与义创作的影响。当代学者钱锺书、程千帆、莫砺锋以及各种通行的文学史也基本持这样的观点⑥。

从陈与义诗歌的总体风貌看，靖康之变确实是其诗歌创作变化的一个关键点。南渡后陈与义诗歌的取材、情趣、风格较之于南渡前有了巨大变化，大体而言，"两期说"是恰当的。但仔细考察就会发现，陈与义南渡前的诗歌，以贬谪陈留为界，题材和风格也有明显的变化；南渡后，以到达会稽行在为界，诗风也有明显的改变。贬谪陈留前，陈与义的诗歌以唱和应酬类为主，也有一定数量的写景抒怀诗，诗风与当时诗坛占主导地位

---

① （宋）葛胜仲：《陈去非诗集序》，（宋）陈与义撰，吴书荫、金德厚点校《陈与义集》，中华书局1982年版，第457页。
② （宋）刘克庄：《后村诗话》前集卷二，吴文治主编《宋诗话全编》，凤凰出版社1998年版，第8372页。
③ （宋）楼钥：《简斋诗笺序》，（宋）陈与义撰，吴书荫、金德厚点校《陈与义集》，中华书局1982年版。
④ （清）邓显鹤：《南村草堂文钞》卷二《古杉唱和诗序》，赵齐平《宋诗臆说》，北京大学出版社1993年版，第277页。
⑤ （清）谢启昆：《读全宋诗仿元遗山论诗绝句二百首》，傅璇琮编《黄庭坚和江西诗派资料汇编》，中华书局1978年版，第845页。
⑥ 分别见钱锺书《宋诗选注》、程千凡《两宋文学史》、莫砺锋《江西诗派研究》的相关章节。

的江西诗派诗风基本一致，还没有形成自己独立的风格，可以看作是其创作的初期。贬谪陈留后，他的创作主要以写景抒怀诗为主，诗人的审美视野和审美取向有了明显的转变，在取材和艺术上开始形成自己相对独特的风格，可以看作是他诗风的转变或创作的自立期。南渡后，在初期逃难的五年中，他除了创作了大量的山水诗和抒怀诗外，又写了很多雄浑悲壮的战乱诗，题材和审美风格巨变，标志着陈与义创作的成熟期和高峰期到来。到达会稽行在后，陈与义绝大部分时间都在朝廷任职，之后又有短期的闲居，生活也相对稳定，其创作又有变化，创作量明显减少，取材和内容又变得比较狭窄，进入了诗歌创作的衰退阶段。除了诗歌以外，这一时期还写了一些颇有艺术水准的词作。如此，则"两期说"就显得有些笼统，靖康之变这一天塌地陷的变故，影响到了同时代绝大多数诗人的创作，不只是陈与义一人，此说看到了社会巨变对诗人创作的影响，而忽略了诗人自身独特经历对其创作心态和创作实践的影响。如果把陈与义放在两宋之际社会动荡的大背景下，并结合他的人生轨迹来考察其诗歌创作的阶段性特征，我以为在两期说的基础上，可以进一步分为四个阶段。南渡前的创作可以贬谪陈留为界分两个阶段，分别为因袭期和转变期；南渡后的创作也可以到达会稽行在为界，分为两个阶段，分别为高峰期和衰退期。

  这里需要说明两点：第一，这样划分的主要标准是陈与义诗歌取材和风格的变化，以他的仕履为划分标识，主要是从其生平的视角表达一个时间概念。同时，也想说明人生遭际对其创作的影响。第二，诗歌风貌特征在不同阶段的时限划分只是一个大致的概念，不能像诗人生平那样以某一事件为标志，可以分为独立的阶段。因为诗人遭际变化虽然直接影响其取材，但其心态变化、审美情趣的变化要有个过程。因此，其诗歌风貌的变化往往也是一个渐变的过程，后一阶段的诗风必在前一阶段有所酝酿，前一阶段的诗风又会在后一阶段有所延续。所以，这种划分只是一个大体的时间界限，而不是要把诗人的创作一刀切开，分为几个不相关的阶段。

第一章　辗转京洛：陈与义创作的因袭期

从时间上看，这一时期从徽宗政和三年（1113 年）到徽宗宣和六年（1124 年）陈与义被贬陈留之前，共 12 年时间。这一时期，陈与义大部分时间辗转京洛等地，担任一些低级官吏，在诗歌创作上还没有形成自己的风格，主要因袭了当时诗坛上盛行的江西诗派诗风，取材狭窄、用典繁复、风格生硬。

陈与义少年时代主要生活在洛阳，崇宁五年（1106 年）17 岁的陈与义进入太学，政和三年（1113 年）及第入仕。[①] 他入仕前的事迹史料记载很少，《宋史》本传和张嵲为其所作的《墓志铭》中都说他："天资卓伟，为儿时已能作文，致名誉，流辈敛衽莫敢与抗。"楼钥也说他"少年在洛下，已称诗俊"[②]。陈与义在自己的诗中也说"少年多意气"（《冬至二首》），"少日争名翰墨场"（《感怀》），由此可以看出他少年时就颇有文才，但是陈与义这一时期创作的诗歌基本没有保留下来。

陈与义传世的作品，有年代可考者，始于徽宗政和三年（1113 年），这年 3 月，陈与义以上舍及第，授文林郎，8 月，授开德府教授，开始踏上了他的仕途生涯，在开德府任上所作的诗歌，全部都是和谢文骥、刘宣叔、吕钦问，周绍祖四人的唱和之作，这也是其诗集中有编年可考的最早作品。政和六年（1116 年），陈与义解教授之职，归京闲居，宣和元年（1119 年）任辟雍录，他在诗中所说的"四岁冷官桑濮地，三年羸马帝王州"（《若拙弟说汝州可居已约卜一丘用韵寄元东》），指的就是上述这段经历。这期间他所创的诗歌，基本都是与其表兄张矩臣、张规臣，弟弟陈与能，家叔陈振，以及其同年进士陈公辅、胡松年等人的唱和之作，也有

[①] 白敦仁：《陈与义年谱》，中华书局 1983 年版，第 25 页。
[②] （宋）楼钥：《简斋诗笺序》卷首，（宋）陈与义撰，吴书荫、金德厚点校《陈与义集》，中华书局 1982 年版。

少量题画和写景抒怀诗。宣和二年开始，陈与义忧居汝州三年，期间被知州葛胜仲所赏识，并有较多的交谊。陈与义与葛胜仲兄弟、富直柔、陈恬、席大光、天宁寺僧人觉心长老等人写了很多唱和之作。总的来看，陈与义在这十年的时间里，或身居卑职，或闲居守孝，仕途并不顺利，他诗中所说的"浮生万事蚁旋磨，冷官十年鱼上竿"（《抒怀呈送十七家叔》），概括了这十年的生活状态。宣和四年（1122年）春，陈与义归洛阳转京师。第二年初任太学博士，七月，经葛胜仲和王黼推荐，因《墨梅》诗得徽宗赏识，授秘书省著作佐郎①，宣和六年（1124年），转司勋员外郎，擢符宝郎，这是陈与义南渡前仕途最得意的三年，受到皇帝的青睐，也让他有点喜不自禁，这在他的诗中有明显的流露："云叶垂鸡竿，雪花眩鸾旗。一天丰年意，飘入万寿卮……天公一笑罢，未觉风来迟。小儒惊伟观，到笏不敢吹。归家得细说，平分遗妻儿。"（《端门听赦咏雪》）诗歌把徽宗颁发敕令比作兆丰年的瑞雪，结尾四句中对自己仕途得意的喜悦之情也流露得非常明显。但好景不长，陈与义就被卷入了王黼和蔡京的党争中，宣和六年（1124年），因王黼罢相之累②，被贬为陈留酒税，成了党争的牺牲品。陈与义创作的第一阶段也到此结束。

陈与义登上诗坛的时候，已经是徽宗统治的中期，北宋社会呈现出一派衰敝之象，诗坛普遍笼罩着浓烈的末世颓废情绪，严酷的党锢文禁更让诗人们心存畏惧。陈与义入仕之前的几年就在太学读书，自入仕以来，也主要辗转于京城周边，一直处在国家权力的中心地带，对当时的社会政治与诗坛状况相当了解。在这种风气的影响下，陈与义的创作心态与当时诗坛总体趋势基本相同。衰敝的现实让他看不到人生希望，他在诗中写道："人生本是客，杜叟顾未知。今年我闻道，悲乐两脱遗。"（《冬至二首》）明显地表现出一种虚无的人生观念。严酷的党锢文禁更让他提心吊胆，"试数门前客，终岁几覆车。"（《抒怀示友十首》其六）就传达出他的这

---

① （宋）葛胜仲《丹阳集》卷八《陈去非诗集序》（《四库全书》，文渊阁本）云："宣和中，徽宗皇帝见其所赋《墨梅》诗善，亟命召对，有见晚之嗟，遂登册府擢掌符玺。"又（宋）胡穉《简斋先生年谱》宣和五年条："继而徽宗皇帝见其所赋《墨梅》诗，善之，亟命召对，有见晚之叹，以七月除秘书省著作佐郎。"宣和六年条："闰三月，除司勋员外郎。"参见（宋）陈与义撰，吴书荫、金德厚点校《陈与义集》卷首，中华书局1982年版。白敦仁认为其任宝符郎应该在宣和六年任勋员外郎之后。参见白敦仁《陈与义年谱》，中华书局1983年版，第25页。

② 因陈与义为王黼推荐，被蔡京视为王的党羽，王被罢相累及陈与义。白敦仁的《陈与义集校笺》（上海古籍出版社1990年版，第350页）中对此有详细的考察，可以参看。

种心声。当时官场腐败钻营成风，而陈与义又不屑于蝇营狗苟，他在《十月》一诗中写道："十月北风催岁阑，九衢黄土污儒冠。归鸦落日天机熟，老雁长云行路难。欲诣热官忧冷语，且求浊酒寄清欢。孤吟坐到三更月，枯木无枝不受寒。"表达自己在污浊的官场，以名节立身而遭受冷落的处境。现实社会政治的腐败和个人仕途的困顿，使他常常产生退隐的想法，"陶潜迷路已良远，张翰思归那待秋。"（《若拙弟说汝州可居已约卜一丘用韵寄元东》）这就是他此时的基本创作心态。

这个阶段，陈与义共有诗歌190多首。就题材看主要可以分为抒怀、写景、咏物、题画四类，不同类型的诗作在艺术上也各有特点。其中抒怀诗最多，有110首左右，占这一时期作品总量的3/5，又多以赠达、唱和（包括次韵）的形式出现，用典繁复，风格趋向于江西诗派瘦硬一路；写景诗51首，数量仅次于抒怀诗，风格相对清新；咏物诗17首，题画和题亭台诗16首，往往寄托深远；另外还有其他题材诗10多首。从内容上看，陈与义这一时期诗歌内容狭窄，主要局限于文人的日常生活，及其在卑微官位上孤寒自守的人生旨归，极少有作品直接涉及现实政治，情感基调低回幽怨，主要反映诗人身处末世，在严酷党锢文禁之下的悲怆情怀、虚无观念和噤若寒蝉的末世心态，以及消极避世、颓废人生态度，时而也隐讳地触及当时衰败的现实。陈与义此时的作品，如果按照内容又大致可以分为影射腐败的现实，反映仕途人生的困顿，抒发遁隐思想，风物情怀四类。下面就以此为线索，具体分析陈与义这一时期的创作。

一　影射社会现实

陈与义入仕的时候，北宋已经进入朝纲大乱、士风大坏、内外交困的末世。缘于诗人之义，他不忍不言，可在当时党锢文禁严酷的环境中，诗人又不敢明言，只得含糊言之。在陈与义这一时期的诗中，没有单独以这一主题为创作目的的作品，更多的见于一些作品的片段中，往往以叙述自己或朋友贫困缘由的形式出现，写得比较隐晦。他的古体诗《食齑》就是这类作品的代表作：

君不见领军家有鞋一屋，相国藏椒八百斛，士患饥寒求免患，痴儿已足忧不足。伯龙平生受鬼笑，无钱可使宜见渎。但当与作谪仙诗，聊复使渠终夜哭。诗中有味甜如蜜，佳处一哦三鼓腹。空肠时作不平鸣，却恨忍饥犹未熟。冰壶先生当立传，木奴鱼婢何足录。颜生狡狯还可怜，晚食由来未忘肉。

这首诗主旨是写诗人身处末世的窘困，但是开头六句，以典故的形式，曲折地反映了北宋末年败坏的政坛风气。"领军家有鞋一屋"典出《颜氏家训》："邺下有一领军，贪积已甚，家童八百，誓满一千，朝夕肴膳以十五钱为率，遇有客旅更无以兼。后坐事伏法，籍其家产，麻鞋一屋，弊衣数库，其余财宝不可胜言。"① "相国藏椒八百斛"典出《新唐书·元载传》说元载"及死，行路无嗟隐者。籍其家，钟乳五百……胡椒至八百石，它物称是"。② 第三句的"痴儿"也是用典，据《五代史·马胤孙传》记载崔居俭话"昭序痴儿，岂识事体？"说的是晋王戎聚钱，不知纪极，昼夜计算，常若不足。诗人不厌其烦，累用典故，实际上是借古讽今。此时正是王黼执掌相权，朝廷高官生活极尽腐化奢侈。据《齐东野语》说："王黼盛时，库内黄雀鲊自地积至栋，凡满二楹。"③ 其情形与陈与义诗中所言何其相似。更可怕的是当时的官员们普遍如此，军队将领贪婪，朝廷上下贪污享乐成风，就连蔡京、朱勔等人的家奴，也以金玉为玩物，那些高官就更不必说了。即便如此，贪官们仍然像"痴儿"一样不见满足。与这些贪官相比，那些寒士却是食不果腹，衣不蔽体，连求得免于饥寒之患的起码生活要求也无法做到，还要被他人嘲笑。诗中五、六两句"伯龙"一典说的就是这种情形。《南史·刘粹传》"同郡宗人有刘伯龙者，少而贫薄，及长历位尚书左丞、少府、武陵太守、贫窭尤甚。常在家慨然召左右，将营十一之方，见一鬼在傍抚掌大笑，伯龙叹曰：'贫穷固有命，乃复为鬼所笑也。'遂止。"④ 这种笑贫不笑娼的时代风气，让人心寒。陈与义在别的诗中也写道："儿时学道逃悲欢，只今未免忧饥寒。浮生万事蚁旋磨，冷官十年鱼上竿。竹林步兵亦忍辱，长安闭门出无仆。"（《抒怀呈送十七家叔》）正是写自己刚入仕途身居下位时的贫困。

---

① （北朝）颜延之：《颜氏家训·治家篇第五》，《四库全书》，文渊阁本。
② （宋）欧阳修等撰：《新唐书》卷一百四十五，中华书局1975年版，第4714页。
③ （宋）周密：《齐东野语》卷三"多藏之戒"条，《四库全书》，文渊阁本。
④ （唐）李延寿撰：《南史》卷十七，中华书局1975年版，第482页。

从他写给与自己同样处境的僚友们的诗中也可以看出，当时的寒士们几乎人人如此。陈与义笔下的个人生活正是当时广大寒士生活的缩影。作品涉及现实的诗句，虽然仅有短短的六句，却从一个特定的视角，把官场的腐败和寒士的贫困写得入木三分。

与《食齑》作于同时的《古别离》也非常值得关注。"东门柳，年年岁岁征人手。千人万人于此别，柳亦能堪几人折，愿君遄归与君期，要及此柳未衰时。"杨柳在中国古代诗歌中，多是离别的代名词，取《诗三百》"昔我往矣，杨柳依依。今我来思，雨雪霏霏。行道迟迟，载渴载饥。我心伤悲，莫知我哀"之意。陈与义这里也用此意，但不是泛指普通的离别，而是特指"征人"之离别，杨柳不堪千人万人之采折，充分说明当时战争之频繁，当时北宋与金、西夏战事不断，各地民众起义也风云而起，身在行伍之人疲于奔命，与家人离多聚少，这正是此诗所指的现实。

党争引发的政坛纷争是北宋末年政坛最为突出的现象，也是当时最为敏感的问题，对当时文人士大夫的仕途人生影响也最大。陈与义的诗涉及这一问题时，就显得更为谨慎，除了在少数诗中借咏物隐晦地加以讥讽外，多数情况是一笔带过，不敢多言。《柳絮》就是借物以讽的代表作。

柳送腰肢日几回，更教飞絮舞楼台。颠狂忽作高千丈，风力微时稳下来。

——《柳絮》

就浅层意义看这首诗是咏物，传神而富有理趣。如果结合当时的创作背景看，作品所指就没那么简单了，当时蔡京、王黼、童贯等人为争夺权力，翻手为云覆手为雨，一旦某人得势，便尽力提拔安插自己的党徒亲信，那些钻营之徒，也见风使舵，攀附权贵，以图仕进，这在当时是一种普遍的风气，一旦自己的靠山失势，他们也就跟着落马。据《靖康要录》卷九录太宰徐处仁的札子："昔京用事之初，恶元祐臣僚之不右己也，首为党锢以锢之。既而京与郑居中、王黼相继当国，各立说以相倾，凡二十余年。缙绅士大夫……既各有所因，以进其身，则凡议论之间，各党其所善，而以众寡为胜，故其一罢，士大夫连坐而去者数十百人。及其复用，则又源源而来。"① 诗中所写的"颠狂忽作高千丈,风力微时稳下来"不正是当时官场的这种态势的写照吗?他在《题画兔》中也说:"碎身鹰犬惭何忍,埋骨诗书事亦微。霜落深林可终岁,雄雌暖日莫忘机。"兔子担心被鹰犬击杀,藏身深林中以便逃脱鹰犬的捕杀,但还要时时担心猎人布下的机关,这里所写的重重杀机,正是当时士大夫身处党锢文禁与激烈派系倾轧现实环境的真实写照。《萤火》一诗也说:"翩翩飞蛾掩明烛,见烹膏油罪莫赎。嘉尔萤火不自欺,草间相照光煜煜。却马已录仙人方,映书曾登君子堂。不畏月明见陋质,但畏风雨难为光。"诗中将萤火虫与飞蛾两物对比,把现实中那些因热衷官场而罗祸的冒进之徒比作扑火的飞蛾,萤火虫又代表了当时很多士大夫全身远祸的冷落心态,借以讽刺官场的混乱。陈与义在诗中还有不少作品批评当时酷烈的党争,但大多是一笔带过,如:

试数门前客,终岁几覆车。

——《抒怀示友十首》其六

倾身犯火斋,顾自以为戏。

——《同叔叔易观我斋分韵得自字》

两途俱寂寞,众手剧云雨。

——《次韵谢文骥主簿见寄兼示刘宣叔》

众手剧云雨,唯山不暇疵。

——《寄题商洛宰令狐励迎翠楼》

这里所说的"终岁几覆车",指的是北宋末年,以蔡京、王黼、童贯等六贼为首的各集团之间明争暗斗的时代多数官员的政治命运。崇宁五年(1106年)二月,蔡京罢相,以赵挺之为相;大观元年(1107年)蔡京复相,赵挺之罢;大观三年又罢蔡京,何执中入相;大观四年何执中罢,张商英为相;政和元年(1111年)张商英罢;政和二年(1112年)蔡京致仕,何执中入相,童贯为太尉。② 短短的六年时间,执政大臣竟然更换了四次。宰相接连不断的更换,他们又各营私党,政坛其他官员也是走马

---

① (宋)汪藻撰,王智勇笺注:《靖康要录》卷九,四川大学出版社2008年版,第971页。
② (元)脱脱等撰:《宋史·徽宗本纪》,中华书局1977年版,第375—386页。

灯一样更迭。《宋史》就说："时蔡京、王黼更秉政，植党相挤，一进一退，莫能两全者。"① 这和陈与义的诗正好可以互为注脚。陈与义从崇宁五年（1106年）入太学开始，到贬谪陈留前的这段时间里，都在京城或离京城较近的地方任职，对这些官场激烈的争斗情况了如指掌，诗中所说的"覆车"正是指官场的翻云覆雨的变换。他这一时期所写的诗中两次写道"众手剧云雨"，就是指责掌权者为所欲为，无法无天的行径。徐梦莘《三朝北盟会编》："靖康元年六月五日臣僚言，自崇宁初蔡京辅政，首乱旧章，排斥异己，汲引同类，待以不次，朝脱冗散，暮翔严近。常情鲜克自重，于是枉道求合，汨丧靡耻，靡然成风。凡所厚善，不独显荣其身，又及其子孙；不独及其子孙，又及其亲戚故旧。阴相倚重，盘根错节，牢不可破。而纪之间，门生故吏充牣天下。然才者少，不才者多；省事者少，生事者多；贪残苛刻，远近告病……是以人心日益愁怨，国势日益凌替，权门日益强盛，朝廷日益孤弱。"② 正因为这样，进入官场少有能全身而退者，陈与义才将官场比作"火宅"，把进入官场看作是飞蛾扑火，形象地道出了当时政坛的腐朽。

尽管陈与义这期间这样的作品并不是很多，但让读者真切感受到北宋末年混乱、衰败不堪的社会格局，体现出诗人的忧患意识。这种曲折隐晦的表达方式，又体现了在党锢文禁的政治高压下，诗人畏惧避祸的心态。不论从内容还是表达上都带有鲜明的时代特征。陈与义南渡后那些反映战乱，关心国运社稷的作品，正是他这种关注现实政治思想在新形势下的充分反映，也表现了陈与义一贯的思想情怀。

二　抒写仕途困顿

陈与义少富才气，心怀壮图，本希望有所作为。他的诗句"我梦钟鼎食"（《抒怀示友十首》）、"梦回鹓鹭出朝端"、"一官违壮志"（《又和岁除感怀用前韵》）等诗句，都流露出这种意思，但他生逢末世，自入仕以来大部分时间身居教授、著作佐郎等闲职，在变乱纷争和衰风四起的时代，已是难有作为，不仅不能实现自己的理想抱负，就连温饱都成了问

---

① （元）脱脱等撰：《宋史》卷三百五十二《赵野传》，中华书局1977年版，第11127页。
② （宋）徐梦莘：《三朝北盟会编》卷四十八，上海古籍出版社2008年版，第361页。

题。抒写仕途人生的困顿，就成了他此时诗歌创作突出的主题之一。

陈与义有诗句云"足钱便可不须侯，免对妻儿赋百忧。"(《次韵答张迪功坐上见贻张将赴南都任二首》)"百忧"二字概括了他此时人生仕途的困顿，既包括生活饥寒之忧与仕途网罗之忧，也包括上文所说的他对多艰时代的忧虑。他此时的诗中几次出现"忧饥寒"、"忧网罗"、"忧冷语"就具体地反映了人生仕途的种种窘困。如《述怀呈送十七家叔》：

> 儿时学道逃悲欢，只今未免忧饥寒。浮生万事蚁旋磨，冷官十年鱼上竿。竹林步兵亦忍辱，长安闭门出无侣。门前故人拥庐儿，政坐向来甘碌碌。君不见古人有待良不多，利名溺人甚风波。垂露成帏仲长统，明月为烛张志和。尘中别多会日少，世事欲谈何可了。胸中万卷已无用，劝公留眼送飞鸟。两翁观光今几时，赋归有约时已稽。未暇藏身北山北，且须觅地西枝西。愿从我翁归洗耳，不用妓女污山水。肩舆亦莫要仆夫，自有门生与儿子。

这是诗人进入官场十年后的感慨，也可看作诗人对自己十年官场劳顿的小结。久在官场仍身处卑位，微薄的俸禄还不能解决衣食之忧，诗人不禁感慨"浮生万事蚁旋磨"，"利名溺人甚风波"，"胸中万卷已无用"，"尘中别多会日少"，慨叹十年辛劳，就像蚂蚁处于旋转的磨盘上，劳而无功，不得升迁，像阮籍、韩愈、仲长统、张志和一样，仕途困顿，生活窘迫，满腹才学而无用武之地，耽于尘杂的官场，不能与亲人团聚，诗人不愿碌碌于官场，要和家叔一起归耕山林，自食其力。再如《杂书示陈国佐胡元茂四首》其一：

> 一官专为口，俯仰汗我颜。顾将千日饥，换此三岁闲。冥冥云表雁，时节自往还。不忧稻粱绝，忧在罗网间。绝胜杜拾遗，一饱常间关。晚知儒冠误，犹恋终南山。

诗的开头就说了自己身居闲职卑官，不能解决饥寒的尴尬和痛苦。然而这还不是诗人最痛苦的事情，接下来诗人以大雁为喻，说饥寒并不是最大的忧患（不忧稻粱绝），网罗之祸才是最可怕的祸患，这里所说的网罗，指的当时严酷的党争中官场上残酷的倾轧和无情的攻讦，正是因为这种畏祸心理，诗的结尾表达了对杜甫晚年"儒冠误身"看法的认同，欲归隐而不问世事。他的《书怀示友十首》其六所表达的也是这种意思：

> 有钱可使鬼，无钱鬼揶揄。百年堂前燕，万事屋上乌。微官不救饥，出处违壮图。相牛岂无经，种树亦有书。如何求二顷，归卧渊明庐。曝背对青山，鸟鸣人意舒。试数门前客，终岁几覆车。

全诗总体上说的也是自己身居冷官，连饥寒都不能解决，有违当初为官的心愿，欲效仿陶渊明而归隐的想法。结尾"试数门前客，终岁几覆车"也深深地道出官场倾轧风气之严重，以及诗人对此的深切恐惧。他在《夏至日与太学同舍会葆真二首》中也有诗句云："门前争夺场，取欢不偿悲。""忽看带箭禽，三叹无奈何。"诗人用隐喻的手法说明的是官场的危险和不测。当时严酷的党锢、文禁以及攻讦成风的政界，就是一张无形的大网，身处其间往往会无过受祸，诗人把进入官场看作"倾身犯火斋"（《同叔叔易观我斋分韵得自字》）。因此，白敦仁先生说："于仕路艰险，常怀忧畏，不惜一再言之。"[①] 即使身居官场而又无所事事，用诗人自己的话来说就是"碌碌着青袍"（《书怀示友十首》其二）。《十月》一诗中又表达了诗人对"冷语"的畏惧：

> 十月北风催岁阑，九衢黄土污儒冠。归鸦落日天机熟，老雁长云行路难。欲诣热官忧冷语，且求浊酒寄清欢。孤吟坐到三更月，枯木无枝不受寒。

本诗作于宣和元年（1119年）诗人担任辟雍录期间，"欲诣热官忧冷语，且求浊酒寄清欢"一联是本诗的关键句。"热官"是指当时有权势的权臣，"冷语"属于用典，据宋人吴箕的《常谈》引《外史梼杌》语："孟蜀时，潘在廷以财结权要，或戒之。乃曰：'非是求援，不欲其以冷语冰人耳。'"[②] 当时正是王黼当权，积极为自己网罗党羽，士大夫无行义者争附之，或立至通显。热衷于功名利禄者无不拜谒钻营，这也是北宋末

[①] （宋）陈与义著，白敦仁校笺：《陈与义集校笺》，上海古籍出版社1990年版，第66页。
[②] （宋）吴箕撰：《常谈》卷一，《四库全书》，文渊阁本。

年官场的一时风气。陈与义在另一首诗中就写道"衮衮诸公车马尘",(《次韵家叔》)也是讥讽这种现实。此处说自己不愿意趋炎附势,不顾尊严巴结高官,更不能忍受其冷语与慢待,所以只能以"浊酒寄清欢",聊以安慰失落的心灵。故他在同时的一首诗中也说:"诸公自致青云上,病客长斋绣佛前。"(《题小室》)说别人可以趋炎附势青云直上,自己仕途无望只能以佛禅来寻求心灵的慰藉。诗中结尾一句"枯木无枝不受寒"也深有寄寓,俗话说树大招风,诗人身居冷官,正如没有了枝叶的枯树不会招风一样,不会罗祸上身了,与《北风》一诗中"千年卧木枝叶尽,独自人间不受寒"表达的是同样的意思。如此则首联中"九衢黄土"深层的隐含意义指的是官场有污士行的钻营投机之风气,接下来的"老雁长云行路难"也就应该指的是自己在官场的困顿与艰辛,以及长年不见重用的冷遇。

陈与义诗中直接写自己生活和仕途窘境的还有不少,如:

去国频更岁,为官不救饥。
——《年华》
黄纸红旗意未阑,青衫俱不救饥寒。久抛三径未得返,偶有一钱何足看。
——《张迪功携诗见过次韵谢之二首》其一
二十九年知已非,今年依旧壮心违。
——《以事走郊外示友》
少年意气多,老去一分无。
——《冬至二首》

前两例说的是自己生活上的饥寒之困,后两例说的是自己仕途上的困境,最后一个例子尤其值得体味,作者此时才30多岁,已经没有了一点少年时的进取之意,说"老"是对空度岁月人生的哀叹,对人生前途的失望,是心态的衰老,是人生仕途窘困给诗人带来的心理变化。

三 表达遁隐思想

社会的腐朽和仕途人生的困顿,使陈与义对为官感到深深的失望厌

第一章　辗转京洛：陈与义创作的因袭期

倦，面对严酷的党锢、文禁，还要时时提防罗祸上身，这些都使陈与义产生了强烈的离开官场，全节远祸的思想。因此，遁隐情怀就成了陈与义此时诗歌创作的另一个突出主题。上文在论析陈与义抒发仕途困顿时所引的作品，无一例外地都弥漫着这种情绪。

遁隐是中国古代文人经历官场周折，仕途失意，或社会混乱衰败无道时常有的共同心态。与一般诗人不同的是，陈与义自进入仕途起，就有浓烈的归隐思想。现存他在开德府任上的四首作品，无一例外地都表现出强烈的归隐思想，而且是这四首作品共有的主题，其中以《次韵谢文骥主簿见寄兼示刘宣叔》最为突出。

> 断蓬随天风，飘荡去何许。寒草不自振，生死倚墙堵。两途俱寂寞，众手剧云雨。坐令习主簿，下与鸡鹜伍。遥知竹林交，未肯一时数。翩翩三语椽，智与谩相补。髯刘吾所畏，道屈空去鲁。子才亦落落，倾盖极许予。四夔照河滨，一笑宽逆旅。堂堂吾景方，去作泉下土。未知我露电，能复几寒暑。思莼久未决，食荠转觉苦。我不逮诸子，要先诸子去。不种杨恽田，但灌吕安圃。未知谁善酿，可作孔文举。十年亦晚矣，请便事斯语。

诗的主旨就是抒发诗人的归隐情怀，原诗题下注有"来诗有十年之约"，从诗中的语气看，对方的来诗就是相约十年后归隐。开头六句是化用韩愈诗句"居闲食不足，从仕力难任。两事皆害性，一生恒苦心。黄昏归私室，惆怅起叹音。弃置人间世，古来非独今。"（《从仕》）感叹自己和诗友身居卑位闲职、功业不成、生活困顿的处境，充满了寂寥与无奈之情，从语气上看这也是谢文骥来诗所述归隐的缘由。"众手剧云雨"暗示了当时蔡京及其党羽在官场翻云覆雨的时局，深切揭露了自己和诗友身陷窘困的缘由。接下来的六句借典故肯定对方来诗相约归隐之意。据《晋书》载：习凿齿"少有志气，博学洽闻，以文笔著称。荆州刺史桓温辟为从事，江夏相袁乔深器之，数称其才于温，转西曹主簿，亲遇隆密"。后来，桓温因习凿齿见事高明，称赞说："徒三十年看儒书，不如一诣习主簿。"① 诗中习主簿就是习凿齿，因谢文骥与其同为主簿，故诗

---

① （唐）房玄龄撰：《晋书》卷八十二《习凿齿传》，中华书局1974年版，第2152页。

中借来指代谢文骥。言下之意是说，谢主簿归隐的建议和习凿齿见事一样高明，颇有"听君一席话，胜读十年书"的感慨。"遥知竹林交，未肯一时数。翩翩三语掾，智与谩相补。"四句诗承接此意而来，进一步肯定对方的归隐之约，称归隐之建议与当年"竹林七贤"相约归隐一样，是明智之举。接下来的12句，以已经归隐"泉下"的刘宣叔逍遥守节和自己屈居官场的窘困落魄相比较，表达出对隐居生活的向往，也是间接对谢文骥相约归隐意见的肯定。诗歌最后8句，表达了归隐的决心，说自己不能像汉代的杨恽那样逗留官场①，因文字得祸，要像吕安那样安心终老田园，或像孔融一样，与好友以酒为乐，舒心无忧地生活②。并说十年后归隐已经太晚，要立即去过闲适的隐居生活。诗歌着重表达自己退隐思想，也隐约可以看出他对生活、仕途困顿的不满，对党祸文禁的恐惧。全诗忧虑、失望、恐惧、无奈的情绪交织在一起，表现出一种世纪末的颓废，这种归隐思想正是北宋末年烂透的社会现实在诗人心里的折射。

崇宁五年（1106年），陈与义进入太学，正是北宋末年党锢文禁最为严酷的时候，当权者不仅对官员进行严格的禁锢，还对官员的预备队伍——太学生也实行严格的控制。葛立方《韵语阳秋》卷五就说："绍圣初，以诗赋为元祐学术，复罢之。政和中，遂着于令，士庶传习诗赋者，杖一百。畏谨者，至不敢为诗。"崇宁元年诏令"元祐学术政事，不得教授学生，犯者屏出"③。这些举动很重要的一个目的就是为了加强对生徒的控制。太学生的言论或科举时的文章，被认为是讥讽朝政者，轻者被黜落，禁止若干年参加考试，或被取消学员资格，重者也会被治罪。如邓肃在北宋末年为太学生时，作《花石纲》十一章讽刺当局，就被逐出太学。陈与义身在太学，处在国家权力中心的京城，也是党锢文禁最为严酷的地方，应该对此非常了解。他刚刚进入仕途，就有如此强烈的遁隐思想，表明他对当时政治气氛的高度敏感和较为清醒的认识。正因如此，遁隐情怀始终贯穿于陈与义这一时期的诗歌创作。

---

① （汉）范晔《前汉书》卷六十六《杨恽传》载其言："臣之得罪已三年矣，田家作苦，岁时伏腊，烹羊炰羔，斗酒自劳。其诗曰：'田彼南山，芜秽不治，种一顷豆，落而为萁，人生行乐耳，须富贵何时！'"后杨恽因此得罪。

② （汉）班固《后汉书》卷一百《孔融传》云："孔融字文举，鲁国人。性宽容少忌，好士喜诱益后进，及退闲职，宾客日盈其门。常叹曰：'坐上客常满，尊中酒不空，吾无忧矣！'"

③ （清）黄以周等撰：《续资治通鉴长编拾补》卷二十，中华书局2004年版，第725页。

一欢玄发水东流,两脚黄尘阅几州。王湛时须看《周易》,虞卿未敢著《春秋》。不辞彭泽腰常折,却得邯郸梦少留。有句惊人虽可喜,无钱使鬼故宜休。

——《元方用韵见寄次韵奉谢兼呈元东二首》其二

这首诗作于宣和元年到宣和三年(1119—1121年)陈与义忧居汝州期间,元方、元东指其表兄张矩臣与张规臣,是陈与义这一时期重要的唱和诗友。诗歌首联中的"黄尘"与上文所列陈与义《十月》一诗中所说的"九衢黄土"同义,指的是官场的种种丑行。这两句是感慨自己入仕若干年,奔波于污浊的官场,徒劳无功,只换得了白发横生,写多年官场的困顿与人生伤感。颔联两句各用一典,王湛是晋代乱世的隐者。《晋书》记载"(王湛)初有隐德,人莫能知,兄弟宗族皆以为痴。济尝诣湛,见床头有《周易》问曰:'叔父何用此为?'湛曰:'体中不佳时,脱复看耳。济请言之,湛因剖析玄理,微妙有奇趣,皆济所未闻也。'"① 王湛所说的"体中不佳"是指自己身处乱世的纷乱情怀。陈与义赞赏他以隐居的方式保全于乱世的人生态度,也流露出想和王湛一样以读书来寄托人生的想法。虞卿是战国时赵公子平原君赵胜的门客,因对平原君有功被封为虞侯,平原君死后遭到冷落,不被见用。《史记·平原君虞卿列传》云:"魏齐已死,(虞卿)不得意,乃著书,上采春秋,下观近世,曰节义、称号、揣摩、政谋凡八篇,以刺讥国家得失,世传之曰《虞氏春秋》。"② 诗人将两人对举,说自己不仅不能像王湛那样逍遥于官场之外,做自己想做的事情,身在官场的处境还比不上被弃置的虞卿,虞卿被弃置后还可以自由著书立说,甚至讥讽朝政,而自己做文章还要时时留意不能触及时政与现实,表达对文禁的恐惧与不满。颔联反用陶渊明和《枕中记》两个典故,说自己不能及时抽身,不仅仕途困顿,也没能保全人格尊严,功业理想只是一场昙花一现的黄粱梦而已,表现出对人生仕途虚无化的思想。尾联承接上两联,说自己虽然富有诗才,可对于只认金钱不顾才学的现实来说是毫无意义的。这和他在《述怀呈送十七家叔》一诗中所说的"胸中万卷已无用",是同样的意思。全诗传达出来一种浓浓的弃

---

① (唐)房玄龄撰:《晋书》卷七十五,中华书局1974年版,第1959页。
② (西汉)司马迁:《史记》卷七十六,中华书局1959年版,第2375页。

世归隐、固节保全的思想。陈与义这样的作品还有很多，如：

> 俗子令我病，纷然来座隅。贤士费怀思，不受折简呼。城东陈孟公，久阔今何如。明月照天下，此夕与君俱。不难十里勤，畏借东家驴。似闻有老眼，能作荐鹗书。功名勿念我，此心已扫除。
> ——《书怀示友十首》其一

> 西来金衣鹤，书落汝水湄。云霞映道路，中有迎翠诗。遥知五斗粟，未办买山资。政要百尺楼，了此浮天眉。森然诗中画，想见凭阑时。朝曦与暮霭，百变皆令姿。君方领此意，簿书何急为。众手剧云雨，唯山不暇疵。当年四老翁，视事轻于芝。坐令山偃蹇，不受人招麾。谁欤楼中客，俯仰与山期。顾要君折腰，督邮真小儿。因之感我意，故岩归已迟。便携灵运屐，不待德璋移。
> ——《寄题商洛宰令狐励迎翠楼》

第一首诗作于政和七年（1117年）解开德府教授后寓居京城期间，第二首诗作于宣和四年（1122年）入京任太学博士前后。诗中用王凌（折简呼）、陈遵（陈孟公）、商山四老、陶渊明、谢灵运等隐居高士的典故，表达了自己不愿折节屈居于腐化、遍布网罗的官场，而欲抛弃功名的退隐思想。陈与义表达放弃功名，归隐山林的诗句更是比比皆是。

> 鹄飞千里从此始，骥绝九衢谁得留。
> ——《元方用韵见寄次韵奉谢兼呈元东二首》其一

> 我策三十六，第一当归田。
> ——《抒怀示友十首》其五

> 功名大槐国，终要白鸥波。
> ——《送张迪功赴南京掾二首》其二

> 功名一画饼，甚矣痴儿计。……但持邯郸枕，赠客一觉睡。
> ——《同叔叔易观我斋分韵得自字》

> 南北东西底非梦，心闲随处有真游。
> ——《次韵答张迪功坐上见贻张将赴南都任二首》

> 中间共作老莱戏，世上乐复有此不。问梦膏肓应已瘳，归来归来

无久留。

——《寄若拙弟兼呈二十家叔》

舟中过客莫敢侮，闲伴长江了今古。

——《题唐希雅画寒江图》

在诗人眼里，功名就是一场虚幻的美梦，是不能充饥的纸上画饼，是痴儿作计，像鸿鹄一样远走高飞，解甲归田，享受"心闲随处"的"真游"才是最佳的人生选择。这些都是对现实官场失望后的隐士情怀。

陈与义这一时期的诗歌有浓烈的遁隐思想，但实际上他并没有归隐，这种思想是对现实与困顿生活的失望与无奈，是诗人当时的心态与情绪，反映了一个被末世吞噬了功业理想，沉沦下僚诗人内心深深的忧伤，一种充满对现实失望的颓废和痛苦。这种情绪又多借助唱和的形式来表达，实际上是面对朋友感发的牢骚之言，是北宋末年诗人普遍存在的末世心态，体现了时代风气对诗人以及诗歌创作的影响。

四 描写风物山水

人生仕途的失意，使得陈与义产生了浓烈的隐退思想，可真的要放弃仕进又是何其难哉，尽管牢骚满腹，他还是踯躅辗转于尘杂遍布的仕途，"两脚黄尘阅几州"便是他此时真实的生活写照。所以，陈与义表达归隐情怀的诗多是一些唱和之作，其实就是面对朋友时的一种牢骚话，一种身处末世的失望、颓废心态。没有朋友相伴的时候，他便以风物景致来安顿自己伤感无奈的心灵，描写风物情怀也就成了陈与义诗歌又一重要的内容，体现这一内容的主要就是陈与义这一时期创作的50多首写景诗。由于内心的勃郁不平，陈与义在写景中经常寄托着强烈的情感，也是陈与义写景诗一个比较明显的特点。王国维说："一切景语，皆情语也。"[①] 用来评价陈与义此时的写景诗是非常合适的。如果说陈与义的唱和之作是面对朋友感发牢骚的话，写景抒怀诗则是诗人面对景物的内心独白，同样也反映了诗人身处末世颓废、冷寂的心态。

---

① 王国维：《人间词话》，徐调孚、周振甫注，王幼安点校，人民文学出版社1960年版，第225页。

由于仕途馆阁生活的局限，陈与义诗中所写之景多为雨雪、节气，以及池台亭榭，极少涉及自然山水、田园风光，这也是陈与义此时诗歌一个比较明显的特点。

陈与义对带有凄凉色彩的雨景和秋景有着特别的偏好，写雨是他风物情怀数量最多的一类，而写秋雨又是其中最佳者。方回的《瀛奎律髓》卷十七共收录写雨诗 135 首，其中选陈与义的五言、七言律诗达 26 首之多，超过了杜甫的 24 首，数量居唐宋诗人之冠。出于诗人的偏好，陈与义的写雨诗经常和秋景结合，下面两首诗就是比较有代表性的作品。

> 风雨破秋夕，梧叶窗前惊。不愁黄落近，满意作秋声。客子无定力，梦中波撼城。觉来俱不见，微月照残更。
>
> ——《风雨》
>
> 萧萧十日雨，稳送祝融归。燕子经年梦，梧桐昨暮非。一凉恩到骨，四壁事多违。衮衮繁华地，西风吹客衣。
>
> ——《秋雨》

两首诗都作于政和七年（1117 年）陈与义无职寓居京城期间。第一首诗首联写风雨交加的秋夜景致，诗中没有正面写风和雨，而是写风雨中窗前梧桐树叶的情态，以一个"惊"字道出了风雨来势之猛烈。颔联从听觉和视觉两个角度写出了风雨中秋景的凄凉。其中"秋声"二字值得注意，这是中国古代悲秋文学中经常出现的一个意象，亦称"商歌"，经常是诗人某种悲凉伤感情怀的代名词。杜甫就有诗云："别君谁暖眼，将老病缠身。出涕同斜日，临风看去尘。商歌还入夜，巴俗自为邻。尚愧微躯在，遥闻盛礼新。山东群盗散，阙下受降频。诸将归应尽，题书报旅人。"（《与严二归奉礼别》）又："滥窃商歌听，时忧卞泣诛。"（《舟中出江陵南浦奉寄郑少尹审》）两诗都以商歌指代诗人晚年在战乱漂泊中的悲凉情怀。陈与义在另一首诗中也写道："尘起一月忧无禾，瓦鸣三日忧雨多。书生重口轻肝肾，不如墙角蚯蚓方长哦。少昊行秋龙洒道，风作万木皆商歌。"（《秋雨》）很明显，上一首诗中的"秋声"和这里的"商歌"指代诗人身处末世的忧伤悲凉的情怀。诗中的秋声具体指代什么？诗人没有明言，结合诗人当时的处境看，我们可以做一种合理的推测，"秋声"在本诗中应该是指诗人闲居中百事相乖、仕途困顿的悲哀。诗的颈联写诗人在风雨交加秋夜的感受,"定力"本是佛家用语,"以禅定智慧力"、"以定力故出生死"本指佛家经修炼形成的一种超越世俗喜怒哀乐,甚至是摆脱生死痛苦的心性修养,诗人借以说明自己无法超脱的仕途困顿所带来的悲伤。其中的"撼"字下得精准,传神地表达出了诗人当下情感之激烈程度。刘辰翁就评价此句说:"造奇。"① 概括出了"撼"字的传神之处。结尾一联应用了点染法,将这种情思加以升华。诗中黯淡的月色,残败的星辰,是写景,也是抒怀,借助凄凉残败的景色,将诗人冷落漂泊的身世之感,在广阔的空间蔓延开来,达到强化抒情的效果。

  第二首诗与第一首诗是姐妹篇。祝融是夏神,这里用来指代夏季。诗的首联写夏去秋来的季节变化,诗人抓住季节变化中萧瑟阴冷的秋雨这一带有标志性的景观暗示出秋天来临之冷寂,诗中没有提到冷、凉等字眼,读来却能感觉到凉意陡生。本是司空见惯的自然现象,但在诗人笔下却变得富有诗意情趣。颔联具体写秋天到来风物的变化,没有全面铺排,而是抓住飞离的燕子,梧桐落叶两个意象,传达出秋天无限凄凉的氛围,有"一叶知秋"之妙。诗中"经年"二字,又暗示诗人的某种遐想,离去的燕子要经年才能回来,暗示着下一个春夏到来之遥远,梧桐树在一夜睡梦之中变得面目全非,意味着寒冷的冬天不久也要来临。纪昀就说"三、四妙在即离之间。"高度称赞诗人用笔之灵妙传神,诗人着笔于眼下的景致,思绪已经延续到了未来,延伸到某种带有指向性的情绪,这种处境就是由秋日凄凉引发的人生感慨。诗的第三联笔锋转入对自己处境的感伤,其中"恩"是"反语"②,承上而言是指秋天阴冷让人感到渗骨的凉意,启下而言则是指诗人困顿的处境所带来的无限悲凉。陈与义此时正穷居京城,"事多违"三个字,概括地点出了自己处处碰壁,事事不顺的窘境。结尾一联写出繁华京都里,诗人独自在深秋的西风中漂泊的孤客形象,颇有"冠盖满京华,斯人独憔悴"③ 的意味,其中的孤独和凄凉不言自明。

---

 ① (宋)陈与义著,白敦仁校笺:《陈与义集校笺》,上海古籍出版社1990年版,第81页。
 ② (宋)刘辰翁评语,参见(元)方回选评,李庆甲集评点校《瀛奎律髓汇评》,上海古籍出版社2005年版,第672页。
 ③ (唐)杜甫:《梦李白》,杨伦《杜诗镜铨》,上海古籍出版社1982年版,第232页。韦应物《拟古诗十二首》其三:"峨峨高山巅,浼浼青川流。世人不自悟,驰谢如critical。百金非所重,厚意良难得。旨酒亲与朋,芳年乐京国。京城繁华地,轩盖凌晨出。垂杨十二衢,隐映金张室。汉宫南北对,飞观齐白日。游泳属芳时,平生自云毕。"

这两首诗的共同特点是写景注重整体氛围的营造，而很少对景物进行正面具体细致的刻画，全诗具有浓郁的抒情色彩。诗中的景物描写服务于抒情，凄清的景物与凄凉的情感融为一体，亲密无间，营造出一种凄凉幽冷的意境。全诗语言平实简洁，意蕴深长，明显有向唐诗回归的倾向。清人查慎行在《瀛奎律髓》中读到《秋雨》时，就感慨地说："诗学杜，中又自出手眼，言浅而意深。集中登选者甚多，无出此上者也。"[①] 认为该诗是方回所选陈与义诗中最佳者，其"言浅而意深"的评语道出了陈与义这类诗的突出特点。陈与义贬谪陈留乃至南渡以后的山水诗，正是沿着这样的路子发展的。

在中国传统文化中，认为雨是苍天洒泪，在文学中，尤其在诗歌中，雨往往具有一种悲情色彩，这在上面的两首诗中就有比较明显的体现。陈与义的大多数写雨诗就是这样，他钟情雨景，有时一场雨竟然写几首诗，《连雨书事四首》就是例子。

九月逢连雨，潇潇稳送秋，龙公无乃倦，客子不胜愁。云气昏城壁，钟声咽寺楼。年年授衣节，牢落向他州。

风伯方安卧，云师亦少饕。气连河汉润，声到竹松高。老雁尤贪去，寒蝉遂不号。相悲更相识，满眼楚人骚。

寒入薪刍价，连天两眼愁。生涯赤藤杖，契分黑貂裘。乌鹊无言暮，蓬蒿满意秋。同时不同味，世事剧悠悠。

白菊生新紫，黄芦失旧青。俱含岁晚恨，并入夜深听。梦寐连萧索，更筹乱晦冥。云移过吴越，应为洗馀腥。

这组诗从内容和手法上都和前面的几首诗相类，借秋天凄风苦雨的描写叹老嗟悲。值得注意的是，第三和第四首诗的结尾，还抒发了对现实社会的失望与担忧。"世事剧悠悠"显然是对当时社会现状不满，结合陈与义此时的处境，其内涵不难理解。"云移过吴越，应为洗馀腥"两句则是由事感发。此诗写于徽宗宣和三年（1121年），正值朝廷平定吴越方腊起义的时候。宋人胡稚给陈与义诗歌作注时就说，这两句"盖指庚子年

[①]（元）方回选评，李庆甲集评点校：《瀛奎律髓汇评》，上海古籍出版社2005年版，第672页。

事。"① 即宣和年间的方腊起义，方回也持这种说法。② 诗人站在官员的立场上，希望能平定方腊起义，消除起义的影响，恢复社会的安定，表现出对江山社稷的担忧。四首诗重在写诗人自己冷落失望的漂泊情怀，同时表达了士大夫深切的忧国意识。

写节气也是陈与义风物情怀诗中较有代表性的一类。主要包括写季节和写节日两种。写季节的如：

> 十月天公作许悲，负霜鸿雁不停飞。莽连万里云山去，红尽千林秋径归。病夫搜句了节序，小斋焚香无是非。睡过三冬莫开户，北风不贷芰荷衣。
>
> ——《十月》
>
> 中庭淡月照三更，白露洗空河汉明，莫遣西风吹叶尽，却愁无处着秋声。
>
> ——《秋夜》

写节日的如：

> 卷地风抛市井声，病夫危坐了清明。一帘晚日看收尽，杨柳微风百媚生。
>
> ——《清明二绝》其二
>
> 忆看梅雪缟中庭，转眼桃梢无数青，万事一身双鬓发，竹床敧枕数窗棂。
>
> ——《春日二首》其二
>
> 人生本是客，杜叟顾未知。今年我闻道，悲乐两脱遗。日色如昨日，未觉墉阴迟。不须行年记，异代寻吾诗。东家窈窕娘，融蜡幻梅枝。但恐负时节，那知有愁时。
>
> ——《冬至二首》其二

这些作品都有强烈的节序感，感叹时间流逝，人生渐老而无所作为的

---

① （宋）陈与义著，白敦仁校笺：《陈与义集校笺》，上海古籍出版社1990年版，第184页。
② （元）方回选评，李庆甲集评点校：《瀛奎律髓汇评》，上海古籍出版社2005年版，第674页。

悲哀。《十月》、《秋夜》都是借对秋景的描写，抒发诗人浓烈的悲凉与失望的情绪。《清明二首》、《春日二首》相对写景的成分较多，但是其中的悲凉情绪也不难体味。陈与义诗中这样的作品还有很多，如《夏日》、《秋日》、《夏至日与同舍会葆真二首》、《冬至二首》、《九日赏菊》、《道中寒食》等，基本上都是在对凄冷的场景描绘中，抒发功名难就，欲以诗酒终老人生的无奈情怀，用诗人自己的话说就是"有诗酬岁月，无梦到功名"（《道中寒食》）。还有一些作品，如《西风》、《茅屋》、《年华》、《北风》、《寄题兖州孙大夫绝尘亭二首》等，虽然没有明确地以节气为题目，但其中也有强烈的节气感，抒发的情怀也和这些作品大致相类。

此外，陈与义这一时期一些纪行记游题材、抒写馆阁情致的作品以及咏梅诗作，也较好地体现了他的风物情怀，虽然数量不多，但大部分作品的重点放到了对景观的描写上，而抒怀的成分相对较少。如他的纪行诗《中牟道中二首》其二和《襄邑道中》如：

  杨柳招人不待媒，蜻蜓匹马忽相猜。如何得与凉风约，不共尘沙一并来。
  飞花两岸照船红，百里榆堤半日风。卧看满天云不动，不知云与我俱东。

《中牟道中二首》其二作于宣和四年（1122年），陈与义服除被擢为太学博士的归京途中，[①] 写诗人在路途中的所见所想。首联写杨柳随风飘动，蜻蜓翻飞，忽然到了马头前，相互都为之一惊。善于抓住自然界富有诗意的一瞬间，敷衍诗篇，细致而富有情趣。可是随风而起的沙子又让诗人感慨不已，前面讲到陈与义诗中的尘沙多指官场的污浊，此时诗人服除起用，对于闲居而又希望有所作为的诗人而言，正如夏日的一股凉风，令他快意，但想到当时官场的现状，难免心有余悸。感慨中寄托了诗人在走向官场时某种难以言明的期望或臆想。《襄邑道中》写卧船而行所见的美好风光，诗人深深地被两岸似火的繁花和碧绿的榆荫吸引，借着清风，百

[①] （宋）陈与义撰，吴书荫、金德厚点校：《陈与义集》附录《简斋先生年谱》，中华书局1982年版，第6页。

里的水路半日就到达，结尾一联又富有理趣，显示出宋诗的某些特色。这两首诗都是写路途中的景观，相对前面所述的几种写景诗而言，诗人的目光有所扩大，由原来的城郭、馆阁池台走向了大自然，景致格局相对较大，诗歌的主要篇幅都用来写景。

陈与义此时的记游诗，有代表性的作品当属《游葆真池上》一诗：

> 墙厚不盈咫，人间隔蓬莱。高柳唤客游，我辈御风来。坐久日落尽，淡淡池光开。白云行水中，一笑三徘徊。鸭儿轻岁月，不受急景催。试作弄蒿惊，徐去首不回。无心与境接，偶遇信悠哉。再来知何似，有句端难裁。

诗中用白描的手法，极力刻画葆真池的恬淡优美，身处其境，诗人的心灵也得到了淘洗和净化，信手戏弄着水中悠闲戏水的鸭子，那一刻心灵与物境得到了沟通，进入一种恬静、物我化一的状态。其中"无心与境接"也是化用佛家语而来，流露出一种逍遥山水，洗脱凡俗尘杂的情怀。此外陈与义的记游诗还有《游玉仙观以春风吹倒人为韵得吹字》、《归路马上再赋》、《夏日集葆真池上以绿荫生画静赋诗得静字》等作品也大致如此。

陈与义在担任开德府教授、太学博士、著作佐郎等官职时，还有不少抒写馆阁情致的诗。如：

> 细读平安字，愁边失岁华。疏疏一帘雨，淡淡满枝花。投老诗成癖，经春梦到家。茫然十年事，倚杖数栖鸦。
>
> ——《试院书怀》

这首诗主要写官场十年而事业无成，只能以诗来打发岁月，人生渐老，岁华渐逝，个中愁苦如同梦魇，挥之不去。颔联写景工致，亦值得称道，胡仔就引此联为例，称赞"陈去非诗平淡有工"[1]，方回也对此联颇为肯定，并以胡评为是。[2] 此诗的抒情与写景结合融洽，呈现出一种清简

---

[1] （宋）胡仔：《苕溪渔隐丛话》前集卷五十三，《四库全书》，文渊阁本。
[2] （元）方回选评，李庆甲集评点校：《瀛奎律髓汇评》，上海古籍出版社2005年版，第674页。

老成的意蕴，纪昀也评此诗"通体清老，结亦有味"①。这些评价都称赞这是陈与义写景抒怀诗的佳作。值得注意的是，陈与义此时才30来岁，诗中说自己"老"显然是失望消极，是一种典型的末世心态，这在陈与义的很多诗中都有表现。

陈与义这一段时间还创作了20首咏梅诗，通过赞美梅花的高洁，来寄托诗人自己的品行，是其风物情怀相对有特色的一类。如《同家弟赋腊梅诗得四绝句》：

朱朱与白白，著意待春开。那知洞房里，已傍额黄来。
韵胜谁能舍，色庄那得亲。朝阳一映树，到骨不留尘。
黄罗作广袂，绛纱作中单。人间谁敢著，留得护春寒。
一花香十里，更值满枝开。承恩不在貌，谁敢斗香来？

第一首诗的首句既写梅花靓丽的色泽，也写出了梅花的繁盛。第二句写梅花对美好春天的向往与等待，赞美梅花对美好时光的执着。第三首诗从更精细的角度刻画了梅花婀娜的形貌，赞美梅花美妙绝伦的幽姿和它傲寒怒放的品性。第二和第四首诗赞美梅花举世无双的韵致和芬芳，以及其从外到内一尘不染的高洁。诗人赞美梅花，实际也是自己情怀的抒发与人格的寄托。四首诗相互关联，写出了梅花的意蕴风神，又深有寄托。陈与义咏梅诗比较有名的还有《和张规臣水墨梅五首》，我们来看第一首："巧画无盐丑不除，此花风韵更清姝。纵教变白能为黑，桃李依然是仆奴。"墨梅指的是北宋名画《墨梅图》，这本是一组咏画诗，②同时也表达了诗人对梅花的喜好和赞美。陈与义也因此诗得到了徽宗的赏识。其中"纵教变白能为黑，桃李依然是奴仆"一联深有寓意，诗人将梅花和桃李相比，赞美梅花的高洁品格和韵致，也寓托了诗人在孤寒中高洁自守的人格追求。

总体上来说，陈与义抒写风物情怀的诗，取材虽有所差别，基本写的是馆阁、寓所的所见，取景格局较小。写法上也是注重营造一种与心境相

---

① （元）方回选评，李庆甲集评点校：《瀛奎律髓汇评》，上海古籍出版社2005年版，第674页。
② 此画乃同时的衡山花光寺的僧人所作，秦观、黄庭坚等人颇好之。详见（宋）陈与义著，白敦仁校笺《陈与义集校笺》，上海古籍出版社1990年版，第100页。

适应的凄美场景，这与诗人当时的心境有极大关系。大多作品更偏重抒情，忽略景物描写，只有几首记游诗和写馆阁情致的诗写景的成分相对较多。这些诗虽然内容比较狭窄，艺术上已经具有了相当的水准。这些作品又大多作于宣和元年（1119年）以后，与陈与义刚入仕途那些繁复的唱和之作相比，风格趋于简洁平远一路，表现出陈与义诗风趋变的方向。

通过以上描述，可以这样概括陈与义这一时期的诗歌特点：第一，取材比较狭窄，思想内容也较单调，主要写的是北宋末年诗人辗转卑位的悲怆、颓废的末世情怀，以及严酷的党锢文禁中的畏祸心态。反映了北宋末年末世氛围中正直士人压抑悲怆的情怀和虚无避世的颓废心态。迫于政治的压力诗人几乎没有正面触及当时的社会和政治现实，这也是北宋末年一代诗人的普遍创作倾向。反映了在政局混乱，党锢和文禁酷烈时局下，诗人的生存状态和心理状态，也折射出当时社会的基本状态。正因为取材和思想内容的狭窄和单调，很多作品在内容上给人一种重复的感觉。第二，从艺术风格上看，陈与义这一时期创作的诗歌，不同的题材之间有比较明显的差异，唱和类的作品喜欢堆砌典故，强调技巧，也有卖弄才学，斗巧逞能的嫌疑，风格显得生硬，与当时诗坛主流江西诗派的诗风是一致的，这也是陈与义这一时期诗歌创作的主导风格。而写景抒怀诗则很少用典，诗风趋向清新自然。但两类作品的情感基调却是一致的，呈现出低回悲凉的特点。关于陈与义诗歌的艺术特点，下文有专门的论述，为了避免重复，这里就点到为止。第三，这一阶段的前后取材和风格也有一定的差异。前期唱和之作在数量上占绝对优势，但这个比例在不断减小，到宣和四年（1122年）后，写景抒怀诗在数量上已经超过了唱和之作，可以看出陈与义诗风演变的轨迹。

总的来看陈与义此时的创作无论在取材还是艺术上都和当时占诗坛主流地位的江西诗风基本相同，还没有形成自己独立的创作个性，是其创作的因袭阶段。但从其前后创作的差异又可以看出陈与义诗风的演变趋向。

第二章　谪居陈留：陈与义创作的转变期

宣和六年（1124年）底，陈与义受王黼罢相之累，[①] 由宝符郎贬谪为监陈留酒税，在他人贺岁的爆竹声里，凄惨奔波于贬谪的路上，于第二年初到达陈留任上，开始了他的贬官生涯，一直到靖康元年（1126年）靖康之难爆发。贬谪陈留期间，陈与义在诗歌创作上有了相对集中的题材，并初步形成了自己相对独立的风格，可看作其创作的转变期与自立期。

贬谪给陈与义心理带来很大的打击，这里有必要来考察一下陈与义受累的详情。王黼罢相实际上是当时激烈党争的结果，《宋史纪事本末》记曰："李邦彦素与黼不协，阴结蔡攸共毁之。会中丞何桌论黼奸邪专横十五事，遂诏黼致仕，其党胡松年等皆罢。"[②]《宋会要辑稿》记载："（宣和六年）十二月十一日，龙图阁直学士之成都府王复，提举西京嵩山崇福宫；显谟阁待制知邓州葛仲胜，提举江州太平观，并落职……皆王黼党也。"[③] 可见葛胜仲是王黼的党羽无疑。很多论者认为当年陈与义因葛胜仲缴纳墨梅诗，被徽宗赏识任用，也因为葛胜仲的牵扯被归入王黼党羽，有些语焉不详，值得进一步考察。据陈与义墓志铭记载"始公为学官，居馆下，辞章一出名动京师，诸贵要人争客之，时宰相者横甚，强欲知公，不且得祸。公为其荐达，宰相败，因是得罪"[④]。陈与义于宣和四年

[①]（宋）李心传撰《建炎以来系年要录》（中华书局1988年版，第643页）卷三十三云："宣教郎陈与义守尚书兵部员外郎。与义，希亮曾孙，宣和末常为符宝郎，坐王黼累斥去，至是再召，朝奉大夫添差通判衢州侯延庆行尚书都官员外郎。"

[②]（明）冯琦原编、陈邦瞻增辑：《宋史纪事本末》卷四十九，中华书局1977年版，第502页。

[③]（清）徐松辑：《宋会要辑稿·职官》六十九之十五，中华书局1957年版。

[④]（宋）张嵲：《陈公资政墓志铭》，（宋）陈与义撰，吴书荫、金德厚点校《陈与义集》附录，中华书局1982年版，第541页。

(1122年)入京,任太学博士,这时正是王黼担任宰相。那么这则材料所透露的信息就非常值得注意。其一:当时政要各自为政,拉拢士人以树立自己党羽的风气严重,陈与义因为才学出众,也是被拉拢的对象之一。其二:向徽宗直接推荐陈与义的人应该是王黼,而不是葛胜仲。墓志所云"强知"或许有虞墓之嫌,因为王黼被看作乱世的"六贼"之一,说"强知"有为简斋讳之意。但陈与义以王黼推荐受到徽宗赏识的事实应该是可信的,这样陈与义被看作王党成员,"坐王黼累斥去"[①] 也就是必然的事情。

陈与义身不由己地卷入党争,成了激烈的党争和政坛倾轧的牺牲品,这对陈与义的心态产生了很大的影响。这之前,陈与义得到徽宗的赏识,不断被提升,也曾让他对仕途充满希望。他在贬谪后的诗中说道:"三年成一梦,梦破说梦中。"(《将赴陈留寄心之前老》)"我行有官事,去作三年痴。"(《赴陈留》其一)对三年京官念念不忘,"梦破"一词更是透露出他当年的热切希望,也道出他希望破灭后的痛苦。贬谪前后的反差,让他对人生更加失望。虽然陈与义早就对政坛和官场的纷争有比较深的认识,对官场充满强烈的恐惧、无奈、失望和厌倦,但毕竟他自己还是没有陷入其中,没有亲身体验。此时他自己无端被卷入其中,亲身经历让他更深切地体验到了党争的酷烈和官场的无常,经过贬谪也让陈与义对北宋末年烂透的现实有了更清醒的认识。这两个方面都使得陈与义的心绪遭到强烈的冲击,让他对个人的官场仕途以及当时的社会彻底陷入了绝望,这就是他此时的基本创作心态。

由于人生仕途轨迹和心态的改变,陈与义贬谪陈留后的诗歌创作有了很大的变化。和他之前的诗歌创作相比,具有以下几个明显的特点:第一,陈与义此时的创作出现了个别深刻揭露北宋末年严重腐败现实的作品,虽然数量极少,但可以清楚地看出他对当时现实的清醒认识和他内心深处的忧患意识。第二,此时陈与义诗歌的思想内容也有很大的改变,贬谪之前他对自己仕途失意和生活困顿主要是一种抱怨的心态,而贬谪后的绝望让他产生了彻底摆脱官场桎梏的想法,这时的作品明显表现出放浪山水,甚至是寄情佛禅的倾向。表面上看起来他似乎比之前超脱了,实际上内心更加痛苦,这种超脱实际上表现出诗人更强烈的虚无观念,是对现实

---

① (宋)李心传撰:《建炎以来系年要录》卷三十三,中华书局1988年版,第643页。

社会和人生仕途的绝望,是比之前更为颓废的一种心态。此时他的山水之作的大量涌现,正是这种心态的具体表现。第三,也许是因为他被划入了遭受禁锢的党派,陈与义不再与他人有过多的交往,没有人再敢和他有太多交往,以避免结党之嫌,第一阶段占主导地位的唱和作品完全消失。这一时期创作的约35首诗作,全部都是写景与抒怀诗。这些作品和之前的作品相比,取材上也有明显的变化,之前的写景诗多写馆阁、寓所景观,此时的写景诗多描写自然景致。因此,虽然陈与义贬谪陈留的时间不长,只有一年略多的时间,作品数量也不是很多,但就其诗歌创作的历程来看,可以划为单独的一个时期。

总体上看,陈与义此时的诗作,除了《放鱼赋》等极少数作品具有强烈的批判现实的意味外,其他作品基本上都属于写景抒怀诗,如果按照思想内容划分,又可分为抒写贬谪情怀之作与谪居中的闲适情怀两类。

一　批判现实

陈与义此时批判现实的作品主要就是《放鱼赋》,其他一些作品中的个别诗句也有这种意味,但都不及《放鱼赋》深刻尖锐。这首作品向来被论家所忽略,虽然从体裁上看不属于诗,但就反映现实角度和陈与义创作心态来说,是非常值得重视的,这样的作品不仅在陈与义南渡前的创作中是仅有的,在整个北宋末年的文坛上也是少有的。

> 仲冬良日,二客过予,请观鱼于窦氏之陂。摄衣而兴从客往,嬉曰:澹寒郊木影陆离,顾道旁之洫,异于他日,浩如潮之方滋。客曰:"是殆水师不仁,将平地以尽鱼,空其池而寓之斯也。"至则水不肤寸矣,而百万之鳞,溅潝声沸,金横玉偃,失据狼狈。赤手下捕,易若拾块。翻倒窟穴,不遗细碎。问其所以得取,则输金钱以买诸窦氏。噫嘻!是鱼之爱其生,与我无异也。奈何使充牣之性命,带险喁而就脔割,才以易一朝之费……念宇宙之伟事,或偶成于戏,岂特为今日之一快!吾将候风雷于他夕也。众客欣然,三绕而退。归泚我笔,以记斯会。庶几窦氏子闻之,为来岁之戒。

原作过长,这里只节录其中直接体现作品主旨的部分。作品表面上写日常琐事，细细读来方觉其中寓意之深刻，其中几次简短的议论，非常值得深思。当诗人看到群鱼"而百万之鳞，瀺灂声沸，金横玉偃，失据狼狈"的景象，和渔人"翻倒窟穴，不遗细碎"的做法时，第一次感慨地说："噫嘻！是鱼之爱其生，与我无异也。"显然是将作品的主题提高到了感慨社会人生的境界，这也是陈与义咏物诗的一贯手法。中间所未引用的部分，大意是诗人不忍群鱼受死，买数条放之于大泽。之后诗人再次感慨："念宇宙之伟事，或偶成于戏，岂特为今日之一快！"这里更是将主题提高到了感慨宇宙人生的哲理高度，远远超越了单单记述日常琐事的层次。这样看，结尾处"庶几窦氏子闻之，为来岁之戒"，其中的"戒"意也应该从社会人生的角度来加以理解了。

当时朝廷上下享乐成风，为了满足徽宗及其官员荒淫奢侈的生活，各地官府对百姓的搜刮不计死活。方腊发动起义时就说："天下家国，本同一理。今有子弟耕绩，终岁劳苦，少有粟帛，父兄悉取而靡荡之。稍不如意，则鞭笞酷虐，至死弗恤，于汝甘乎？"[①] 这里所说的是当时官府在东南搜罗"花石纲"的情形，这样的事情不止发生在东南，举国之内都是如此，历史记载内侍出身的杨戬和其继承人李彦之在京西括田，使得民间"破产者比屋"。

> 有胥吏杜公才者，献策于戬，立法索民田契，自甲之乙，乙之丙，展转究寻，至无可证，则度地所出，增立赋租。始于汝州，浸淫于京东西，淮西北。括废堤弃堰、荒山、退滩及大河淤流之处，皆勒民主佃，额一定后，虽冲荡回复不可减。号为"西城所"。筑山泺古巨野泽，绵亘数百里，济、郓数州，赖其蒲鱼之利，立租筭船纳直。犯者盗执之。一邑率于常赋外增租钱至十余万缗。水旱蠲税此不得免。擢公才为观察使。宣和三年戬死，赠太师吴国公。而李彦之继其职，彦之天资狠愎，密与王黼表里，置局汝州，临事愈剧。凡民间美田，使他人投牒告陈，皆指为天荒，虽执印券皆不省。鲁山阖县尽括为公田，焚民故券使田主输租佃本业。诉者辄加威刑，致死者千万。公田既无二税，转运使亦不为奏除，悉均诸别州。京西提举官及京东

---

① （宋）曹辅：《清溪寇轨》，《两宋农民战争史料汇编》，中华书局1976年版，第457—458页。

州县吏刘寄、任辉彦、李士渔、王浒、毛孝立、王随、江惇、吕坯、钱械、宋宪皆助彦为虐，如奴事主，民不胜忿痛。发物供奉大抵类朱勔，凡竹数竿，用一大车，牛驴数十头，其数无极，皆责办于民。经时阅月，无休息期。农不得之田，牛不得耕垦。殚财靡刍，力竭饿死或自缢辕轭间。如龙鳞薜荔一本，辇致之费踰百万。喜赏怒刑，祸福转手，因之得美官者甚众。颍昌兵马钤辖范寥，不为取竹，诬刊苏轼诗文于石，为十恶。朝廷察其捃摭，亦令勒停。当时谓朱勔结怨于东南，李彦结怨于西北。①

朱勔靠搜罗"花石纲"起家，臭名昭著。这里把杨戬、李彦之、王黼和他相提并论，可见杨、李搜刮之苛刻。当时种种历史事实与陈与义作品中所写的窦氏竭泽而渔的情形是何其相似。这样看，陈与义在《放鱼赋》结尾所"戒"者，当是对官府、对朝廷苛刻搜求之"戒"，如此，才可称得上是"宇宙之伟事"。这样严肃的主题，诗人却要以"嬉曰"这样一种戏谑的形式来表达，主要是为了避免文字狱的打击，他在另一首诗中说："见客深藏舌，吟诗不负丞。"（《寄新息家叔》）就体现了这样的创作心理，体现出当时文禁之严苛，也从另一个角度说明了当时社会之腐朽。

陈与义其他一些作品也有一些指斥现实的诗句。如："世故剧千猬。"（《初夏游八关寺》）以隐晦的方式言当时社会之糜烂与多艰。"千猬"是化用典故，《新唐书》云："（隋）炀帝失德，天丑其为，生人吁辜，群盗乘之，如猬毛而奋。其剧者，若李密因黎阳，萧铣始江陵，窦建德连河北，王世充举东都，皆磨牙摇毒以相噬螫。其间亦假仁义，礼贤才因之，擅王僭帝。所谓盗亦有道者，本夫孽气腥焰，所以亡隋。"② 北宋末年社会亦是如此，当时民众起义纷纭而起，极大地动摇了北宋王朝统治的社会根基，而其根本原因正是统治者的失德，他的《放鱼赋》所指也正在于此。陈与义用了"千猬"一词，在陈与义看来当时的社会危机，比隋末更甚，虽只有短短五个字，却道出北宋行将败亡之际朝廷失德，天怒人怨的现实。他在《八关僧房遇雨》中说的"世故方未阑"指的也是这种社

---

① （元）脱脱等撰：《宋史》卷四百六十八，中华书局1977年版，第13664页。
② （宋）欧阳修等撰：《新唐书》卷八十五《窦建德、王世充传》，中华书局1975年版，第3703页。

会现实。从这些诗句看，陈与义此时颓废失望的心态，不单是因为自己受到了贬谪，对糜烂现实的深刻认识也是其中重要的原因。

二 贬谪的痛苦

陈与义这一时期初始的一些作品，主要是抒发自己面对贬谪这一突如其来变故时的心绪。如《将赴陈留寄心老》：

> 今日忽不乐，图书从纠纷。不见汝州师，但见西来云。长安岂无树，忆师堂前柳。世路九折多，游子百事丑。三年成一梦，梦破说梦中。来时西门雨，去日东门风。书到及师闲，为我点枯笔。画作谪官图，羸骖带寒日。他日取归路，千里作一程。饱吃残年饭，就师听竹声。

这是陈与义遭到贬谪，即将赴陈留时给自己的老友，天宁寺觉心长老的别留诗。起首一联开门见山，表明诗人面对贬谪的痛苦心态，其中的"忽"字，说明贬谪来之突然，诗人没有料想到，也没有心理准备。"世路九折多，游子百事丑。三年成一梦，梦破说梦中。"两联感叹世事多艰，官场风云莫测，使得自己百事不遂。本来在这之前的三年，陈与义得到徽宗的赏识，看到了前途的希望，而贬谪让希望化成了一场虚幻的梦，理想变为了泡影，突如其来的变故让他从梦中惊醒，"梦破"二字表明他对仕途陷入了彻底的绝望。"羸骖带寒日"，以妙笔勾勒出了一幅潦倒凄凉的"谪官图"，其实是想象之词，想象自己在残冬赴贬谪之地路上凄凉、孤独、窘迫、狼狈的情景，反映出诗人遭受贬谪后低回悲凉的情绪。结尾处说愿意追随觉心长老归隐山林，混饱肚子，闲度残生，可以看出此时他对仕途已经不抱任何希望了。再如《赴陈留》其一：

> 草草一梦阑，行止本难期。岁晚陈留路，老马三振辔。自看鞭袖影，旷野日落迟。柳林行不尽，想见春风时。点点羊散村，阵阵鸿投陂。城中那有此，触处皆新诗。举手谢路人，醉语勿瑕疵。我行有官事，去作三年痴。遥闻辟谷仙，阅世河水湄。时从玩木影，政尔不

忧饥。

本诗可以和前一首参看，诗人开门见山，首联直接道出了自己的心声，认为仕宦出处就像一场梦，行止变换难以预料，可以看出贬谪给他带来的巨大心灵冲击和他对仕途幻灭的感受，奠定了全诗的基调。接下来写赴陈留路上的情形，也深深地笼罩着这种情绪。在贬谪的路上自己是形单影只，于岁末年尾残阳西下之时，骑着瘦弱的老马独自行进在旷野中，当时的心境可想而知。"自看鞭袖影"与李白"独酌无相亲，对影成三人"有异曲同工之妙，是写实，更是写心。邓邵就评"自看"一联"尽低回顾怀，凄凉淡薄意。"① 其实这也是全诗的情感格调，眼前走不到尽头的柳林，虽然能令人联想到春天美好的景色，可在当时残冬的季节里，肯定是一片孤寂，还有散落归村的羊群和落坡的鸿雁，都充满了凄凉的气息。诗的结尾认为继续做官是一种迂痴，而欲修炼道术，免除饥寒，隐居山林，冷眼观世，了却人生。与前一首诗结尾表达的思想相类，流露出对仕途的失望。

陈与义的这两首诗分别表达了自己初闻贬谪和贬谪途中的心绪，他的另外一首诗《客里》又写了他初到贬谪之地陈留的心态。

> 客里东风起，逢人只四愁。悠悠杂唯唯，莫莫更休休。窗影鸟双度，水声船逆流。一官成一集，尽付古河头。

开头四句用了四个典故，表达了诗人初到贬谪之地的复杂情怀。起首一句是暗用季鹰见东风起而怀归的故事，道怀乡之情；次句用张衡四愁诗的旨意，② 道仕途不遇之恨；第三句是化用唐代蒋偘责田游严典故③，借以说自己身为贬官，处处都要谨小慎微，唯恐再罗祸上身的难为处境；第四句是化用唐代司空图的词句，司空图有歌云："休休休，莫莫莫，伎俩虽多性灵恶，赖是长教闲处着。"叹息自己只是一个碌碌无为的诗人，空

---

① （宋）陈与义撰，吴书荫、金德厚点校：《陈与义集》，中华书局1982年版，第193页。
② 张衡原诗借自己与意中美人情深而不得相见，暗喻政治仕途的不遇；原诗较长，此处不录。
③ （宋）欧阳修撰《新唐书·蒋偘传》（中华书局1975年版，第3943页）记载田游严为太子洗马，不能尽职，蒋偘责之曰："居责言之地，唯唯悠悠，不出一谈。"

度岁月的悲哀，表达诗人对闲居无所事事的不安。三、四两句结合起来是说在党锢严酷的环境中，自己虽然一再小心，但还是没有逃脱党祸，遭受贬谪，无所事事，表达出诗人被贬谪后深切的痛苦与无奈，刘辰翁评这两句："十字开合，有无涯之悲。"①"水声船逆流"一句虽是写景，实是抒情，以逆水行舟比喻自己仕途不顺，暗示自己时运蹇劣。陈与义不想只做一个庸庸碌碌的诗人，而命运却偏偏就让他做诗人，从现有的资料看，他在谪居陈留期间，除了作诗别无他事。本诗的结尾可以看作诗人对自己人生的小结，觉得自己在每个官职上都没有什么可以说道的功业，只留下一些可能随时会被岁月浪潮湮没的诗卷，流露出对人生命运和当下贬官生活的无奈。他另外两首诗《赴陈留》其二和《至陈留》，也表达了和以上几首诗相同的情怀。

三 谪居的无奈

陈与义这期间抒写谪居情怀的诗主要包括两类，一类是纪行诗，一类是反映贬谪闲居生活的诗作。先来看两首纪行诗：

> 五更风摇白竹扉，整冠上马不可迟。三家陂口鸡喔喔，早于昨日朝天时。行云弄月翳复吐，林间明灭光景奇。川原四望郁高下，荡摇苍茫森陆离。客心忽动群鸟起，马影渐薄村墟移。须臾东方云锦发，向来所见今难追。两眼聊随万象转，一官已判三年痴。只将乘除了吾事，推去木枕收此诗。写我新篇作画障，不须更觅丹青师。
>
> ——《初至陈留南镇夙兴赴县》
>
> 竹舆声咿哑，路转登古原。孟冬郊泽旷，细水鸣芦根。雾收浮屠立，天阔鸿雁奔。平生厌喧闹，快意三家村。思生长林内，故园归不存。欲为唐衢哭，声出且复吞。
>
> ——《入城》

两首诗的前半部分都是写行途中的景色，后半部分写诗人自己的感

---

① （宋）陈与义著，白敦仁校笺：《陈与义集校笺》，上海古籍出版社1990年版，第358页。

想。第一首诗的前面六联写早晨五更到日出的景色变化过程，由下文"两眼聊随万象转"一句可以看出，他并没有兴致欣赏眼前的景象，"只将乘除了吾事"明确地说明是要借山水来了却人生。结尾两联可以看出诗人就景赋诗只是用来消磨贬谪时光，写出了谪居中消沉的心态。当然，这首诗写景的篇幅占有很大比重，作为写景诗来看也不失为佳作。第二首诗前半部分写孟冬入城途中凄清的景色，也折射出诗人凄凉的心情。诗歌的后半部分转入抒情，说自己本不喜欢官场的喧闹，而乐意逍遥于宁静的乡村，但此时身受羁绊欲归隐故园也不可能，显然是化用陶渊明"少无适俗韵，性本爱丘山"之意，是诗人身处困境的故作之辞。结尾用唐衢的典故，寄寓深刻，据《旧唐书》记载："世称唐衢善哭。左拾遗白居易遗之诗曰：'贾易哭时事，阮籍哭路歧。唐生今亦哭，异代同其悲。唐生者何人？五十寒且饥。不悲口无食，不悲身无衣。所悲忠与义，悲甚则哭之。太尉击贼日，尚书斥盗时，大夫死凶寇，谏议谪蛮夷。每见如此事，声发涕辄随。'"[①] 陈与义所面对的北宋末年政治腐败，士风日下，盗贼蜂起，强寇屡侵的现实，社会祸患之深重，大大超过了唐衢生活的中唐时代，诗人悲痛之深可想而知。他自比唐衢，实不为过。更痛心的是，唐衢还可以痛快地哭出来，而诗人面对严酷的党争和文禁，欲哭而又不能，一联之中道出了无限悲痛，写景中寓托身世之悲和国事之恨。陈与义这首诗虽然学陶，但内心并不能达到陶渊明那种安贫乐道的境界，他此时的学陶诗都表现出类似的特点。

陈与义贬谪陈留时，心绪较坏，时常去八关寺散心，他此时的几首记游诗，写的都是游八关寺。我们来看其中的两首：

闭门睡过春，出门绿满城。八关池上柳，絮罢但藏莺。世故剧千猬，今朝此闲行。草木随时好，客恨终难平。寺有石壁胜，诗无康乐声。扶鞍不得上，新月水中生。

——《初夏游八关寺》

脱履坐明窗，偶至情更适。池上风忽来，斜雨满高壁。深松含岁暮，幽鸟立昼寂。世故方未阑，焚香破今夕。

——《八关僧房遇雨》

[①] （后晋）刘昫：《旧唐书·唐衢传》，中华书局1975年版，第4205页。

第一首诗的前两联写游览见到的景色，首句同时也暗示了诗人此时烦闷的心情。从第三联开始，即景即情，抒发诗人内心的感受。第三联表达面对社稷危机的无奈。具体含义上文已经有过说明，主要指的是北宋末年多艰的社会时势，国家面临严重的危机，但诗人身为贬官只能闲居，不能为之效力，无奈、焦急之情溢于言表。即使眼前的美景也不能让他忘记贬谪他乡的痛苦和对现实的焦虑。面对与谢灵运同样景致，①却写不出像谢灵运那样能令人忘却痛苦的诗篇，一直到了月出夜阑的时候诗人还临池徘徊，沉溺于困苦之中。他虽然想借山水之乐，忘却仕途失意的痛苦，可是国家行将败亡，让他忧心忡忡，无法释怀。第二首诗写寺观的雨景，给人一种凄清冷寂的感觉。从结尾一联看，诗中景物也是诗人自己主观情感的投射。据历史记载，当年秋天，金人大举进攻北宋，童贯从太原败逃而归，郭药师举燕山之地投降，金人占领大片北方的土地后，继续南进，徽宗慌忙将风雨飘摇的皇位传给了钦宗。②这应该就是诗中"世事方未阑"一句的所指。现实国运使诗人心境焦虑不安，故而彻夜焚香以坐。除此外，陈与义记游诗还有《再游八关》、《游八关寺后池上》两首，写景抒情都与这两首诗相类。

陈与义谪居时的纪行与记游诗，虽在取材上有所差别，思想内容基本相同，主要反映诗人谪居他乡的孤独、愁苦和思乡之情。再者，当时北宋正处于即将灭亡之际，内忧外患交织，他在一些诗中也流露出对世事的重重忧虑。

反映贬谪闲居生活的诗，是陈与义此时创作数量最多的类型。在北宋末年，贬官受到很多限制，多数情况下也不能参与政事。陈与义无端被卷入党争，遭受贬谪的打击，闲居贬所，无所事事。人生仕途的失望，使得他对数百年前的陶渊明产生了较强的认同感。就诗人当时的处境，他只能以种竹、赏园、读书、饮酒和咏物吟诗来消磨时光，借山水草木之美，慰藉孤独失落的凄凉心境，寻求精神上的解脱。这些也是他谪居陈留时期的诗歌主要创作倾向。

　　东风吹雨小寒生，杨柳飞花乱晚晴。客子从今无可恨，窦家园里

---

① （南朝）谢灵运《石壁精舍诗》中云："昏旦变气候，山水含清辉。清辉能娱人，游子憺忘归。"

② 详情参见《宋史·徽宗本纪》，原文过长，此处不录。

有莺声。

　　海棠脉脉要诗催，日暮紫绵无数开。欲识此花奇绝处，明朝有雨试重来。

　　不见海棠相似人，空题诗句满花身。酒阑却度荒陂去，驱使风光又一春。

　　三月碧桃惊动人，满园光景一时新。剩倾老子尊中玉，折尽繁枝不要春。

　　一尊相属莫辞空，报答今朝吹面风。自唱新诗与明月，碧桃开尽曲声中。

　　　　　　　　　　　　　　　　——《窦园醉中前后五绝句》

　　这是一组以山水、诗酒寄情的组诗。我们先来看第一首：春天的傍晚，东风吹雨而落，小有寒意，雨过天晴柳絮飘飞，柳荫深处又不时传来莺鸟清脆的鸣叫声，写景有声有色，优美之中又带有几分清冷与凌乱。体现了诗人身遭贬谪的观景眼光，景色之中的清冷与凌乱在一定意义上也是诗人内心情感在景物上的投影。诗中虽然说有此美景可以慰藉贬谪闲居之愁恨，有此美景从今可无恨，但恰恰写出心中难以抹去的愁恨，诗人想借眼前的景致消除贬谪的闲愁，实际上却无法做到。第二和第三首诗写诗人把酒面对海棠的情思，面对繁盛艳丽的海棠，酒阑兴起，诗人不禁诗兴勃发，笔落诗成，却不觉愁从中来，花儿能尽情开放，展示自己生命的艳丽，而自己却穷居一隅，在无情流逝的岁月中空度人生。第三首诗的结尾处，借春光的流失感叹人生韶华渐逝。刘辰翁就评此联说："无不恨恨。"① 准确地抓住了诗人心中的愁恨。第四首诗借园中盛开的桃花，写空度岁月的愁恨，笔调与第二、第三首诗相似。正因为感慨岁月空度，诗人才借酒消愁，想借酒精的麻醉来忘却人生的不快。结尾一句"折尽繁枝不要春"寄寓尤深，害怕看到春光流失，更害怕人生岁月空度。第五首则完全是抒情，也是组诗抒情的高潮，人生无寄，诗人只能在狂饮买醉中，以孤独的吟咏来了却人生。"自唱新诗与明月"充分写出诗人的孤

① （宋）陈与义著，白敦仁校笺：《陈与义集校笺》，上海古籍出版社1990年版，第369页。

第二章　谪居陈留：陈与义创作的转变期

独，与李白《花下独酌》①的诗意十分相近，欲借诗酒来寄寓人生的无奈。"碧桃开尽曲声中"一句借桃花落尽，写自己在无谓的吟咏中消耗生命的悲哀，一种人生韶华逝尽的感慨油然而生。刘辰翁说这两句"写得耿耿"②其所说的"耿耿"正是诗人耿耿于怀，难以忘却的贬谪之愁与空度人生之恨。陈与义这一时期的绝大部分写景诗都是借景物来寄托自己这种悲怆的情怀。他在《秋夜咏月》也有诗句云："推愁了此段，卷我三间帘。黄花墙阴远，白发露气严。平生六尺影，随我送凉炎。踏破千忧地，投老乃自嫌。"其中炎凉二字，并不是自然山水之炎凉，而是社会人生之世态炎凉，全诗充满了凄凉和孤独之情。特别是其中"平生六尺影，随我送凉炎"一联，将悲凉的情怀推到了极致。此外《同杨运干黄秀才村西买药》、《同二子观取鱼于窦家池以钱得数斗置驿西野塘中圉圉而逝我辈皆欣然也》、《招张仲宗》、《宴坐之地籧篨覆之名曰篷斋》等诗作的写景抒怀也是如此。

值得注意的是陈与义贬谪期间的诗歌，表现出明显的学陶渊明的倾向，欲以诗酒风流或田园山水来消磨和寄托人生。上面所举的《初夏游八关寺》等记游的诗作，也表现出这种倾向。他在另一首诗《雨》中也写道："沙岸残春雨，茅檐古镇官。一时花带泪，万里客凭栏。日晚蔷薇重，楼高燕子寒。惜无陶谢手，尽力破忧端。"诗中描绘的凄寒景象，寄寓了诗人谪居异乡，陋宿茅屋凄凉情怀。结尾一联乃自谦之辞，谓自己没有陶谢的诗才，不能写尽自然山水之美，尽寄人生的失意。他和陶渊明一样，看透了官场的黑暗，想退出官场，退居田园山林，保全自我，心态与陶渊明有很多相同之处。因此，他闲居中的创作经常是刻意学陶，也想像陶渊明那样把山水和诗酒当作是安顿人生失落的精神家园。如：

  野马本不羁，无奈卯与申。当时彭泽令，定是英雄人。客来两绳

---

① 李白《月下独酌四首》其一："花间一壶酒，独酌无相亲。举杯邀明月，对影成三人。月既不解饮，影徒随我身，暂伴月将影，行乐须及春。我歌月徘徊，我舞影凌乱。醒时同交欢，醉后各分散。永结无情游，相期邈云汉。"其二："天若不爱酒，酒星不在天。地若不爱酒，地应无酒泉。天地既爱酒，爱酒不愧天。已闻清比圣，复道浊如贤。贤圣既已饮，何必求神仙。三杯通大道，一斗合自然。但得醉中趣，勿为醒者传。"《李太白全集》，中华书局1977年版，第1062页。

② （宋）陈与义著，白敦仁校笺：《陈与义集校笺》，上海古籍出版社1990年版，第371页。

床，客去一欠伸。市声自杂沓，炉烟自轮囷。莺声时节改，杏叶雨气新。佳句忽堕前，追摹已难真。自题西轩壁，不杂徐庾尘。

——《题酒务壁》

竟夜闻落木，雨歇窗如新。披衣有忙事，檐前看归云。初阳上林端，鸦背明纷纷。我亦迫经课，日计在一晨。再烧结愿香，消洗三生勤。群公持世故，白发到幽人。幸不识奇字，门绝车马尘。谁能共此窗，竹影可与分。

——《早起》

第一首诗极力称道陶渊明安贫乐道的人格，写景状物也力摹陶诗，其中"佳句忽坠前，追摹已难真"与陶诗中"此中有真意，欲辨已忘言"一联极为相似。第二首的诗意和陶渊明"结庐在人间，而无车马喧"的诗意也很相似。表达了官场失望后，欲在乡间田园安度人生的愿望。用诗人自己的话来说就是"南山合归耕"（《种竹》）。此时，陈与义确实把陶渊明看作了异代知音。

手把古人书，闲读下广庭。荒村无车马，日落双桧青。旷然神虑静，浊俗非所宁。逍遥出荆扉，竚立瞻郊坰。须臾暮色至，野水皆晶荧。却步面空林，远意更杳冥。停云甚可爱，重迭如沙汀。

——《晚步》

陈留春色撩诗思，一日搜肠一百回。燕子初归风不定，桃花欲动雨频来。人间多待须微禄，梦里相逢记此杯。白竹扉前容醉舞，烟村渺渺欠高台。

——《对酒》

种竹不必高，摇绿当我楹。向来三家墅，无此笙箫声。皇天有老眼，为闭十日晴。护我萧萧碧，伟事邻翁惊。同林偶落此，相向意甚平。何须俟迷日，可笑世俗情。明年万夭矫，穿地听雷鸣。但恨种竹人，南山合归耕。他时梦中路，留眼记所更。苍云屯千里，不见陈留城。

——《种竹》

竹君家多才，楚楚皆席珍。成行着锦袍，玉色映市人。惠然集吾宇，老眼檐光新。曲生亦税驾，共慰藜藿贫。不待月与影，三人宛相亲。可怜管城子,头秃事苦辛。按谱虽同宗,闻道隔几尘。诗成聊便写,一笑惊比邻。

——《食笋》

在以上几首诗中,陈与义力求像陶渊明那样,以一种旷达超脱的态度来面对生活,但这种旷达显然是故作之辞,难以掩饰内心的痛苦,没有能达到陶诗那样内心的平静,相反却常常表现出类似谢灵运诗歌那样的凄凉感。第一首、第二首诗的开头两联和第四首诗的结尾两句,就流露出诗人在无奈中,努力以山水、诗书求得解脱的心态,陶渊明在山水中找到了返归自然,任性逍遥的另一种人生真谛,一种与官场不同的生活境界,与山水在精神上达到了冥合。而对陈与义来说,山水只是他求得暂时解脱的工具,他内心深处对国运民瘼的担忧,使他无法达到陶渊明那样超脱的境地。陶在山水中找到了官场上失落的人生希冀,而陈与义却没有,他内心仍然沉溺于痛苦。

世故生白发,意行无与期。平生木上座,临老始相知。月中沙岸永,岁暮河流迟。留侯庙前柳,叶尽空离离。百年信难料,剩赋奇绝诗。

旋买青芒鞋,去踏沙头月。争教冠盖地,着此影突兀。树寒栖鸟动,风转孤管发。月色夜夜佳,人生事如发。梦中续清游,浓露湿银阙。

——《夜步隄上三首》其一、其二

第一首诗的开头和结尾都流露出人生世事虚幻难料的叹息,不似陶诗中那种悠然自得的情怀。第二首诗中寒树栖鸟的景象也不类陶诗中景色之宁静与恬淡。这种凄凉的情感和凄寒的精致,正是陈与义独居贬所,精神无所皈依的真心流露。他的《寒食》诗更能体现其创作的这一特点。

草草随时事,萧萧傍水门。浓阴花照野,寒食柳围村。客袂空佳节,莺声忽故园。不知何处笛,吹恨满青尊。

由于时局混乱，诗人无端被贬往僻乡，寒食佳节，对酒独酌，忽然传来的莺鸟啼叫声，让他陷入了对故园深深的思念之中，偏偏就在此时，不知何处又传来了撩人心扉的笛声，更让诗人情不堪忍，对酒释杯恨不能饮。他的《窦园醉中前后五绝句》其一也和本诗相类，诗中"客子从今无可恨，窦家园里有莺声"说窦家园里的莺声，可以让他忘却思乡之恨，实际正说明思乡之深。刘辰翁就评结尾一联"极是恨意"①，准确地点出了诗人的情怀。值得注意的是陈与义在这里用的都是"恨"，而不是愁或忧，这种恨意，和陶诗中超脱旷达的情味大不相同。其中寄寓了深切的贬谪之痛。他的《感怀》就将这种情怀明确地表达了出来。

少日争名翰墨场，只今扶杖送斜阳。青青草木浮元气，渺渺山河接故乡。作吏不妨三折臂，搜诗空费九回肠。子房与我同羁旅，世事千般酒一觞。

开头一联今昔对比，陈与义当年被称为洛阳"诗俊"，昔日文场义气十足的诗人，如今已经变成了在残阳中神色衰韵竭的老翁。这里是否是实写另当别论，却表露了诗人真实的心态。下面三联就分别道出了诗人思乡之情，仕途失意之痛，以及自己与张良相类的谪居之恨。陈与义这时候虽对个人前途和官场几乎不再抱有幻想，他毕竟还身在官场，国家和社会纷乱的现状，常常使他忧心忡忡。

人间睡声起，幽子方独立。倚杖看白云，亭亭水中度。十月雁背高，三更河流去。物生各扰扰，念此煎百虑。聊将忧世心，数遍桥西树。

——《夜步堤上三首》其二

人们都进入酣睡，而诗人自己却倚杖独立，时至三更还是百虑煎心，为天下众生和纷乱的时局思虑不安，显示了他深深的忧患意识。

陈与义这一时期身在贬谪，他的诗歌不论什么题材都表现出一种孤独

---

① （宋）陈与义著，白敦仁校笺：《陈与义集校笺》，上海古籍出版社1990年版，第368页。

的情怀。贬谪是陈与义仕途的不幸,却给他诗歌的发展提供了契机。他贬谪陈留前的诗歌主要是写馆阁、寓所的生活,由于视野的局限格局较小。此次贬谪外放,看到了城中馆阁没有见到的景致,他在赴陈留的途中,就被以往城中不曾见到的景致所触动,面对眼前的景致感慨道:"城中那有此,触处皆新诗。"(《赴陈留》其一)大自然的景致让诗人眼前一亮。他在另一首诗中也写道:"柳林横绝野,藜杖去寻诗。不有今年谪,争成此段奇。"(《游八关寺后池上》)表现出诗人有意识地去发掘山水之中的诗意,体现出一种审美情趣的变化。如贬谪途中所作的诗句"日落河冰壮,天长鸿雁哀。"(《至陈留》)这样壮阔的景象,是他在馆阁中无法写出来的。再者,贬谪也让他对人生的体验更加深切,丰富和扩大了创作视野。贬谪让他痛苦,但使诗人对人生社会的体验更加深刻、更加丰富,在这种以意义上讲,贬谪又成就了他这一时期的诗歌创作。主观审美趣味的变化和客观环境的改变,再加上更丰富的人生体验,共同促成了陈与义诗风的改变,陈与义这一时期诗歌的取材、思想内涵和风格,相对第一个阶段都有了明显的差异,以山水为主要题材,以意境营造为主要的抒情手段,成了这一时期创作最主要的特点,并以此为基点形成了其诗歌上相对独立的审美特点,也开启了其后诗歌创作的基本趋势。

第三章 避难湖峤：陈与义创作的高峰期

钦宗靖康元年（1126年）初，金军大举进攻北宋京城一带，不久靖康之难爆发，北宋灭亡。陈与义随着南逃的人潮，开始了他长达五年艰辛的避难漂泊生涯，历经河南、湖北、湖南、广西、广东、福建、浙江等省，于绍兴元年（1131年）到达高宗会稽行在。靖康之难天崩地陷般的变化极大震撼了诗人的心灵，也给其生活带来极大冲击。陈与义的诗歌创作与之前相比也发生了巨大变化，详细地记录了自己逃难的经历和逃难中的心路历程。高昂的救国热情成了其诗中最突出的主题，但高宗政权在内外交困的窘境中庸弱的表现很快又冷却了诗人的热情，失望情绪迅速滋生，这一时期他的诗歌表现出雄浑悲壮的审美风格，代表了陈与义诗歌创作的最高成就，也是他诗歌创作的巅峰。

靖康元年（1126年）正月，金军进攻北宋都城，拉开了靖康之难的序幕。陈与义由陈留经商水、舞阳前往邓州避难，在邓州寓居达半年之久。时代剧变使得陈与义的忧国之情剧增，在经过商水时有诗云："年华入危啼，世事本前期。草草檀公策，茫茫老杜诗。山川马前阔，不敢计归期。"（《发商水道中》）流露出他对国家蒙难的深哀剧痛，严峻的现实也让他对杜甫在"安史之乱"中的创作产生了强烈的共鸣，担心自己会不会像杜甫一样客死他乡。后来的事实正如他的担心，南渡以后，陈与义再也没能回到中原，不幸客死他乡。他在另一诗中又写道："想象寸心折"（《次舞阳》）表现了他在国破家亡时骨惊心折的伤痛。陈与义寓居邓州期间，钦宗发布诏令，表示要中兴王室，诗人对此表现出极大的兴奋，在诗中写道："诏书忧民十六事，父老祝君一万年。白发书生喜无寐，从今不仕可归田。"（《等州西轩书事十首》）表露出强烈的中兴愿望与爱国热情。

靖康元年七月，金军再次进犯京洛，陈与义北上陈留，接了家人继续南逃，经汝叶、方城等地，于建炎元年（1127年）初复入邓州，在此一直停留到第二年正月。他在《游董园》一诗中云:"东北方用武,六月事戈矛。甲裳无乃重,腐儒故多忧。"他在另一首诗中写道:"中兴天子要人才,当使生擒颉利来。正待吾曹红抹额,不须辛苦学颜回。"(《题继祖蟠室三首》)前者表达出对国事深切的忧虑,后者表示积极投身中兴,挽救国难的高度热情,这也是陈与义此时的基本心态。建炎二年(1128年)正月,金军南侵打到邓州,陈与义从邓州奔往房州,在房州附近与金兵遭遇,差点丧命,逃入山中20多天,方免于难。他在诗中写道:"今年奔房州,铁马背后驰。造物亦恶剧,脱命真毫厘。"(《正月十二日自房州城遇金虏至奔入南山十五日抵回谷张家》)描述的就是当时逃难的情形。在金军进攻面前,宋军节节败退,高宗无心抵抗移驾东南,使得陈与义对国事更加担忧。他在《感事》一诗中云:"丧乱那堪说,干戈竟未休。公卿危左衽,江汉故东流。风断黄龙府,云移白鹭洲。云何舒国步,持底副君忧。世事非难料,吾生本自浮。菊花纷四野,作意为谁秋。"对国家遭劫、二帝蒙羞、高宗南奔等事情表现出极大的伤感,对朝中无人担负国事表示出极大的担忧。当年夏,陈与义到达均阳,并权摄知均州。8月,陈与义离均阳,经石城于10月到达岳州。逃亡两年多来,南宋对金兵抵抗无力,国家政权重建举步维艰,特别是高宗一味地逃跑投降,使陈与义的心态逐步发生了变化,中兴的热望正逐步退去,失望的情绪开始慢慢地延伸,对朝廷的不满与日俱增。"万里来游还望远,三年多难更凭危。白头吊古霜风里,老木苍波无限悲。"(《登岳阳楼二首》)就表现了诗人失望低回的情绪。"未必上流须鲁肃,腐儒空白九分头。"(《巴丘书事》)是对朝廷上层无能的直接指责。"楚累径行地,处处余离骚。"(《晚步湖边》)则表现出深深的伤感与失望。

建炎三年(1129年)4月,陈与义权摄知郢州。9月,过湖南,经南洋路去湘潭,年底在衡岳。当年秋冬金军进攻湖南等地,陈与义只得继续逃难,建炎四年(1130年)初,自衡岳下金潭,于正月到绍阳。不久经孔雀滩、贞牟、抵达紫阳山,在此停留到秋天。陈与义每过一地,都有诗纪行,近五年的逃亡让他备尝艰辛,对乡关的思念也日益加深。他在建炎四年(1130年)年关的诗中写道:"五年元日只流离,楚俗今年事事非。后饮屠苏惊已老,长乘舴艋竟安归。携家作客真无策,学道刳心却自违,汀草岸花知节序,一身千恨独沾衣。"(《元日》)诗中充满了一种客居意识和强烈的漂泊感。就在建炎三年到四年之交,在金人的进攻下,发生了高宗渡海逃难事件。陈与义闻此写下了他的名作《伤春》，该诗开宗明义"庙堂无计可平戎"对朝廷无能给予了尖锐的批评。此时陈与义的心态有了进一步变化，南渡开始时那种慷慨赴国的意气已经几乎不复存在，取而代之的是一种强烈的批判意识。5月，陈与义被召为尚书兵部员外郎，他有《拜诏》一诗："紫阳山下闻皇牒，地藏阶前拜诏书。乍脱绿袍山色翠，新披紫绶佩金鱼。"所言就指此事。建炎四年秋，陈与义由紫阳入邵州，过永州。12月，过道州，冬赴临贺，度桂岭，到岭南的贺溪。1131年高宗改元绍兴。这年春，陈与义出贺溪、过封州，到广州。后经过潭州入浙，游雁荡。5月，抵达会稽行在所，任兵部侍郎。8月，迁起居郎。从此开始了他新的朝官生涯。

这一时期是陈与义诗歌创作最重要的一个时期，作品数量之多，内容之深刻丰富，质量之高，都超过了其他三个创作时期。他的诗歌创作成就也主要体现在这一时期的创作中，对后世产生重要影响的也主要是这一时期的作品。他这一时期诗歌创作的主要特点，可以概括为以下三点。

首先，诗歌取材内容与以前相比，发生了巨大的变化。五年颠沛流离的避难生活，让陈与义遍尝人生的艰辛，面对民族、社稷遭受天崩地裂般的变故，个人逃难的艰辛，对造成这一变故的理性深入的思考，对中兴的希望和担忧，以及感慨自身悲惨遭际，就成了他此时诗歌创作最突出的内容。同时，作为诗人，漂泊各地所见的不同自然景观，也让他有了新的审美体验，描写山水景观，借景抒情，也是他这一时期诗歌创作的重要组成部分。这些诗歌深刻地反映了南渡初年强敌入侵所带来的严重灾难，以及高宗的庸弱和其政权的无能。同时也反映了士大夫在离乱中所经历的种种艰辛，对中兴的热望和这种热望的衰退过程，情感真挚深刻，可以看作是南宋初年社会和士人心态的一个缩影。南渡前他虽然也有一些诗歌关注到了现实政治，表现出一定的忧患意识，但这样的作品数量很少，即使是涉及这一主题，也写得隐晦朦胧。而这一时期关注现实政局的题材，无疑是他诗歌创作的最大亮点。

其次，就作品数量看，在五年多的战乱期间，他创作了280多首诗，几乎占了他诗歌创作总数的一半，可以说是他诗歌创作的丰产期和高峰期。

最后，这一时期，陈与义诗歌取材丰富，风格多样。在艺术上，也达到了较高的水平，完全形成了自己独具的特色。除了继续写作南渡前就有的写景抒怀和唱和之作外，这一时期创作的感事伤时主题和自然山水题材大大超越其之前的创作，成了他诗歌创作最突出的两个亮点。感事伤时的诗反映战乱题材和重大政局问题，写得慷慨悲壮，山水诗则清丽与雄壮两种风格并存。这两类作品是陈与义这一时期乃至整个诗歌创作的代表作，也是奠定其在诗史上地位的作品。下面就对他这一时期的诗作分类来加以探讨。

一　感伤时事

　　感事伤时之作，是陈与义这一时期作品中历来最受关注的部分，大概有 25 首。作品的题目中往往带有"感事"、"书事"等字样，这些作品多涉及当时重大的历史事件，内容主要反映诗人对动荡现实和造成这种现实原因的理性思考，带有很强的写实性和批判性。虽然数量不算太多，却扣准了时代脉搏，精准地反映了时代主题和当时士大夫的心理，以其深刻的思想和悲壮的情调成为陈与义诗歌中最为耀眼的部分，是他诗歌创作的精华。如《邓州西轩书事十首》：

　　　　小儒避地南征日，皇帝行天第一春。走到邓州无脚力，桃花初动雨留人。
　　　　千里空携一影来，白头更着乱蝉催。书生身世今如此，倚遍周家十二槐。
　　　　瓦屋三间宽有余，可怜小陆不同居。易求苏子六国印，难觅河桥一字书。
　　　　莫嫌啖蔗佳境远，橄榄甜苦亦相并。都将壮节共辛苦，准拟残年看太平。
　　　　皇家卜年过周历，变故未必非天仁。东南鬼火成何事，终待边烽作争臣。
　　　　杨刘相倾建中乱，不待白首今同归。只今将相须廉蔺，五月并门未解围。
　　　　不须夜夜看太白，天地景气今如斯。始行夷狄相攻策，可惜中原见事迟。
　　　　诏书忧民十六事，父老祝君一万年。白发书生喜无寐，从今不仕可归田。

　　范公深忧天下日，仁祖爱民全盛年。遗庙只今香火冷，时时风叶一骚然。

　　诸葛经行有夕风，千古天地几英雄。吊古不须多感慨，人生半梦半醒中。

　　这组诗写于靖康元年避难寓居邓州期间，是一组感怀时事的政治抒怀诗。十首诗可以分为两个层次。前三首可看作一层，主要写诗人自己避地邓州的身世之感和对家人的担忧。第一首交代诗人逃难的缘由、时间、地点。据《宋史》记载，徽宗于宣和七年（1125年）十二月二十三日金军即将兵临京城时，传位于钦宗，次年改元为靖康，[①] 想以此收拢民心，安定社稷。具有讽刺意味的是就在不到一个月的时间后，即第二年正月金军就攻破了京城，灭了北宋，高宗和很多官员、百姓大举南逃。诗的前两句所云正是诗人在这种形势下的避难之事，当时陈与义由陈留逃往邓州，因邓州在陈留的西南，故曰南征。诗人逃到了邓州，疲惫不堪，又遇到大雨只好暂时寓居此地。第二首写自己逃难寓居邓州的孤独与纷乱的情绪。诗人身遭离乱，又是一个人形单影只地漂泊异地，心情之凄凉冷寂不言自明。本来就情绪不佳，蝉声的嘈杂更让他心乱如麻，坐立不安。"遍依周家十二槐"形象写出诗人当时惶惶不可终日的心态。第三首诗借陆机的典故，写自己对远隔千里之外的家人的深切担忧和思念。据记载，陆机曾领兵打仗驻军于河桥，常以骏犬黄耳通家书[②]。言下之意是说陆机身处战乱，虽不能与家人同居，共享天伦，但还可以与家人有书信往来。而自己此时，想得到家人的消息，要比苏秦获得六国的相印还要难得多。

　　七首可以看作第二层，内容主要是感慨时事，是全诗的重点。刘辰翁评其中第六首诗"多见世事，存之仿佛"[③]，其实用这个评语来从总体上评价这七首诗更为合适。这七首诗怀古伤今，视野开阔，内容触及了时代主题、重大时事和朝廷大政，感慨深沉，见识深刻，体现出诗人深沉的忧患意识和对多难现实的理性思考。我们可以在刘辰翁的评语上，再加上一

[①]　（元）脱脱等撰：《宋史·徽宗本纪》，中华书局1977年版，第417页。
[②]　（唐）房玄龄等撰：《晋书·陆机传》，中华书局1974年版，第1413页。
[③]　（宋）陈与义著，白敦仁校笺：《陈与义集校笺》，上海古籍出版社1990年版，第417页。

点，其不仅是多见世事，更有对靖康之变理性的反思，具有史诗的深度。

第四首承上启下，以比兴的方式表达诗人对现实和未来总的看法。诗中所说的"苦"指的是眼下离乱之苦，即诗中所说的"都将壮节共辛苦"；"甜"是诗人对太平未来的想象，即结句所说的"准拟残年看太平"，是新君即位给诗人带来的热切中兴希望。接下来的三首诗深入地探究了造成现实离乱的社会政治原因。第五首是批评徽宗政失民怨而不觉悟。徽宗崇信道教，生活糜烂，荒废朝政，诗的首句说徽宗不理政事，而是求仙卜卦希望自己的江山永固。后三句批评徽宗见事不明，因徽宗贪图淫乐享受，立花石纲之名搜刮民财，引发了东南的方腊起义，可这并没有让他觉醒。在平定方腊起义的时候，他一度取消了花石纲，但起义刚一平定，他就恢复了花石纲的供应。正因为他的昏庸造成了北宋末年的朝政混乱和国家衰落，直到胡人（金兵）打到了家门口，冷酷的现实让他意识到问题的严重，可是为时已晚。这里有一点需要说明，就是诗的第二句，为什么说变故是天仁？而且还用了一个双重的否定来加强肯定的语气呢？"天仁"是儒家敬天保民的思想，认为世间出现了变乱等特异的现象，是因为统治者为政有失，上天出于仁爱之心，以此来提醒统治者体察和改正为政之过失，以保天祚不失。这里是说徽宗不识天意，强调徽宗昏庸之甚。第六首诗是评说造成政局变乱和国家衰败的另一个因素——党争之祸。杨刘建中之乱是指唐代建中元年，杨炎和刘晏之间的争夺、诬陷与残害，[①] 这场争斗不但引发了建中政局的混乱，他们自己也在残杀中不能享尽天年。宋代的胡穉在给陈与义诗作注时，认为陈与义借以指蔡京、王黼之间的争斗。其实，陈与义不一定实指某人某事，可能泛指北宋末年的党争，也包括靖康时期朝廷内部的倾轧，主要是批评党争带来的朝政混乱。当时金军兵临京城，在社稷存亡之际，钦宗没有积极筹划抵御，而是准备逃跑，在李纲的坚决反对下方才罢休。但他不是筹划如何打败金军，而是主张割地赔款议和，"括借金银，籍倡优家产"[②]。为了讨好金军，在投降派的攻讦下，钦宗曾一度罢免了积极主战的李纲，激起了众怒，引发了京城民变，不得已又恢复了李纲等人的职务。[③] 后来，各地勤王之师陆续赶

---

① （宋）欧阳修等撰：《新唐书·刘晏传》，中华书局1973年版。

② （元）脱脱等撰：《宋史》卷二十三《本纪第二十三·钦宗本纪》，中华书局1977年版，第423页。

③ （元）脱脱等撰：《宋史》卷二十三，中华书局1977年版，第424页。

来，在战争形势转变为对宋有利的情况下，钦宗还是答应了金军割地赔款等苛刻的条件，与之议和。在金军慌忙撤退的时候，钦宗禁止李纲等人袭击金军，诏令："有擅出兵者，并依军法。"① 为了与金军妥协，战事刚刚缓和，钦宗就立即罢免了李纲。同年秋，金军再次南进，钦宗与执政大臣答应了金军提出尊金国主为"皇伯"等带有侮辱的条件，力主议和。结合本诗结尾两句看，诗人主要指斥国家面临生死存亡时刻，朝廷内部的争斗。胡注还认为下面说的并门之围，即当时的太原之围；白敦仁据此进一步将诗中所说的廉、蔺之喻是"痛李纲之遭谗忌也"②。如此解释未尝不可，但我认为还是不指实为好，并门之围只是借以说明国家面临金军的围攻，诗人是借以强调国家正面临严重外忧，朝中文武本该像廉颇、蔺相如那样精诚合作，共赴国难，抵御外敌。但当时高宗的亲信"恩旧"黄潜善、汪彦伯操控实权③，主张投降，大肆排挤诬陷李纲等主战人士，朝中争斗之风大炽。8月，李纲被罢免，黄、汪并列为相。支持李刚的陈东、欧阳澈被杀害。④ 黄、汪二人执政期间，嫉贤妒能，引用亲故，不识大体，瞒上欺下，一味主张逃跑，⑤ 造成了不可挽回的局面。整首诗是批评党争和文武将官倾轧的危害，不一定实指某事。刘辰翁评本诗"多见世事，存之仿佛"⑥，说的也是这种意思。第七首诗是批评北宋对金、辽的外交策略的失误。当年徽宗不顾他人反对，采用了童贯的建议，联合金国共同对付辽国，以期收回燕云地区，结果偷鸡不成反蚀米，宋金联合灭掉辽国后，将一个更为强大的敌人引到了家门口，不但没有收回上述地区，还因为此事与金国交恶，也给金国提供了进攻北宋的借口。本诗就是批评以徽宗为首的北宋统治者，在外交上见事不明，眼下的形势是当年失误所注定的，不需要再以天象推测，事情是明摆着的。三首诗涉及了北宋末年

---

① （明）冯琦原编，陈邦瞻增辑：《宋史纪事本末》卷四十九，中华书局1977年版，第579页。

② （宋）陈与义著，白敦仁校笺：《陈与义集校笺》，上海古籍出版社1990年版，第415页。

③ 详见（宋）李心传撰《建炎以来系年要录》卷一，中华书局1988年版。

④ 详见（宋）李心传撰《建炎以来系年要录》卷四，中华书局1988年版。

⑤ （宋）徐梦莘《三朝北盟会编》（上海古籍出版社2008年版，第750页下）卷一百二记："遗史曰：中兴初，黄潜善、汪伯彦为首执政，智者必知二人无进攻之志矣。"这也是宋人和后人的普遍看法。

⑥ （宋）陈与义著，白敦仁校笺：《陈与义集校笺》，上海古籍出版社1990年版，第417页。

以来几乎所有的社会政治弊端,且见解深刻,可以看作是诗人对北宋败亡的总结。就在陈与义写此诗的前后,左谏议大夫冯澥奏闻:"熙宁元丰及元祐以来,人无公论,治失中道,不偏于此则偏于彼。天下疲于变更,士夫困于迁谪,五六十年之间,是非相攻,祸福相轧,纷争扰攘,至于前日大乱。"① 可见陈与义诗中所言,也是当时很多士大夫的心声。刘辰翁对第六首诗的评价,同样也适用于另外两首诗。

第八首诗表达了诗人因钦宗亲政所看到的中兴希望,这种希望对诗人来说,犹如黑暗和痛苦中的一缕光亮,希望在自己残年里能看到天下太平。据历史记载:"靖康元年五月丁丑,诏以俭约先天下,澄冗汰贪,为民除害,授监司郡县奉行所未及者,凡十有六事。"② 陈与义诗中所言,就是此诏颁行后,天下百姓欢欣鼓舞的盛况。诗人也由此看到了社稷中兴的希望,喜极不寐,觉得自己就是不做官,从此解甲归田也心甘情愿。

第九首和第十首借邓州的古迹咏怀,表达对中兴的热望。第九首是对仁宗和范仲淹的追念。范仲淹以"先天下之忧而忧"的忧患意识和对付西夏、安定西北边陲的功绩,在历史上几乎是无人不晓。宋仁宗也堪称宋代皇帝中仁爱民众的典范,庆历年间范仲淹曾出守邓州。清代《嘉靖邓州志》卷十五《良牧志》和卷八《古迹志》记载,范仲淹在知邓州时,"孜孜民事,政平讼理"。又营建花圃,与民同游乐。后"进给事中,邓人遮使者请留,仲淹亦愿留邓,许之"。后来邓州人就在百花洲上,建立祠堂祭祀追念范仲淹。盖陈与义到邓州时,范仲淹祠已经香火冷落。诗人借追悼仁宗和范仲淹之间仁君良牧的遇合,表达了对太平盛世的追念。第十首是追悼诸葛亮。据《嘉靖邓州志》卷八《古迹志》载邓州新野县有"议事堂,在县儒学大成殿东,世传蜀昭烈屯兵新野时,徐庶上谒,荐孔明之贤,于此议事,至今堂址犹存"。陈与义追悼诸葛亮,是希望在国家社稷败亡之际,能有诸葛亮那样的英雄人物来辅助钦宗,扶大厦于将倾,这两首诗总体上都表达诗人对中兴的热望。

这组诗作者由自己的处境出发,对历史和现实进行深刻的审思,发出了时代的强音,说出了当时士民普遍的看法和愿望,流露出强烈的忧患意识和历史使命感,也可看出诗人的士大夫胸襟。

---

① (宋)汪藻撰,王智勇笺注:《靖康要录》卷七,四川大学出版社2008年版,第782页。
② (元)脱脱等撰:《宋史·钦宗纪》,中华书局1977年版,第428页。

如果说陈与义上一组诗主要是感慨和批判北宋末年的历史，叹息变乱的原因的话，他寄居邓州时所作的《感事》一诗，就主要写了他对战乱和南渡初年社会政治以及国家危难的感慨。

> 丧乱那堪说，干戈竟未休。公卿危左衽，江汉故东流。风断黄龙府，云移白鹭洲。云何舒国步，持底副君忧。世事非难料，吾生本自浮。菊花纷四野，作意为谁秋。

诗歌的前半部分主要是书事，在书事中又渗透着强烈的情感。首联破题点出了所感之事，即不知何时方能休止的战乱，以及战乱给国人带来不堪言说的死亡和离散之苦难。诗歌下面的篇幅具体说了种种丧乱之事：第二联说公卿的危难。据历史记载，建炎元年（1127年）正月，金军在京城大肆搜刮，王公大臣的家产几乎都搜刮到了金营，就连皇帝的车驾，皇室的礼器等也不例外，甚至搜刮到了倡优之家。[①]"丙午，降授通奉大夫刘韐"因为不肯投降侍金，为金人所迫，自缢"死于金营"[②]。"太学生徐揆出见金帅，请车驾还宫，为所杀。"[③] 二月，钦宗被扣留在青城金营，金军元帅要钦宗更换御服拜降，吏部侍郎李若水阻拦，被残忍地凌辱并惨遭杀害。[④] 后来，金兵又强行掳走了徽、钦二宗和王室的大部分人员。史书记载说："丁卯，道君太上皇帝出诣金营……时肃王枢已出质，郓王楷等九人从渊圣皇帝在青城，于是安康郡王楃、相国公梴、瀛国公樾、建安郡王楧、嘉国公椅、温国公栋、仪国公桐、昌国公柄、润国公枞等九人，及龙德宫王贵妃、乔贵妃、韦贤妃、王婉容、阎婉容、任婉容、王婕妤、乔婕妤、小王婕妤、崔夫人、康王夫人邢氏与诸王夫人、帝姬、暨上皇十四孙皆出。"[⑤] 后来金军还拘捕了大批的官员和太学生。杀害了户部尚书梅执理、吏部侍郎陈知质、刑部侍郎程振、给事中安扶。四月金军北撤时，除了上述王室人员，还掳走了尚书右仆射兼中书侍郎何㮚、同知枢密院事兼太子少傅孙傅、资政殿学士签书枢密院事张叔夜、御史中丞秦桧、

---

① 详见（宋）李心传撰《建炎以来系年要录》卷一，中华书局1988年版。
② （宋）李心传撰：《建炎以来系年要录》卷一，中华书局1988年版，第30页。
③ 同上。
④ （宋）李心传撰：《建炎以来系年要录》卷二，中华书局1988年版，第38页。
⑤ 同上书，第40页。

尚书兵部侍郎司马朴等一批重要官员，总数达 1800 多人，① 基本摧毁了北宋统治集团的中枢。陈与义创作这首诗时，这些事件都刚刚发生，可见诗中"公卿危左衽"一句的深刻内涵。即使是面对这样残酷的现实，诗人还是相信士人会像东流不止、心系大海的江河一样心向大宋，这也是诗人心迹的自我表白，道出了他坚定的爱国情怀。诗中提到的黄龙府，指的是金人的都城。方回说"黄龙府，谓二帝北狩。白鹭洲，为高庙在金陵"②。准确点出了第三联内涵。《建炎以来系年要录》卷九载："九月庚子，道君太上皇帝、渊圣皇帝自燕山徙居中京。中京者，在燕山之北千里……二帝既至，即相府院居焉。时嗣淮王仲理等千八百余人尚在燕，金人计口给粮，监视严密，宗室之死者甚众。"③ "风断黄龙府"是念二帝身为至尊而屈居异邦，杳无音信，表达了对二帝遭受磨难的痛心和担忧。皇帝作为国家的最高统治者，在一定意义上是国家和民族的象征，就这种意义上说陈与义对二帝遭难的哀痛，实际上也是对国难的痛心，不能简单地理解为对两位皇帝个人的担忧，而是包含了深沉的爱国情怀。他在与本诗同时所作的另外一首诗中也写道："忆得甲辰重九日，天恩曾预宴城东。龙沙此日西风冷，谁折黄花寿两宫。"（《有感再赋》）昔日皇帝威仪严隆，可以施恩并号令百官，今日成为阶下囚，困居于大漠寒冷的西风里，连最普通的人都能享受到的节日祝福都得不到。往日的尊贵奢华与今日的卑微冷寂形成了鲜明的对比，写出了无限的爱与恨，是对"风断黄龙府"最好的注脚。刘辰翁就评结尾一联说："直须写到至此，不忍下笔。"④ 说的也是此意。"云移白鹭洲"是写高宗即位后驻跸之事。当时朝臣意见分歧很大，宗泽主张还都汴京，以便鼓舞人心，督师抗敌。李纲议先驻跸襄、邓，以系中原之望，待两河局势稳定后，再还都汴京。出身康王府，当时为高宗亲信的黄潜善、汪伯彦之流置中原于不顾，力主移都东南。高宗怯懦畏敌，又缺乏抗金的决心和信心，采纳了亲信的意见，但对定都临安府还是建康府摇摆不定。"云移"一词写出了在高宗犹豫不决的情况下，国之重器和朝廷宗庙的漂移不定。这样，国家和民族失去了凝聚力量的有效

---

① 以上事迹见（宋）李心传撰《建炎以来系年要录》卷二，中华书局 1988 年版。
② （元）方回选评，李庆甲集评点校：《瀛奎律髓汇评》，上海古籍出版社 2005 年版，第 1355 页。
③ （宋）李心传撰：《建炎以来系年要录》，上海古籍出版社 1992 年版，第 171 页。
④ （宋）陈与义著，白敦仁校笺：《陈与义诗集校笺》，上海古籍出版社 1990 年版，第 485 页。

核心，严重影响了广大军民，尤其是北方军民的抗金斗志和热情。言语之中对高宗一味南逃，不能积极抵抗金军、收复失地和营救二帝的行为，流露出几分批判之意，体现了深切的爱国情怀和忧患意识。

　　诗歌的后半部分是感怀，就前面所述的事情抒发自己的感想。"云何舒国步，持抵副君忧"是说国步维艰之时，当国大臣却束手无策，不能为皇帝分忧。接下来的两句"世事非难料，吾生本自浮。"是说这种干戈不息的丧乱格局是意料之中的事，在这形势下，自己作为乱世中的个体，沉浮陆离也就是必然的事情。诗人得出这样的结论，根据当然是北宋末年以来的社会政治状况，在前面《邓州西轩书事十首》中就表达了这种意思。他在避难初的第一首诗中就说："年华入危涕，世事本前期。"（《发商水道中》）明白地表达了这种意思。诗的最后两句以景语作结，寓情于景，意味深长。满山遍野的菊花本应该使人惬意于美好的秋景，可现在国运迷茫，诗人漂泊于乱世，哪里还有闲情逸趣来欣赏呢？悲凉伤感的情绪不言自现。

　　陈与义对南渡前后形势感慨最深的还是他的名作《伤春》：

　　　　庙堂无策可平戎，坐使甘泉照夕烽。初怪上都闻战马，岂知穷海看飞龙。孤臣霜发三千丈，每岁烟花一万重。稍喜长沙向延阁，疲兵敢犯犬羊锋。

　　这首诗也是宋诗中几乎人人皆知的名篇，诗的开头四句大气磅礴、单刀直入，对当时社会最突出的问题提出自己的看法。唐代宗年间，吐蕃曾攻陷唐都长安，杜甫曾作《伤春》抒写忧国激情，表达还京兴国的愿望。陈与义借题抒怀，可谓异代同悲。甘泉宫是汉代的宫殿，这里用来指代陷落的北宋都城和皇家宫苑。认为金军之所以能闯入大宋的心腹地带，把战火烧到都城皇宫，就是因为最高统治集团的无能，批评的笔锋直指最高当局者。颔联是批评高宗面对金军闻风丧胆的逃跑主义，导致后来被困海上几十天的历史悲剧，虽然表达上比较婉转，但批评的锋芒不减首联，指斥高宗的胆小懦弱，道出诗人对这些历史事实的伤痛。诗歌的后四句直切伤春主题既叹自身，又伤国事。每每面临繁花似锦的春天，上述国家社稷的败亡都会引起诗人无限的忧愁，好在士大夫中还有一些像向子諲一样，敢于勇敢抵抗的中流砥柱，又使诗人看到了一丝希望。诗人在对向子諲的赞美中，表达了自己高昂的爱国热情。自熙宁党争文禁以来，敢于在诗歌里如此急切地批评时政和当权者的，就笔者所见是绝无仅有的，显示了诗人强烈的忧患意识和士大夫的使命感。

陈与义还有一些诗，也感伤在金军攻势下，南宋朝廷慌乱逃窜的狼狈。如《次韵尹潜感怀》：

> 胡儿又看绕淮春，叹息犹为国有人。可使翠华周寓县，谁持白羽静风尘。五年天地无穷事，万里江湖见在身。共说金陵龙虎气，放臣迷路感烟津。

本诗作于建炎三年（1129年）春。据历史记载，这年正月，高宗居扬州，金兵攻占了青州、泗州等地，南宋军队屡屡败退，溃不成军。金军不断逼近扬州，兵临城下，高宗只带了五六个随从仓皇出逃，城中一片恐慌。高宗和逃难的人"并辔而驰"。军民争门而出，践踏死者不可胜数。宰相黄潜善等对形势估计不足，临事处置不当，引发军民愤慨，激发了变乱，要杀死黄潜善等人，黄虽侥幸逃脱，却有数名官员被杀。高宗经镇江、泰州等地，逃往杭州。途中没有寝具，"上以一貂皮自随，卧覆各半"①。金军对扬州烧杀、掳掠一空而去。② 这就是诗中"胡儿又看绕淮春"和"可使翠华周寓县"所指的史实。诗的第二句到第五句都是叹息没有人才来抵抗异族的入侵，也没有人能让皇帝避免四处逃跑的狼狈和艰辛，感叹中也说出了南渡初年朝廷人才匮乏到令人悲伤的历史事实。第五、第六两句是感慨自己从贬谪以来的五年时间里，漂泊中见到了太多伤心的事情，这不仅指个人遭受的苦难，更指国家遭受的深重灾难。同样，诗人遭受心理上的煎熬，也不只是自己个人生活的愁苦，更有对国运民瘼的担忧。面对这样的形势，诗人在结尾处感慨虽然人们都说南京龙盘虎踞，有帝王之都的气象，可诗人却看不到中兴的希望，眼前一团迷雾，前途更是一片茫然，道出了自己的悲观和失望。全诗的主旨是感慨国步艰难之时，而朝中无人为国效力，这也是陈与义南渡后诗歌的重要内容之一。

陈与义感慨丧乱给国家、民族和他个人带来的不幸。上面所引的三首

---

① （宋）李心传撰：《建炎以来系年要录》卷二十，中华书局1988年版，第391页。
② 以上事迹详见（宋）李心传撰《建炎以来系年要录》卷二十，中华书局1988年版。

诗主要说的是金军入侵的外患造成的家国破败和个人离难。其实当时宋朝内部也是民众起义和暴乱频繁，遍及各地，也给国家和民众带来了极大的灾难，这在陈与义诗中也有反映，同时也表达对内乱的担忧。他在建炎三年（1129年）五月的几首诗里，就大致记录了贵仲正作乱的始末。

> 鼓发嘉鱼千面雷，乱帆和雨向湖开。何妨南北东西客，一听湘妃瑶瑟来。
>
> ——《五月二日避贵寇入洞庭湖绝句》
>
> 宛宛转湖滩，遥遥隔城邑。是时雨初霁，众绿带微湿。晓泽澹不波，菰蒲觉风入。我生莽未定，世故纷相袭。腼然贺兰面，安视一座泣。岂知虎与狼，义感功反集。尧俗可尽封，呜呼吾何及。气苏巨浸内，未恨乏供给。日历会有穷，吾行岂须急。近树背人去，远树久凝立。聊以忧世心，寄兹忘怏悒。
>
> ——《二十二日至北沙移舟作是日闻贼革面》

关于贵仲正作乱岳州的事情，宋代历史典籍没有清楚的记载。有些记录之间还有相互矛盾之处。《宋史》记载："建炎三年春庚辰朔，京西贼贵仲正陷岳州。""建炎三年六月乙亥，是夜，贼贵仲正降。"[①]《建炎以来系年要录》云："是夏（建炎三年），贵仲正破岳州，诏遣兵讨捕。既而复起奉议郎通判襄阳府程千秋招降之，千秋因留以为将。"[②] 在这两则材料中，破岳州的时间和招降的时间都不明确，就一个大致时间还不统一。参看这两首诗，可以知道贵仲正攻破岳州的大致时间是在该年的五月二日至二十二日之间，有补史阙。盖《宋史》记录贵仲正陷岳州的时间有误，六月降服的记录也是地方奏报朝廷的时间。第一首诗的首联两句，固然是写景，也形象地反映了贵仲正进犯岳州时猛烈的阵势和百姓逃亡的混乱场面，后两句道出诗人凄苦的心绪。第二首诗作于寇乱被平定之后，当陈与义听到寇乱被平定时，笔下的景观也是雨过天晴，风和日丽，反映了诗人喜悦的心情，喜忧变化表现出诗人忧世爱国的情怀。"岂知"开始两联，说像虎狼一样的贼寇，被感化归顺并被任用，使其能建功立业，朝

---

① （元）脱脱等撰：《宋史·高宗记》，中华书局1977年版，第466页。
② （宋）李心传撰：《建炎以来系年要录》卷二十四，中华书局1988年版，第503页。

廷的仁义简直就是上古尧帝风气的复归,可是诗人又叹息这样的恩惠为什么就不能施及自己?因此,诗的结尾感慨自己只能将一腔忧世报国的热情,空对山河风雨,哀吟为诗。全诗可谓是喜忧参半,表现出诗人当时复杂的心情。另外,他在这里避寇时,还写了《过君山不获登览》、《细雨》、《泊宋田遇厉风作》等作品,其中也提及了此事,可以看出事情的大致始终和陈与义对暴乱的担忧。

他在建炎四年(1130年)的几首诗里,又提及当时规模最大的钟相、杨么起义,并论及湖湘地区形势,以及由此引发的他对国家治乱的理性思考。他在《开壁置窗命曰远轩》中这样写道:

> 钟妖鸣吾旁,杨獠舞吾侧。东西俱有碍,群盗何时息。丈夫堂堂躯,坐受世褊迫。仙人千仞冈,下视笑予厄。谁能久郁郁,持斧破南壁。

建炎四年钟相、杨么起义时,陈与义正漂泊于洞庭湖周边的衡岳、甘棠、邵阳等地,对当时的情况应该比较了解。诗中将钟、杨等人称为"妖"、"獠"、"盗",自是士大夫的口吻。"东西俱有碍,群盗何时息。"一联又说明当时盗贼之多,涉及范围之广。这年各地起义和暴乱多达12处,说"群盗"确不为过。他在另一首诗中也说:"相逢汉江边,盗起方如云。"(《寄题赵景温筠居轩》)也提到当时盗贼如云的现实。诗歌后面三联是叹息自己身逢乱世的厄运,以及在这种处境下欲有所作为,而又报国无门的抑郁。诗人在这时的一首诗中写道:"乐哉此远俗,乱世免怵迫。那知百战祸,岂识三空厄。"(《再赋》)这是正话反说,带有闲居的牢骚,实际上说的是世间百战后,疮痍满目的苍凉。"三空厄"语出《汉书》陈蕃传,记曰:"延熹六年,车驾幸广成校猎,蕃上疏曰:'夫安平之时,尚宜有节,况当今之世,有三空之厄哉!田野空、朝廷空、仓库空,是谓三空。'"[①] 诗人借此说明长期战乱给国家和人民带来的深重灾难。当时被派往湖南处置钟相起义的监察御史韩璜也这样说:"臣误蒙使令,将命湖外,民间疾苦,法当奏闻。自江西至湖南,无问郡县与村落,极目灰烬。所至破残十室九空,询其所以,皆缘金人未到,而溃散之兵先

---

① (西汉)班固撰:《汉书·陈蕃传》,中华书局1965年版,第2162页。

之,金人既去,而袭逐之师继至。官兵盗贼劫掠一同。城市乡村搜索殆遍。盗贼既退,疮痍未苏,官吏不务安集,而更加刻剥。兵将所过纵暴,而唯事诛求。嗷嗷之声,比比皆是,民心散畔,不绝如丝。"[1] 说的就是兵祸匪盗之后的情景。可见陈与义所说确是实情。他在同时作的另一首诗里,就此发出了深沉的感慨:"我昨在衡山,伤心衢路侧。岂知得此地,一坐数千息。易安生痛定,过美大户饥。誓言如齐侯,常戒在莒厄。"(《又赋》)前两联就是对回想湖湘情形的痛惜,后两联是借题发挥,发表对现实政治的深刻反思,说出一个深刻的道理,即和平年代的过分安逸享乐,会导致祸乱和灾难,并借鲍叔谏齐桓公之事,告诫朝廷要居安思危。

经过四年多的战乱,到了建炎四年(1130年)年底。以高宗为首的南宋王朝,终于在对金和对内平定寇乱的战争中,取得了能稳定格局的胜利,南宋王朝偏安的格局逐步形成。陈与义以诗人的敏感,在诗歌中也反映了这一重要的历史时刻。

> 忆昨炎正中不融,元帅仗钺临山东。万方嗷嗷叫上帝,黄屋已照睢阳宫。呜呼吾君天所立,岂料四载犹服戎。禹巡会稽不到海,未省驾舶观民风。定知谏诤有张猛,不可危急无高共。自古美恶周必复,犬羊汝莫穷妖凶。吉语四奏元气通,德音夜发春改容。雷雨一日遍天下,父老感泣沾其胸。臣少忧国今成翁,欲起荷戟伤疲癃。小游太乙未移次,大树将军莫振功。刘琨祖逖未足雄,晏球一战腥臊空。诸君努力光竹素,天子可使尘常蒙。君不见夷门山头虎复龙,向来佳气元葱葱。

——《雷雨行》

诗歌的前四句是写高宗即位时风雨飘摇的社会背景。开头两句指的是建炎元年(1127年),康王(后来的高宗)在山东相州开元帅府,任"河北兵马大元帅",组织各地军队对金作战;三、四两句写在万方生灵涂炭的战乱中,高宗顺应天意在睢阳即位称帝;接下来的三联叙述高宗即位四年来,面对金兵进攻的危险、严峻的形势;"四载犹服戎"一联是总写,接下来一联是写的是高宗被金人追迫,航海避难之事,其中都蕴含了

---

[1] (宋)李心传撰:《建炎以来系年要录》卷四十一,中华书局1988年版,第759页。

对天子落难蒙羞的痛心。令人安慰的是在危亡时刻,还有像张猛和高共一样忠直之士相辅佐。写到此处诗人笔锋一转,以"自古美恶周必复"一句富有哲理的议论,说敌兵的势运到头,大宋的好运来临,而且是天命所赐、理应如此,写出了历史的转机和诗人喜悦振奋的心情。据历史记载,建炎四年(1130年),宋朝的军队平定了大部分暴乱和贼盗。① 同年宋军在对金的作战中也取得了重大胜利。"张俊以孤军敢于金战,而有明州城下之捷;陈思恭邀击于吴县,而又太湖之捷;牛皋邀击于荆南,而有宝丰之捷;岳飞邀击欲荆南,而有静安之捷;韩世忠捷于镇江,而敌势尤穷蹙……下诏亲征,兵势稍张,而敌自是不敢复过江矣。"② 诗中所说的"吉语四奏"指的就是这些消息。在形势渐好的情况下,高宗下诏大赦天下。③ 即诗中所说的"德音夜发","雷声一日遍天下"等语。诗人因为喜悦之情难以按捺,首先就道出自己兴奋的心情,以及天下"父老感泣沾其胸"的激动,受到形势的激发,诗人还产生了"欲起荷戟伤疲癃"这样老当益壮的激荡情怀。要不是年龄渐老,诗人也要学汉代冯异(大树将军)、晋代刘琨、祖逖、五代王晏球等人一样,投入到抵抗入侵者的行列,让敌人闻风丧胆,不敢南侵,洗刷天子蒙尘的耻辱。结尾又以传统的望气之说,表达了中兴有望的信心。但他不知道,这种中兴的局面并没能出现,高宗只是一味苟且,现实和他想象中收复中原、重振江山的愿望有很大的距离。

除了以上涉及政治和战乱题材的作品外,陈与义还有一首诗说到了南渡开始,社会学术思想的转变。

> 六经在天如日月,万事随时更故新。江南丞相浮云坏,洛下先生宰木春。孟喜何妨改师法,京房底处有门人。旧喜读书今懒读,焚香阅世了闲身。
>
> ——《无题》

---

① 详见(宋)李焘《平群寇》,(明)冯琦原编,陈邦瞻增辑《宋史纪事本末》卷六十六,中华书局1977年版,第673—686页。

② (宋)李心传撰:《建炎以来系年要录》卷三十二引《中兴大事记》语,中华书局1988年版,第635页。

③ (元)脱脱等撰《宋史高宗纪》(中华书局1977年版,第476页)"建炎四年,以金兵退,肆赦。"

诗中说的江南宰相指的是王安石，"浮云坏"语出佛经，《维摩经》云："是身如浮云，须臾变灭。"借以说明南渡后，王安石新学湮灭之速。洛下先生指的是二程，"宰木"是指坟上的树，"宰木春"字面上是说二程坟头上的树木繁盛。指说当时二程学说得到尊崇，门人众多，趋于繁盛。这里值得关注的是陈与义对学术之争的态度。从诗歌开头一句看，诗人把"六经"看如天上的日月，具有永恒的价值，表示了他对经学的尊崇。可是在实践中，不同学派的社会地位往往会因时事起伏而变化。汉代的孟喜以易学为炫耀的资本，最终不被见用，其同门的梁丘贺因为一心学易，后来得到皇帝的重用。而现实中，由于学派的争斗，得势的学派门庭若市，而失势者则渐趋冷落湮没。诗人之所以"旧喜读书今懒读"，是因为现实学派的争斗让他无所适从。这和作者此时对北宋末年以来的党争的看法基本一致，流露出对这种现实的不满和无奈。事实上，南宋这种学术之争，就是党争的前奏，是持不同政见者的执政理论的纷争，随后发生的秦桧与赵鼎的党争正说明了这点。刘辰翁评末二句："其时其人，可以会意；末二句尽难言之感，南渡之中兴以此。"[①] 的确，不经历当时的党争和学术争斗，很难体会到其中的无奈。

　　除了以上这些作品，陈与义这一时期的《真牟书事》也属于感事伤时的诗作，认为朝廷不能任用贤能，是导致国家败亡的重要原因，批评北宋末年以来朝廷的用人政策。《均阳舟中夜赋》、《再次高舍书事》、《巴丘书事》、《雨中再赋海山楼》、《居夷行》、《登岳阳楼二首》、《再登岳阳楼》等作品中也有较强的感伤时事的色彩。

　　陈与义的这类诗歌，涉及了南渡初期社会战乱、政权重建两大主题，具体包括抗金战争中朝廷的无能，朝臣在国家危难时期不顾民族存亡的争斗、南宋军队的无力等，从不同层面反映了靖康之变以来宋王朝的内忧外患，并对造成这种状况的原因进行了较为深入冷静的思索和理性的批评；同时，也写出自己对国家前途命运的担忧，对中兴的热望，以及自己身为贬臣面对国家的危难无法效力、无计可施的无奈，表现出诗人强烈的爱国情怀和深沉的忧患意识。相对于前期来说，陈与义诗歌取材和主题方面有了重大突破。熙宁、元丰以来，因为党争和文禁的高压，诗歌主要是抒发

[①]（宋）陈与义著，白敦仁校笺：《陈与义集校笺》，上海古籍出版社1990年版，第498页。

诗人狭小的个人情怀，而不敢涉及时政。陈与义诗歌创作里这种风雅意识的回归，是南渡后宋代诗风改变，开始走出北宋末年低谷的重要标志。但是这类诗大多作于避难初期，主要是靖康之难来得突然，南渡初年战乱也相对激烈，对诗人心理产生了强烈冲击，成为他关注的热点。到了后来，随着局势的逐步稳定和偏安格局的形成，党争也再度兴起，他的创作重心转向了写景抒怀。

二　漂泊离难

记述自身漂泊离难之艰辛与伤痛，是陈与义这一阶段诗歌创作的另一重要主题，作品数量达80多首，占这一时期创作总量的1/4强。这类诗虽然有一定的景观描写，但篇幅较少，总体上更强调抒怀，手法与他南渡前的写景抒怀诗相类。和南渡前同类诗作相比，又具有以下几个特点。一是有很强的纪行性质，从这一时期的一些作品里，不仅可以清楚地看出他五年中避难、漂泊的路径，也反映他避难途中的各种遭遇。陈与义的这类诗作，有一半是避难、漂泊途中带有纪行性质的抒怀诗，另一半是寓居各地的写景抒怀诗。二是取材范围进一步扩大。陈与义贬谪陈留前的写景抒怀诗，大多写的是馆阁、池台景致，贬谪陈留期间，他的诗歌中已经有了不少取材自然山水的诗作。就绝对数量而言，在陈与义四个创作阶段中，这一时期取材自然山水的诗作最多。三是思想内容更加丰富。在抒写个人离难的情愁中，寄寓了深切的家国之恨，和前期主要写党争文禁中的个人情愁也有很大的差别。

靖康元年（1126年）正月，陈与义为避兵祸，从陈留开始南逃，先后历经河南、湖北、湖南、广东、福建、浙江六省的20多个地方。他每到一地，都留下了一定数量的诗作，比较详细地记录了这一苦难的历程和逃难中惊恐、凄凉的心境。这类纪行性的诗作前后也有一定的变化，相对而言，前期写景的成分较少，而多抒发急切的忧世情怀和个人漂泊之苦，忧世色彩浓烈。他在避难的第一首诗《发商水道中》写道：

商水西门路，东风动杨柳。年华入危涕，世事本前期。草草檀公策，茫茫老杜诗。山川马前阔，不敢计归期。

首联是写从商水避难出发时的情景,"东风"一句又暗含了离别的心情,杨柳本是临别赠行之物,而此时摇动柳枝的却是东风,显然是没人为他折柳送行。这里东风、杨柳不再是无情之物,别时的孤独、凄凉以及诗人对故土的留恋之情自在其中。让人不禁想起了《诗经》的名篇:"昔我往矣,杨柳依依。今我来思,雨雪霏霏。行道迟迟,载渴载饥。我心伤悲,莫知我哀。"可以说陈与义此时的情绪也和这首诗所写的情绪相类。诗歌后面的三联具体写了诗人此时心里所想,从"年华入危涕"一句可以看出,他已经想到了今后避难途中的危险和避难岁月的艰辛痛苦。下一句说这一切的到来是必然的,可见诗人对北宋末年以来社会危机和当下局势清醒、深刻的认识。他在另一首诗中也说:"久谓事当尔,岂料身及之。"(《正月十二日自房州城遇金房至奔入南山十五日抵回谷张家》)诗人早就料想到事情会是如此,只是没有想到会来的如此之快。"草草"一句是借南朝王敬则讥讽檀道济避魏之事①,批评当时朝廷的逃跑政策。相似的处境使得他对杜甫避难诗产生了强烈的认同感,这就是"茫茫老杜诗"一句的旨归。正因为诗人对现实的清晰认识,结尾发出更进一步的感叹,诗人希望能早日返回家园,可现实情况又让他看不到希望,不知战乱何时才能停止,更不知何年何月才是归期。他很担心自己会像杜甫一样客死他乡,不幸的是未来被他言中,陈与义从此再没有回到家乡,最后客死于青墩寓舍。面对茫茫的避难之路,心里痛苦、失望、无奈百感交集,诗人内心一片茫然。短短八句四十个字,将离别的情景与心情、避难途中的危难、对故园的思念,以及诗人对造成这种罹难的深层原因的思考写得明白无遗。这是陈与义避难途中的第一首诗,也可以看作是他避难诗的总起之作。

陈与义后来避难过程中的纪行诗,更具体地反映了他在途中各地的险遇和避难中的情怀。如《次舞阳》:

客子寒亦行,正月固多阴。马头东风起,绿色日夜深。大道不敢驱,山径费推寻。丈夫不逢此,何以知岖嵚。行投舞阳县,薄暮森众林。古城何年缺,跂马看日沉。忧世力不逮,有泪盈衣襟。嵯峨西北

---

① (唐)李延寿撰《南史》(中华书局1975年版,第1133页)卷四十五中王敬则云:"檀公三十六策,走是上计。"

云，想象折寸心。

这首诗写于靖康元年（1126年）战乱开始不久，和《发商水道中》可以称为姊妹篇。诗的前两联主要是对景观的描写，交代了避难的时间是早春，阴冷的天气也是诗人心情的投射。开头一个"客"字点出了漂泊异乡的处境，"马头东风起"暗用季鹰的典故，表达了诗人的思乡之情。"大道不敢驱，山径费推寻"一联具体写避难途中，对兵祸的恐惧和攀越山路的艰险。"岖嵚"当是双关语，既指避难路途的艰险，也指时势和国运的坎坷。下面一联对舞阳途中暮气沉沉、日薄西山的景色描写，也让我们联想到当时大宋王朝渐衰的气运。诗歌结尾两联，直接感怀国家当下的形势，诗人深深忧虑着国难，但自己位卑人微，无可效力，只能黯然伤神，泪盈衣袖。他在同时期的另一首诗中所说的"愧我非长才"（《次南阳》）表达的也是此意。诗中所说"嵯峨西北云"指的是那些正在进攻京城、气焰嚣张的金军，[①] 想到声势正炽的金军正在猛烈地进攻京城，诗人更是心肝俱裂。诗歌在写景中，始终都寄寓着个人离难的强烈悲苦和深切的忧国忧世情怀。

为了躲避金军，陈与义经常是不分昼夜逃跑，危难之中无法得知家人的消息，更增加了他对亲人的担忧。《至叶城》一诗中写道："难稳三更枕，遥怜五岁雏"说的就是这种情形。后来情形更加危险，建炎二年（1128年）正月，陈与义逃到房州一带，金军不期而至，他和许多人奔往山中避难，金军在后面追赶，几乎身及锋镝。后来回想到此事，他还心有余悸，在诗里这样描述到："今年奔房州，铁马背后驰。造物亦恶剧，脱命真毫厘。"（《正月十二日自房州城遇金虏至奔入南山十五日抵回谷张家》）前面的两句让我们仿佛又看到了诗人当时逃命的危险画面，一个手无缚鸡之力的书生，在手持兵刃的铁骑追赶下命悬一线的仓皇惊恐之状。"造物亦恶剧"一语颇有指地骂天之意，写出他在刀下逃生后那一刻真实的心情。后人常常感叹陈与义忧国忧民的情怀，的确，就在这样危难的情形中，他也没有忘记国家。同诗的下文又这样写道："却思正月事，不敢恨榛芜。"此诗写于建炎二年（1128年），"正月事"指的就是金军进攻

[①] （元）脱脱等撰《宋史》（中华书局1977年版，第439页）卷二十四《高宗本纪》云："靖康元年春正月，金人犯都城，军戍西北。"

房州、邓州等地的事情。在他看来,自己在荆棘中避难的艰辛,远不如国家之难让他揪心。后人说他这类诗作的忧国情怀堪比老杜,确是的论。同时,饱受战乱之苦的诗人还时常推己及人,叹息战争给百姓带来的灾难。他在《均阳舟中夜赋》云:"汝洛尘未销,几人不负戈。长吟宇宙内,激烈悲蹉跎。"避难中诗人遥想京城一带的洛阳、汝州等地战尘尚未消歇,而战火还在不断向南方蔓延。普天之下,没有多少人不被卷入战争,负戈流血,面对死亡。诗人对宇长吟就是对不幸陷入这血雨腥风之中的民众的悲叹。这一时期的《北征》、《道中书事》、《将次叶城道中》、《晓发叶城》、《过君山》等也和以上几首作品相类,属于避难前期的纪行之作。在纪行写景中,抒发强烈的忧世情怀和个人避难的痛苦。

长期奔逃的艰险,宋军又节节败退,懦弱的朝廷也只知道逃跑,严酷的现实,有时也让陈与义感觉到未来无望。如:

> 临老伤行役,篮舆岁月奔。客愁无处避,世事不堪论。白道含秋色,青山带雨痕。坏梁斜斗水,乔木密藏村。易破还家梦,难招去国魂。一身从白首,随意答乾坤。

——《道中书事》

前四句交代了诗人乱世行役的处境,同时也写出了诗人双重的悲苦,即临老漂泊中,岁月渐逝的个体生命感伤和世事艰辛、国运不畅的愁苦。接下来四句是写旅途中的景色,色调清冷,又有几分破败。感伤的情绪和凄冷的景色相互印染,使他的情绪更加低落,结尾的四句就是抒发这种低落的情绪。长期的漂泊之苦让他对故园更加思念,可现实却让回家之梦一次次破灭,越走离家越远,陈与义感觉自己不仅有生之年还家之梦渐渐破灭,恐怕是死后也不能归葬故里,要魂漂异乡。事情不幸被他言中,诗人到死也没能回到他魂牵梦绕的故乡。对于乡土观念浓烈的中国古代士人来说,故土家园不仅是他们的安身之地,也是他们的精神归属。此时,金军已经占领淮河以北的大部分地区,故园家国沦丧于异族的铁蹄之下,没有了归属的孤身白首,随意流落何处也就无所谓了。如果陈与义在南渡前"枯木无枝不受寒"(《十月》)的感慨,只是说明他对官场仕途的恐惧和绝望,那么此时"一身从白首,随意答乾坤"的悲叹,则表明他对人生未来的失望。还有"天地困腐儒,江湖托孤辑。"(《舟抵华容县》)"乱后江山元历历，世间歧路极茫茫。遥指长沙非谪去，古今出处两凄凉。"（《舟次高舍书事》）等诗句都表达了类似的思想。

随着偏安格局的逐步形成，局势变得相对稳定。陈与义虽然还处在不断的漂泊之中，但毕竟远离了战乱频繁的中原，脱离了那种被金军追赶得命悬一线的困境，到了这一阶段最后一年多的时间里，陈与义诗歌中避难初期那种激愤的忧世情怀也渐渐地少了，而书写个人漂泊之苦、思乡之情和描写山水的成分逐渐多了起来。我们来看下面两首诗：

> 朝食三斗葱，暮饮三斗醋。宁受此酸辛，莫行岁晚路。丈夫少壮日，忍穷不自怨。乘除冀晚泰，乃复遭变故。经年岳阳楼，不见南宫树。辞巢已万里，两脚未遑住。水落君山高，洞庭秋已素。浮云易归岫，远客难回顾。飘然一瓶锡，不知所挂处。寂寞短歌行，萧条远游赋。学道始恨晚，为儒孰非腐。乾坤杳茫茫，三叹出门去。

——《别岳州》

> 处处非吾土，年年避房兵。何妨更适远，未免一伤情。石岸烟添色，风滩暮有声。平生五字律，头白不贪名。

——《适远》

这两首诗分别作于建炎三年（1129年）秋冬。第一首诗的前八句总写暮年行役的辛酸。开头四句用一个形象的对比，表达诗人精神上备受煎熬的痛苦。接下来的四句说自己年轻时，由于畏惧卷入官场争夺，抱着一种退避的态度，本希望能有一个安定的晚年，没想到晚年却因时代变乱陷入了无休止的奔波，写出了个人在动乱时代面前的无奈，将伤心之情又增加了一层。从"经年岳阳楼"开始的16句，就岳阳楼边洞庭湖的秋色，抒发身处万里之外的异乡仍然不停漂泊的感伤。连无心的浮云都有归岫的时刻，而有血有肉且深情的诗人不仅不能回归故乡，就连回头看一眼故乡的机会都没有，无休止地惶惶奔波于他乡，飘然不知所归，将思乡之情写得淋漓尽致。"寂寞"二字又可以看出诗人深深的伤心之情又无人可与诉说。想要学道求仙，求得解脱之路也没有了可能，无奈中只能将所有的悲伤化作短歌悲吟，自己品尝自己的伤痛。结尾对乾坤渺茫的叹息，表明诗人对前途和未来的失望。第二首诗表达的思想和第一首诗基本相同。其中"何妨更适远，未免一伤情"一联值得注意，诗人本来对避难漂泊生活厌倦，却又说走得再远也无所谓了，表明已经伤心到了极点，走得再远伤心之情也无法增加了。结尾"平生五字律，头白不贪名"与第一首诗中"寂寞短歌行，萧条远游赋"一联相类，是说自己作诗不是为了名利，而是为了寄托自己避难漂泊的伤感。刘辰翁评结尾两句说："负恃不浅。"①似乎与诗歌的旨意不太相符。这两首诗抒发的主要是个人的漂泊之苦和思乡之情，当然其中也有一些忧世的成分，但已经远不如逃亡之初的作品那么浓烈。又如：

  晴路篮舆稳，举头闲望赊。前冈春泱泱，后岭雪槎牙。海内兵犹壮，村边岁自华。客行惊节序，回眼送桃花。

——《金潭道中》

  老去作新梦，邵江非旧闻。滩前群鹭起，柂尾川华分。落花栖客鬓，孤舟逆归云。快然心自足，不独避嚣纷。

——《泛舟邵江》

  夜宿下杯馆，朝鸣一棹东。湖平天尽落，峡断海横通。冉冉云随舸，茫茫鸟逆风。仙人蓬岛上，遥见我乘空。

——《过下杯渡》

  曾鼓盐田棹，前仓不足言。尽行江左路，初过浙东村。春去花无迹，潮归岸有痕。百年都几日，聊复信乾坤。

——《泛舟入前仓》

  宴坐峰前冲雨急，黄岩县里借舟迟。百年痴黠不相补，万事悲欢岂可期。莽莽苍波兼宿雾，纷纷白鹭落山陂。只应江海凄凉地，欠我临风一赋诗。

——《自黄岩县舟行入台州》

  这些诗歌作于建炎四年（1130年）和绍兴元年（1131年），陈与义由岭南赴会稽行在途中。它们共同的特点是诗中纪行写景成分占了诗歌的大部分篇幅，其中《泛舟邵江》、《过下杯渡》、《泛舟如前仓》的主要内容都是写景。避难初期纪行诗中那种强烈的忧国情绪大大淡化，除了第一

---

① （宋）陈与义著，白敦仁校笺：《陈与义集校笺》，上海古籍出版社1990年版，第658页。

第三章 避难湖峤：陈与义创作的高峰期

首诗中"海内兵忧壮"一句明显地感伤战乱外，几首诗主要都是感伤个人漂泊的孤独与凄凉，比如"落花栖客鬓"是感慨派漂泊中对时光流逝的感伤，"孤舟逆归云"是将自己和归云对举表达对归乡的渴望，"百年都几日，聊复信乾坤"也是对人生易老的感慨。从第二、第四、第五首诗还可以看出，赏观山川之秀和吟诗作赋，也是诗人的精神寄托。作者心绪虽然悲凉，但不似避难初期那种慷慨救国壮烈激荡。陈与义同期所作的《甘棠道中》、《将至杉木铺望野人居》、《晓发杉木》、《衡岳道中四首》、《道中》、《夜抵真牟》、《度岭》、《王孙岭》等诗作，都和以上几首诗属于同一类型。其实就取材和艺术风格而言，这些作品也可以归入山水诗中。

陈与义避难途中寓居各地的40首写景抒怀诗，集中反映了他漂泊离难的情怀。这类作品在继承前期同类作品的基础上，取得了很大的突破。就取材而言，自然山水成为写景诗的主体；但也有和前期相类的一面，也喜欢写雨、写节序以及池台园林，表现出诗人一贯的审美取向。但这些作品的思想的内容，完全突破了前期主要抒写个人情愁的格局，将个人情愁和强烈的忧世情怀融合在一起，表现出一种阔大的思想境界。在这些作品中，陈与义深切地写出了个人的漂泊感，这种漂泊感在诗作中经常表现为强烈的地域感和节气感。由于这类诗作的思想内容总体和他的纪行诗相似，为了避免重复，这里就不同取材各举几首，来看看其整体的特点。

> 池光修竹里，筇杖季春头。客子愁无奈，桃花笑不休。百年今日胜，万里此生浮。莽莽尊前事，题诗记独游。
> ——《纵步至董氏园亭三首》其一
> 客子今年驼褐宽，邓州三月始春寒。帘钩挂尽蒲团稳，十丈虚庭借雨看。
> ——《纵步至董氏园亭三首》其三
> 西园可散发，何必赋远游。地旷多雄风，叶声无时休。幸有济胜具，枯藜支白头。平生会心处，未觉身淹留。散坐青石床，松意淡欲秋。薄雨青众卉，深林耿微流。一凉天地德，物我俱夷犹。东北方用武，六月事戈矛。甲裳无乃重，腐儒故多忧。珍禽叫高树，且复寄悠悠。
> ——《游董园》
> 月桂花上雨，春归一凭栏。东西南北客，更得几回看。红袗映玉

色,薄暮无乃寒。园中如许树,独觉赋诗难。

——《雨中观秉重家月桂》

衡山县下春日雨,远映青山丝样斜。容易江边欺客袂,分明沙际湿年华。竹林路隔生新水,古渡船空集乱鸦。未暇独忧巾一角,西溪当有续开花。

——《立春日雨》

南北东西俱我乡,聊从地主借绳床。诸公共得何侯力,远客新抄陆氏方。老去事多藜杖在,夜来秋到叶声长。蓬莱可托无因至,试觅人间千仞冈。

——《秋日客思》

五年元日只流离,楚俗今年事事非。后饮屠苏惊已老,长乘舴艋竟安归。携家作客真无策,学道刳心却自违。汀草岸花知节序,一身千恨独沾衣。

——《元日》

以上几首诗分别就亭台风光、雨景、节日景观抒情,就取材而言和陈与义前期的写景抒怀诗基本相同。这些作品主要以抒怀为主,写景的篇幅较少,且色调凄冷,如"邓州三月始春寒"、"古渡船空集乱鸦"、"夜来秋到叶声长"等,也和南渡前的写景相类。这些作品的思想内容却不再像前期那样,单写对个人的生活穷困与仕途不达的忧患,而是充满了漂泊异乡的客居意识和对战乱的担忧和感伤。这几首诗中基本都用到了"客"字,将客居的悲伤写得一层深过一层。如《纵步董氏园》两首诗中,诗人先点出客愁,后面用"万里此生浮"和"独游"等词句来强化这种客居的悲凉感。"万里"要强调离故园的距离之遥远,"浮"字是说漂泊异乡又居无定所,"独"字又是强调孤身一人。在第三首诗中,诗人又独具匠心,用一个"借"字,表达细致深刻的客居感,身居异乡,对自然界的雨也充满异乡的感觉,它不属于自己,只能借来观赏。刘辰翁就说:"借字用得奇杰。"[①] 的确,这个"借"字传神地传达出诗人的内心感受。这种强烈的漂泊感和诗中凄凉的景物相互印染,更增强了诗歌的悲凉色

[①] (宋)陈与义著,白敦仁校笺:《陈与义集校笺》,上海古籍出版社1990年版,第430页。

彩。下面几首诗中的"东南西北客"、"南北东西俱吾乡"前者是正说，后者是反说，都写出了客中漂泊的双重语意。在《元日》一诗中，这种客居意识又表现为强烈的漂泊感。首句的"流离"所表达的就是长时间的漂泊感；"楚俗今年事事非"更是明白地写出了诗人强烈的地域感；诗的题目和结尾一联中又体现出一种深深的节序感。陈与义在这几首诗中还三次写到拐杖，借以叹老伤别。《游董园》中，"东北方用武，六月事戈矛。甲裳无乃重，腐儒故多忧。"两联，又是对战乱的忧惧。这里所举的只是陈与义这类作品的一少部分，类似的作品还有不少，写雨的作品如《春雨》、《雨》、《夏雨》、《秋雨》、《集雨喜霁》等，写园林池台的如《西轩寓居》、《香林四首》、《火后借居君子亭书事四绝呈粹翁》等，写节序的如《重阳》、《寒食》、《清明》、《除夜次大光韵》、《除夜不寐饮酒一杯明日示大光》、《元日》等。这些诗写景抒怀都和以上几首作品相类，表达了临老逢乱、漂泊异乡、居无定所的生活悲哀和忧国忧身的情怀。

三　山水情怀

陈与义在逃难的过程中，还写了近 50 首山水诗，这也是陈与义这一时期创作的另一个亮点。陈与义南渡前创作的一些写景抒怀诗中，虽然也有一些作品写到了山水风光，但在诗中占有的篇幅很小，诗中山水景观的描写完全从属于抒怀。在这 50 多首诗中，尤其是建炎四年（1130 年）以后，陈与义寄居岭南与江浙各地时的一些作品，山水景观的描写成为了作品的主体。

陈与义诗中所描绘的山水景观大致可分为秀美和壮美两种。秀美者如：

> 月轮隐东峰，奇彩在南岭。北崖草木多，苍茫映光景。玉盘忽微露，银浪泻千顷。岩谷散陆离，万象杂形影。不辞三更露，冒此白发顶。老筇无前游，危处有新警。涧光如翻鹤，变态发遥境。回首房州城，山中夜何永。

——《十七日夜咏月》

这首诗作于建炎三年（1129 年）避金军于房州南山中，写在山涧边仰观月亮升起的过程中山中景色的变化。前两联写月出之前的景象,身处山谷之中,诗人看不见隐藏在东边山后的月亮,但可以看到月光照耀在山头形成的绚烂光彩,以及北边山崖草木在月光照耀下苍茫的景象,描绘出一幅清幽、静谧的阔大景观。接下来写月亮升起来后的景象和诗人的感想。一轮满月跃出山头,银色的月光一泻千里,山谷里的岩石、草木万物,一片陆离斑斓。面对此景,诗人顾不得三更的寒露,脱帽露发,拄杖览游,险要之处景致更是新奇美幻:翻滚流淌的涧水,在银色月光的照耀下,像不断变化飞翔姿态的白鹤流向远处,和山谷中的景物相映衬,形成了一幅幽远遥深的图画。无意中回头望见了远处刚刚经历了兵火的房州,也不知眼下房州城里的情况如何?想到此处诗人不禁神气黯然,顿觉山间的夜晚是如此漫长难熬。这首诗主要写山中秀美的景色,抒怀的笔墨较少。他还有一些山水短篇,抒情的成分就更少了,有个别作品全篇写景,很少有直接抒怀的字句。如:

江边终日水车鸣,我自生平爱此声。风月一时都属客,杖藜聊复寄诗情。

——《水车》

点检行年书阀阅,山中共赋几篇诗。如今未有惊人句,更待秋风生桂枝。

宅图不必烦丘令,已卜东坡涧水边。更与我为烧药灶,只愁君要买山钱。

——《山居二首》

黄昏吹角闻呼鬼,清晓持竿看牧鹅。蚕上楼时桑叶少,水鸣车处稻苗多。

——《村景》

这些作品都是反映闲适的寓居生活,写景清丽,诗中的景观秀美自然,几乎没有直接抒发情感的字句,特别是《村景》一诗的后面两句,就是淡笔写景,颇有陶诗风味。类似的作品还有《六月六日夜》、《题长乐亭》、《和大光道中绝句》、《又和大光》、《过下杯渡》、《曳杖》、《山斋二首》、《散发》、《题水西三十三壁二首》、《雨》、《暝色》、《罗江二绝》、《夏夜》、《绝句》(野鸭飞无数)、《正月十六夜二绝》等,这样的作品在陈与义南渡前是几乎没有的。

陈与义此时的山水诗中，写景壮美的作品也不少。具有代表性的有：

西出成皋关，土谷仅容驼。天挂一匹练，双崖斗嵯峨。忽然五丈阙，亭构如危巢。青山丽中原，白日照大河。下视万里川，草木何其多。临高一吐气，却奈雄风何。辛苦生一快，造化巧揣摩。险易终不偿，翻身下残坡。

——《美哉亭》

洞庭之东江水西，帘旌不动夕阳迟。登临吴蜀横分地，徙倚湖山欲暮时。万里来游还望远，三年多难更凭危。白头吊古霜风里，老木苍波无限悲。

天入平湖晴不风，夕帆和雁正浮空。楼头客子杪秋后，日落君山元气中。北望可堪回白首，南游聊得看丹枫。翰林物色分留少，诗到巴陵还未工。

——《登岳阳楼二首》

《美哉亭》作于建炎二年（1128年）陈与义由均州往房州道中，主要写美哉亭所在地——成皋关的险要，以及诗人登上美哉亭所见之景观。成皋关位于均州和房州之间，临近汉江，美哉亭就在关上。开头三联写美哉亭周边地势之险要：谷宽仅能容得下一匹骆驼通过，有一夫当关，万夫莫开之险。峡谷两岸陡峭险峻，高耸入天，相互之间似乎在争奇斗险。透过峡谷看到的一缕亮光，就仿佛垂天而降的一匹白练，一边的悬崖突然向中间突出了一角，就像白练被撕开了一个五丈的缺口。建在此处的美哉亭，像一个挂在白练上的鸟巢，给人一种摇摇欲坠的感觉。寥寥数句就将美哉亭及其周边的险要逼真地刻画了出来。第四联开始主要写登临所见的壮美景观：驻足亭中，极目远眺，青山之美恰似中原，阳光照耀下的汉江显得更加雄阔；俯视辽阔的山川，草木繁盛，一片苍茫，画面阔大壮观。诗人登高而望，雄风浩荡，快意油然而生，对大自然的鬼斧神工亦惊叹不已。无论是亭子周边的地势还是亭上所见之风景都表现出一种壮丽之美。

《登岳阳楼二首》在写法上与《美哉亭》不同，诗中没有对景物进行细致逼真的刻画，而从宏观着手，侧重写秋天日暮时登上岳阳楼见到的苍凉雄壮的景观。第一首是在写景中吊古伤今。岳阳楼西临浩渺的洞庭湖，东向奔腾的长江，临近还有君山和舰山，气势壮观，向来是文人骚客吟咏感怀之地。诗人在战乱中奔波三年，于苍秋日暮登上岳阳楼，深深地被这壮观的景象所打动。这里不仅景色壮美，也是三国时吴国和蜀国的交界点，当年的战乱纷争又让诗人对现实的战乱感慨不已。结尾一联将写景和抒怀融合，将景色的凄美、历史苍凉和现实离乱的悲伤融为一体，形成一种苍凉雄壮的美感。胡应麟说"登临"一联写得"雄丽冠裳"[①]，纪昀也说本诗"意境宏深"[②]，都肯定诗歌的雄宏壮美。第二首写法也和第一首相类，在阔大的湖光山色中，寄托对故园家国的思念、担忧和避难南奔的无奈，也有一种壮阔苍凉之美。他的《再登岳阳楼》、《巴丘书事》、《居夷行》[③]也属于这类作品。

除了以上几种主要类型，陈与义这一阶段还有少数寄赠、次韵、唱和之作。体制和前期同类作品没有太大的差别。在思想内容上也寄予浓烈的战乱时代色彩，与其他类型的作品相类，此处就不再赘言。

总的来说，陈与义战乱期间的诗歌创作，由南渡前的内敛走向开放，无论是取材还是思想内容，都比南渡前扩大了许多。写景抒怀诗承接南渡前，特别是贬谪陈留期间的创作而来，但取景的范围和其中寄予的思想情感都比南渡前深沉丰富。就写景而言，写雨、写节序、写池台亭阁是前后期共有的题材，对自然山水的描写，在贬谪陈留的创作中就有，但数量和丰富性远不如南渡之后。就抒怀而言，感怀个人失意是前后期相同的，对国家和民族的忧患在南渡前的诗中虽然也有，但只是偶一为之，这种情怀在南渡后的写景抒怀诗中却随处可见。以景观描写为主的山水诗，可以说是滥觞于前期的写景抒怀诗，但题材风格大大突破了南渡前的写景抒怀诗。特别是那些风格壮美的作品，是南渡前所没有的，山水之作成为了陈与义本期诗歌创作的一大亮点。感事伤时的诗篇写得壮怀激烈，无论是取材还是风格上都是南渡前不曾有过的，是他这一时期创作中最为引人瞩目的部分。这些山水诗和感事伤时的诗，体现了陈与义这一时期乃至他一生的诗歌创作的最高成就。另外，陈与义这一时期的诗歌创作风格也趋于多

[①] （元）方回选评，李庆甲集评点校：《瀛奎律髓汇评》卷一，上海古籍出版社2005年版，第41页。
[②] 同上。
[③] 此诗在有的版本中，又称为《长歌行》。

元化，他之所以能取得如此大的突破，原因主要有三：第一，靖康之难后时代主题的变化，国家民族存亡对诗人心灵产生了巨大的撞击。第二，诗人自身的经历使诗人的审美视野更加开阔，审美情趣更加多元化。第三，南渡后，党锢文禁弛弊，诗人创作顾虑减少。

第四章　为官京畿：陈与义创作的衰退期

陈与义到达会稽后，曾两次短暂出知湖州，去世前数月又寓居青墩，其余时间均在朝中为官。他把主要精力投入到了政事中，创作数量急剧减少又时有间断，在朝期间极少有创作传世，[①] 传世的作品基本都作于两次出知湖州和寓居青墩期间，同时，取材也趋于狭小，大多局限于馆阁、寓所生活，少了逃难时那种壮烈的情怀，创作总体上进入了衰退期，三次离朝可以看作他创作进入衰退期的三个小高潮。

绍兴元年（1131年）夏，在战乱中漂泊了五年多的陈与义应诏抵达会稽行在，任兵部员外郎，八月迁起居郎。绍兴二年（1132年）正月，随驾往临安，四月试中枢舍人兼掌内制，七月又兼侍讲，八月兼起居郎。绍兴三年（1133年）七月兼直学士院，除试尚书吏部侍郎兼侍讲。绍兴四年（1134年）二月，因病改试礼部侍郎兼侍讲兼直学士院，八月改徽猷阁直学士，出知湖州。他在朝期间几次上书论人才，他在给高宗的奏章中云："臣尝深思致治之要，不过择人。"[②] 这和他之前诗中一再感慨朝廷无人的思想是一致的。绍兴五年（1135年）二月，陈与义被召回京城，任试给事中。六月因病求去，除显谟阁直学士，提举江州太平观，居青墩。[③] 这段时间，陈与义只有极少诗作传世，亦可窥见他的心态。他有诗句"小臣知君忧，起坐听檐语……灯花识我意，一笑相媚妩。泥翻早朝路，弥弥光欲吐。郁然苍龙阙，佳气接南亩。"（《喜雨》）"醉中今古兴衰事，诗里江湖摇落时。两手尚堪杯酒用，寸心惟是鬓毛知。……万里南

[①] 陈与义在官主要有两个时段，第一次是绍兴二年二月到绍兴五年六月；第二次是绍兴六年六月到绍兴八年三月，共有7年的时间几乎没有创作传世。

[②] （宋）李心传撰：《建炎以来系年要录》卷六十，中华书局1988年版，第1031页。

[③] （宋）李心传撰《建炎以来系年要录》（中华书局1988年版，第635页）卷九十云："绍兴五年六月丁巳，给事中陈与义充显谟阁直学士提举江州太平观。与义与赵鼎论事不合，故引疾乞去。"

征无赋笔,茫茫远望不胜悲。"(《醉中》)"未闻兵戈定"(《雨中》)、"楚客自生哀"(《渡江》)。一方面,他积极于朝事,希望有所作为,流露出对时局的担忧和对故国的思念。另一方面,生活稳定,使其心态显得要比逃难时平静许多,但诗人已感到去日不多,叹老嗟悲之情日趋浓烈。绍兴六年(1136年)六月,陈与义被召回京城,在湖州的一年多的时间是陈与义创作较多的时期,主要是唱和与闲适之作。诗中多感慨闲居中人生渐老的悲哀,如"客子光阴诗卷里,杏花消息雨声中。"(《怀天宁智老因访之》)"百年佳月几今夕,忧乐相寻老来疾。"(《秋夜独酌》)陈与义回京后,复任中书舍人兼侍讲直学士院;九月随帝幸平江;十一月,除翰林学士知制诰;绍兴七年(1137年),除中大夫参知政事;三月从帝到建康。绍兴八年(1138年)三月,因病请退,再知湖州。这期间陈与义没有诗作留世,但这是他一生中仕途生涯最为辉煌的时期。同年七月,病重请闲,提举临安洞霄宫,还居青墩镇僧舍,当年十一月卒。陈与义在他即将离世时亦有不少诗作,在老病中表现出对故国家园的切骨思念。

这一时期,陈与义的诗歌创作走向低落,进入了尾声。一是创作量大减。八年的时间共有诗 50 多首,相当于避难时期一年的平均创作数,平均每年作诗不到 7 首,不仅远低于避难期间的平均每年 50 多首的创作量,也低于南渡前平均每年 20 多首的创作量。二是取材和内容相对狭窄。他这一阶段的诗基本都是借花草、雨雪以及晨景暮色抒发临老漂泊的伤感,其中也寄寓了一定的对时代和国事的担忧,与贬谪陈留时的创作十分相似,远不及避难期间的诗歌内容丰富多彩。另外,陈与义现存的 18 首词中的 12 首也写于这一时期 [另外的三首写于建炎四年(1130 年),大致也可以归入本期,剩余三首是拟写道撰歌谣,创作年代不确],除了三首拟写道撰歌谣外,内容都是写漂泊异乡的愁苦和故国家园之思,与他南渡后的诗歌基本相同,艺术上也颇有水准,是他这一时期创作的一个亮点。

陈与义这一时期的诗,按取材可以分为三类,一类吟咏花木雨雪细碎之物,约 19 首;一类是反映闲居生活之作,约 33 首;另一类是题画诗,共 6 首。取材虽有差异,但从思想内容和情感内涵上看,不外乎叹老伤时、故国家园之思和闲适情怀三类。

一 叹老伤时

绍兴元年（1131年）陈与义到达行在时，虽然高宗初步稳定了内外局势，①但外部金军和刘豫伪政权还是时时威胁着南宋政权。朝廷内部赵鼎、张浚、秦桧等人之间的党争又日益激烈。陈与义身在朝廷，对此深有体会，绍兴五年（1135年）他以直学士的身份提举江州太平观，就与赵鼎和张浚的争斗密切相关。②诗人虽然身居朝廷，但多病早衰，行将终老，感伤时局、叹年岁衰老就成了他诗歌创作的重要内容。

  醉中今古兴衰事，诗里江湖摇落时。两手尚堪杯酒用，寸心惟是鬓毛知。稽山拥郭东西去，禹穴生云朝暮奇。万里南征无赋笔，茫茫远望不胜悲。

——《醉中》

  听雨披衣襟，冲雨踏晨鼓。万珠落笋舆，诗中有新语。老龙经秋卧，岁暮始一举。成功亦何迟，光彩变蔬圃。道边闻井溢，可笑遽如许。旧山百尺泉，不知旱与雨。

——《雨》

第一首诗作于到达会稽后不久，诗的首联虽言古今兴衰，实际是感慨当下的国事兴衰，感伤自己在战乱中漂泊，徒以作诗空度人生，表露出诗人深切担忧着国家的兴衰，却又无能为力，只能把个人的苦难经历和对江山社稷的担忧写在诗里。颔联承接此义，说自己难能有所作为，只能借酒解愁，内人深深的痛苦让他两鬓斑白，而无人能解。以上两联主要写诗人

---

① 建炎四年（1130年）底到绍兴元年（1131年）初，南宋军队平定了大部分暴乱和贼盗。详见（宋）李焘《平群寇》，（明）冯琦原编，陈邦瞻增辑《宋史纪事本末》卷六十六，中华书局1977年版，第673—686页。同年，宋军在对金的作战中也取得了重大胜利，基本稳定了长江以南的局势。"张俊以孤军敢于金战，而有明州城下之捷；陈思恭邀击于吴县，而有太湖之捷；牛皋邀击于荆南，而有宝丰之捷；岳飞邀击于荆南，而有静安之捷；韩世忠捷于镇江，而敌势尤穷蹙……下诏亲征，兵势稍张，而敌自是不敢复过江矣。"详见（宋）李心传撰《建炎以来系年要录》卷三十二引《中兴大事记》，中华书局1988年版，第635页。

② （宋）李心传撰《建炎以来系年要录》（中华书局1988年版，第635页）卷九十云："绍兴五年六月丁巳，给事中陈与义充显谟阁直学士提举江州太平观。与义与赵鼎论事不合，故引疾乞去。"

内心积虑。颈联是诗人对现实处境的感伤，如今虽然身有所归，也只能面对会稽的大好河山感伤叹息，心有千结又无以言说。尾联用南朝梁代张缵的典故，进一步表达岁月空度，人生渐老的伤痛。据历史记载，张缵"迁宣宜将军，丹阳尹，未拜，改为持节都督桂、东宁诸州军事，湘州刺史，述职经途乃作南征赋"①。张缵因罢官南出，作赋陈述自己的志向功业。诗人也借此感慨自己生逢乱世，功业无成，空以诗酒终老人生的无奈和悲凉，结尾一句也蕴含着失却故国家园的感伤。

《雨》是一首写景抒怀诗，也作于抵达行在不久之后，开头的四句从听觉角度写雨势之猛。雨点打在诗人乘坐的竹制的轿子上，就像成千上万的珠子洒落下来，在诗人听来就像诗语一样生动而富有情趣，也表现出作者的诗人气质。接下来的三句是感慨这场雨到来之迟。最后的5句是写雨后的情景：大雨落地，路边水井暴溢，久旱的菜园光彩大异。山崖上飞流而下的雨水，形成了一道百尺瀑布，颇为壮观。诗中叹息大雨不及时，没能及时解决旱情，一方面是实写，另一方面也是诗人的身世之叹。当时诗人体弱多病，年岁渐老。此时被委以重任，对诗人来说，一切也来得晚了些，结合诗人当时的人生经历，这种暗含之意也是比较明显的，诗中叹老之意非常浓烈。

> 泽国候易变，孟冬乃微和。解襟凭小阁，日暮归云多。苍苍散草木，莽莽杂山河。荒野虫乱鸣，长空鸟时过。万象各无待，惟人顾纷罗。备物以养已，更用干与戈。天风吹我来，衣袂生微波。幽怀眇无寄，萧瑟起悲歌。
>
> ——《小阁晚望》

"泽国"指的是江南水乡，陈与义是北方人，所以首句写出诗人对南方物候的异样感。日暮黄昏，诗人临阁而望，近处草木相杂，远处山河相间，天地间暮色一片苍茫，日落之际，游云渐渐归穴，天空不时掠过归巢的飞鸟，荒野里昆虫也鸣叫不止，天地之间的万事万物都悠然自在，各得所归，只有人世间纷争不止，为了争夺财物，不惜动用武力，干戈相向。

---

① （唐）姚思廉等撰：《梁书》卷四十三《张缅传附张缵传》，中华书局1973年版，第611页。

想到眼下的战乱纷争，诗人不觉悲切满怀，这种悲切又无以寄托，只能化作临风赋咏的长歌。

陈与义这种心态非常强烈，一直持续到其去世之前。

> 平生江海志，岁暮僧庐中。虚斋时独步，逆此西窗风。初夏气未变，幽居念方冲。三日无客来，门外生蒿蓬。轻阴映夕幌，窈窕瓶花红。未知古今士，谁与此心同。
>
> ——《西轩》

> 穷腊见三白，江南无旧闻。天上春已暮，尽日花缤纷。平生虽畏寒，遇雪心所欣。拥裘未敢出，投隙致殷勤。窗户忽相照，川陵已难分。二仪有巨丽，我老不能文。高吟黄竹诗，薄暮心无垠。浮屠似玉笋，突兀倚重云。
>
> ——《雪》

这两首都作于绍兴五年（1135年）六月到绍兴六年（1136年）八月，陈与义寓居青墩时期。此时他因病告退，提举江州太平观，实际还有重要的政治原因，就是与宰相赵鼎不和，可能也是不得已而为之。① 第一首诗的起首两句，直入主题，从自己眼下的处境入手，抒发壮志难酬的感慨和官场失意的不平，接下来八句借幽居的孤独与冷落，进一步写壮心失落的痛苦，结尾两句再次回到主题，感怀无人会解的苦闷，意味深长，感慨深切。第二首诗主要是写雪景。前半部分"天上春已暮，尽日花纷纷"两句，把整天飘落的雪花，比作天上暮春的落花，想象奇特，比喻大胆形象。诗歌后半部分写阔大宏丽的雪景。诗人凭窗远眺，天地之间一片银装素裹，何处是山岭，何处是河流，渺茫难辨，高高的佛塔，此时就像高大耸立的玉柱，直抵云霄，雄伟壮观。诗中写雪既有细微的刻画，又有对宏大巨丽景观的描绘，使人有如临其境的美感。诗中"我老不能文"、"薄暮心无垠"，两句显然有叹老之意。在前面的诗中，诗人感慨自己功业无望，壮心难酬，只能以作诗空老人生，而此时他衰老得连诗也不能做了，可见其内心的感伤。"薄暮心无垠"一句也充满了感伤之情，具体感伤什

---

① （宋）李心传撰《建炎以来系年要录》（中华书局1988年版，第635页）卷九十云："绍兴五年六月丁巳，给事中陈与义充显谟阁直学士提举江州太平观。与义与赵鼎论事不合，故引疾乞去。"

么诗人没有说，结合上下文，我们发现作者也是在感伤人生的衰老。再如：

  白发飘萧一病翁，暮年身世药瓢中。芙蓉墙外垂垂发，九月凭阑未怯风。

——《芙蓉》

  北客霜侵鬓，南州雨送年。未闻兵革定，从使岁时迁。古泽生春霭，高空落暮鸢。山川含万古，郁郁在尊前。

——《雨中》

  人间跌宕简斋老，天下风流月桂花。一壶不觉丛边尽，暮雨霏霏欲湿鸦。

——《微雨中赏月桂独酌》

  这三首诗都写于绍兴八年（1138年）诗人病逝前的几个月。第一首诗中主要写自己老病漂泊于异乡，整日以药物维系生命，深秋九月不避寒风，凭栏而立，是因为墙外盛开的芙蓉花吸引了他，表现出对自然和生命的无限留恋。读完此诗，留给我们的主要是一个老病漂泊，独自倚栏的诗人形象，正所谓"江湖万里憔悴身。"（《除夜二首》其二）可以看出他深深的悲哀。诗中"芙蓉墙外垂垂发"一句所写的芙蓉花，在画面和诗意里，已经退到一个非常次要的位置。第二首诗和第一首诗非常相似，从避难开始到绍兴八年（1138年），已经十二年的时间了，天下还是兵革未定，经受漫长艰难岁月的煎熬，诗人已经成了白发苍颜的老朽，仍然漂泊于异地他乡，在春日的黄昏郁郁对酒，看着天空归来的飞鸟，背井离乡之痛，感事伤时之恨不禁潸然而发。两首诗都是借景抒怀，无论是篇幅还是诗意，写景都处于次要的位置。诗中营造凄清冷寂的意境，抒发悲凉的情怀，艺术上堪称上品。

  《微雨中赏月桂独酌》作于诗人行将去世前夕，是陈与义的绝笔。起首七个字蕴含无限，道尽诗人身处乱世的毕生所见和一生的坎坷辛酸。陈与义生于两宋之交内外变乱纷争的不幸时代，南渡前，他身处京洛，目睹了北宋末年末世衰煞之景，亲见最严苛的党锢与文禁，亲历了政坛翻云覆雨的变化，自己也无端卷入其中，遭到贬谪；同时也看到了各地风起云涌的起义暴动，和北宋朝廷、军队在对金国战争中的怯弱无能，心中充满对国家未来和个人生存的忧患，鉴于政治高压又不敢言说，可以说陈与义入仕后到南渡前，十年冷官，也是十年忧患。南渡初年陈与义逃难的足迹几乎遍及大半个中国，还差点血饮兵锋，其中的艰辛和对家国的担忧自不需多言，到达会稽行在以后，生活有了着落，可他此时已经被煎熬得身心憔悴，进入了人生暮年的陈与义常常是老病缠身，中原恢复无望，回乡之路阻绝，从心理上讲，诗人还是处在漂泊之中，也可以说，陈与义南渡后是十年漂泊，十年憔悴。如此经历他怎能不衰老呢！人生即将走到尽头，诗人在凄冷的雨中，对酒独酌，回想多事多难的一生，自然是感慨万千，一切又不知从何说起，只能用"人间跌宕简斋老"七个字述尽无限。与其说他在饮酒，倒不如说他是在品尝一生的悲辛与痛苦。喝干的酒壶，似乎也预示着陈与义的人生走到了尽头，暮雨中的寒鸦也正是孤寒诗人的自身写照。

二 故园之思

故国家园之思是陈与义这一时期又一个非常突出的主题，涉及的作品并不比伤时叹老主题所涉及的作品少，而感情的浓烈程度更甚于前者。前面写叹老伤时主题的一些作品中，写到漂泊时也明显地蕴含着这类情感，下面的这些作品将这种情感更是写得刻骨铭心。

> 铁面苍髯洛阳客，玉颜红领会稽仙。街头相见如相识，恨满东风意不传。
>
> ——《梅花二首》其一

诗人临老为客，看到会稽街头的梅花，不禁想到故乡的梅花，思乡之情油然而生。结句用"恨"、"满"两个字，分别从深度和广度来写恨之强烈，言语简练而意蕴丰沛。由于诗人思乡情深，草木触处，经常引发他的乡关之思。"江南非不好，楚客自生哀。"（《渡江》）正是陈与义到达会稽之后乡关之思的真实写照。陈与义的这种情感随着岁月的流逝，与日俱增，到了晚年更为强烈。

> 病骨瘦始轻，清虚日来入。今朝僧阁上，超遥久凭立。茂林榴萼

红，细雨离黄湿。物色乃可怜，所悲非故邑。

——《病骨》

分明楼阁是龙门，亦有溪流曲抱村。万里家山无路入，十年心事与谁论。

——《题画》

这两首诗都作于陈与义晚年寓居青敦时期。第一首诗和前面所举的一首写法基本一样，这里就不再多言。第二首诗完全是借题抒怀，看到了画中的龙门，诗人不禁产生对现实的感伤和强烈的思乡之情，乡关远在万里之外，陷入了异族的统治之下，诗人因战乱逃离家乡已经十余年，时时刻刻都在怀恋着故乡，可现实如此，此情又与何人诉说呢？这首诗虽是题画，实际上完全是一首抒怀诗，题画只是作者抒怀的引子。陈与义的思乡之情不单是对故乡的思恋，还带有浓烈的故国之思。

一自胡尘入汉关，十年伊洛路漫漫。青墩溪畔龙钟客，独立东风看牡丹。

——《牡丹》

这首诗是陈与义晚年诗歌中的名篇，作品中没有对牡丹进行任何描写刻画，它只是诗人故园家国的代名词，是诗人情感的旨归。牡丹是洛阳名花，提到牡丹人们自然会想到洛阳，洛阳是陈与义的故乡，他青少年生长于斯，因诗才出众，成为"洛阳八俊"中的"诗俊"，这是他一生中比较快意和风光的岁月。他在后来人生不如意时写道："少年多意气，老去一分无。"（《冬至二首》）"少日争名翰墨场，只今扶杖送斜。"（《感怀》）"少年走马洛阳城，今作江边瓶锡僧。"（《和王东卿绝句四首》其一）在前后人生岁月的强烈对比中，可以看出他对那段时光的得意与深深的怀恋。战乱十多年来，诗人漂泊异乡，他深深怀念着家乡，魂牵梦绕的故国家园已经沦落于异族的铁蹄之下，回乡的漫漫长路成了一条不归之路，然而他的灵魂却一直在这条永远也走不到头的路上疲惫地奔波着。他在同时期所作的《得长春两株植之窗前》中也说："乡邑已无路，僧庐今是家。"这也是本诗前三句的主旨。诗人临老伤病，孤独地寓居青墩僧舍，看到了牡丹，自然会想到沦丧中的故园家国，回想起当年得意而快乐的时光，

"东风"二字又暗用季鹰见东风起而思归故乡的典故，诗中的家国之恨、身世之感不言自明。

三 闲适情怀

寄情山水草木是陈与义惯用的抒情手法，他晚年的诗作中这类作品也不少。写梅花和写雨是相对较多的两种，直接写梅花的有《梅花二首》、《不见梅花六言》、《梅花》、《江梅》、《瓶中梅》，共6首。直接写雨、雪的有《雪》、《观雪》、《喜雨》、《雨》、《雨中》5首，此外，在另外7首诗中也写到了雨或雪。虽然从绝对数量上看，不是很多，但占到了其晚年创作的1/5以上，这也是陈与义一贯偏好的题材。这类诗作主要是描绘景物，但也融入一定的情感。

> 风雪集岁暮，江梅开不迟。朝来幽窗底，明珰缀青枝。上天播淑气，百卉分四时。寒村值西子，足以昌吾诗。
>
> ——《江梅》
>
> 拒霜花已吐，吾宇不凄凉。天地虽肃杀，草木有芬芳。道人宴坐处，侍女古时妆。浓露湿丹脸，西风吹绿裳。
>
> ——《拒霜》
>
> 微雨湿清晓，老夫门未开。煌煌五仙子，并拥翠蕤来。胭脂洗尽不自惜，为雨归来更无力。老夫五十尚可痴，凭轩一赋会真诗。
>
> ——《黄修职雨中送芍药五枝》
>
> 四月江南黄鸟肥，樱桃满市粲朝晖。赤英盘里虽殊遇，何似筠笼相发挥。
>
> ——《樱桃》

第一首诗写岁暮风雪中梅花含苞欲放的情态，在诗人眼里，青色枝条上一个个欲开未开的花骨朵就像璀璨的宝石，它们在风雪交加的岁末寒冬里，又像困居穷寒荒村的西施，令人爱怜不已，足以催发诗人的诗兴。第二首诗写严寒中的拒霜花，开头两联写拒霜花在凄凉肃杀的季节，不畏严寒盛开的品格，言语中不乏赞美之意，后两联将其比作身着古装的侍女，被露水打湿的花瓣恰似侍女着有丹粉的脸，西风中飘飘的绿叶又恰似在风中翻翻的绿袍，将拒霜花的姿态、色泽写得形象逼真，风绰婉约，煞是可爱，其中也流露出诗人以高洁人格自持的思想。最后两首写芍药、樱桃，手法和这两首诗基本相同，这里就不再赘述。

反映闲居生活的诗作也是陈与义这一时期诗歌创作的另一类型。内容不外乎居所景物、饮酒、生病、节日、参禅等几个方面，这些作品中写景的成分较多，又经常将述事、写景与抒怀结合，或抒发老病漂泊中的思乡之情或感怀人世纷繁，格调悲凉。前面的几种在上面所举的各类诗中都有涉及，这里来看看他参禅的诗作。

残年不复徙他乡，长与两禅同夜缸。坐到更深都寂寂，雪花无数落天窗。

——《与智老天经夜坐》

诗中写的就是诗人参禅的情景，前两句直写参禅之事，后两联是写景，写景中又充满了禅意，也可以说是一种禅境的描写。同期反映参禅的作品还有《九日示大圆洪智》，诗云："自得休心法，悠然不赋诗。忽逢重九日，无耐菊花枝。"《叶柟惠花》："无住庵中老居士，逢春入定不衔杯。文殊罔明俱拱手，今日花枝唤得回。"诗中所说的"休心法"、"入定"都是禅宗的修炼法，两诗中的写景也都禅意十足。他在《怀天经智老因访之》诗中也写道："客子光阴诗卷里，杏花消息雨声中。西庵禅伯还多病，北栅儒先只固穷。"后一联写自己修禅，前一联岁时写景，也充满了禅悟的味道。

题画也是陈与义寄托闲情诗中的一种，共有6首。其中《题俞秀才所藏江参山水横轴二首》和《题伯时画温溪心等贡五马》主要是通过对画境的勾勒，赞美画技的高妙。如《题伯时画温溪心等贡五马》云："题诗记着今朝事，回看联翩五匹龙。"是夸伯时能把马画得生龙活虎。另外的三首题画诗写得较有特点。

两公得我色敷腴，藜杖相将入画图。我已梦中多识路，秋风举袂不踟蹰。
奕奕天气吹角巾，松声水色一时新。山林从此不牢落，照影溪头共六人。

——《题崇兰图二首》

《题崇兰图二首》写得像记游诗，此画画的是诗人与朋友的出游图，诗人写来自然有记游的意味，诗中写景既是画中之景，也是诗人曾经亲见之景，故写得有声有色。结尾一联，既表达了山林之乐，画面描写又富有情趣。

以上是陈与义到达会稽以后诗歌创作的大致情况。走向衰落期的陈与义诗，在取材和风格上，基本沿袭了逃难期间寓居各地的写景抒怀诗和他山水诗中秀美一类的路子，创作态度又趋向内敛，主要是抒发老病客居的悲凉情怀和浓浓的思乡情感，也寄托了对恢复中原无望的凄楚，直接涉及现实的诗作不多。造成这种现象的原因主要有下几个方面：一是他的关注重点发生了转移，他把主要精力都放在国事上。为官期间几乎没有诗作，就能充分说明这一点。二是生活环境的改变，诗人的心态和视野发生了变化。到行在以后，他的生活相对稳定，心态也就不像逃难途中那样激越。同时，生活在都市，视野也就不如逃难时那样开阔了。三是修炼佛禅分散了诗人的创作注意力。这一时期陈与义的创作主要是在两次居住青墩期间，而此时他身居禅寺，与禅师多有交往，习禅是自然而然的事，禅佛也成了他重要的精神寄托，不像之前，诗歌几乎是他唯一的精神寄托，他在诗里说的"自得休心法，悠然不赋诗。"就能充分说明这一点。四是诗人此时体弱多病，也影响了他的创作精力。

以上是对陈与义诗歌创作历程的整体勾勒，从中可以看出陈与义的诗歌创作随着其仕途人生以及社会状况的变化有明显的起伏变化，侧重反映了他在不同生存状态下的心路历程。换句话说，陈与义的诗歌创作从总体上看，是重抒写内心情怀。他的诗歌中虽然也反映了两宋之际社会丧乱的历史状况，也涉及了一些具体的历史事件，但他的诗歌更侧重写诗人对自己生存状态和外界变化对其心理的冲击。加上个人视野的局限，陈与义的诗歌不可能全面反映当时的史实，其价值在于它反映了另一种历史的真实——士人心态。丹麦文学史家勃兰兑斯在《十九世纪文学主流》的引言中说："文学史就其最深刻的意义来说，是一种心理学，是研究灵魂的，是灵魂的历史。"[①] 陈与义南渡前的诗歌主要反映末世诗人的颓废，以及党锢文禁政治高压下，穷居困境的下层士大夫因畏惧党祸而三缄其口的避祸心理。其中末世情怀是其诗歌的基本底色，而畏祸是这种底色上突

---

① ［丹麦］勃兰兑斯著：《十九世纪文学主流》，张道真等译，人民文学出版社1997年版。

出的深色。而南渡后，又重点反映士人在天塌地陷的变故面前，对现实人生与历史的理性和感性的思考，既包括对战乱的感伤，也包括对南渡后南宋朝廷与社会混乱的感伤。他的诗歌真实地记录了两宋之际，社会动荡剧变冲击下文人士大夫的心理状况，是当时士大夫心灵史的一个缩影。在一定意义上，它是比历史事实更生动、更鲜活、更有可感性的历史，具有历史（文人心态）和审美的双重价值。后人对陈与义南渡后的诗歌给予了很多的赞扬，其深层原因正在于此。

中 编

陈简斋体的审美特征

第五章 陈简斋体的界定

"陈简斋体"这一概念,是南宋末年诗论家严羽提出的。他在《沧浪诗话·辨体》中,将汉魏六朝至唐宋的诗体以人而论列出了三十六体,其中宋代有七体,即"东坡体"、"山谷体"、"王荆公体"、"邵康节体"、"陈简斋体"和"杨诚斋体"[1]。并在"陈简斋体"后面注释道:"陈去非与义也,亦江西之派而小异。"严羽提出了"陈简斋体"这一概念,却没有对其做出具体的解释和界定。其后,魏庆之在《诗人玉屑》中虽提到"陈简斋体",也只是转述严羽的原话而已[2]。此后一直到近现代,几乎没有人再明确提到"陈简斋体"这一概念。

在界定"陈简斋体"前,先来看看何者为"体"?以"体"论诗早在南北朝就有,《南齐书》记载:"永明末,盛为文章,吴兴沈约、陈郡谢朓、琅邪王融以气类相推毂;汝南周颙,善识声韵。约等文皆用宫商,以平、上、去、入为四声,以此制韵,不可增减,世呼为'永明体'。"[3] "永明体"指的是从南朝齐永明(齐武帝萧赜的年号)年间兴起的讲究声律和对偶的新体诗。《周书》庾信传云:"庾信,字子山,南阳新野人也。祖易齐征士,父肩吾梁散骑常侍、中书令。信幼而俊迈聪敏绝伦,博览群书,尤善春秋左氏传。身长八尺,腰带十围,容止颓然,有过人者,起家湘东国常侍转安南府参军。时肩吾为梁太子中庶子,掌管记。东海徐摛为左卫率,摛子陵及信并为抄撰学士,父子在东宫出入禁闼,恩礼莫与比隆。既有盛才,文并绮艳。故世号为徐庾体。"[4] 所谓的"徐庾体"是指徐、庾父子在东宫时,所作的风格绮艳流丽的诗文的体貌特点,就其渊源而言,是沿着永明体讲究声律、辞藻的方向,进一步"转拘声韵,弥尚

---

[1] (宋)严羽著,郭绍虞校释:《沧浪诗话校释》,人民文学出版社1961年版,第52页。
[2] (宋)魏庆之:《诗人玉屑》卷二,上海古籍出版社1959年版,第25页。
[3] (梁)萧子显撰:《南齐书》卷五十二《陆厥传》,中华书局1972年版,第898页。
[4] (唐)令狐德棻:《周书》卷四十一,中华书局1972年版。

丽靡"①。可见这里所说的"体",主要指的是诗歌的格律和审美风格。

　　唐代的文学批评中"体"这个概念用得比较少。到北宋中后期,论家又喜用其来评论诗文,苏轼等人笔下就有不少地方用"体"来评论前人之诗文。到了南宋中后期,以"体"论诗成为一种风尚,刘克庄、俞文豹、陈必复论述晚唐五代到北宋初期的诗歌评价中,频繁出现"晚唐体"这一概念,来概括晚唐诗气象衰飒、题材狭窄、注重音律对偶、篇幅短小、风格清浅闲雅、意趣深远的总体风貌。② 这里所说的"体",内涵明显要比六朝时丰富,包括诗的体裁、内容、风格在内的总体风貌。宋末的刘辰翁、严羽等也喜用"体"来评诗,内涵与"晚唐体"中所说的"体"的含义相同,强调某个时期、某个群体或某个诗人诗歌创作的独特性,这在严羽《沧浪诗话·辨体》的相关论析里可以得到证明。他在《诗体》开头说:"风雅颂既亡,一变而为离骚,再变而为西汉五言,三变而为歌行杂体,四变而为沈宋律诗,五言起于李陵苏武。七言……"这里所说的"体"显然是指体裁。接下来就是以人而论、以时而论,各分了若干体。这里"体"的含义不太明确,姑且待后叙述。接下来严羽又这样说:

　　　　又有所谓选体、(选诗时代不同,体制随异,今人例用五言古诗为选体,非也。)柏梁体、(汉武帝与群臣共赋七言,每句用韵,后人谓此体为柏梁体。)玉台体、(玉台集乃徐陵所序,汉魏六朝之诗皆有之,或者但谓纤艳者为玉台体,其实则不然。)西昆体、(即李商隐体,然兼温庭筠及本朝杨刘诸公而名之也。)香奁体、(韩偓之诗,皆裾裙脂粉之语,有香奁集。)宫体(梁简文伤于轻靡,时号宫体,其他体制尚或不一,然大概不出此耳)。

　　这里所说的"体"是指包括体裁、内容、风格、审美趋向在内的诗的总体风貌。又:

　　　　有古诗,有近体,有绝句,有杂言,有三五七言,有半五六言,

---

① (唐)姚思廉撰:《梁书·庾肩吾传》卷五十六,中华书局1973年版。
② 李定光《论晚唐体》(《文学遗产》2006年第5期)一文对此有详细的论述。

有一字至七字，有三句之歌，有两句之歌，有一句之歌，有口号，有歌行，有乐府，有楚词，有琴操，有谣。曰吟、曰词、曰引、曰咏、曰曲、曰篇、曰唱、曰弄、曰长调、曰短调，有四声，有八病，又有以叹名者，以怨名者，以哀名者，以愁名者，以思名者，以乐名者，以别名者。有全篇双声叠韵者，有全篇字皆平声者，有全篇字皆仄声者，有律诗上下句双用韵者，有辘轳韵者，有进有退韵者，有古诗一韵两用者，有古诗一韵三用者，有古诗三韵六七用者，有古诗重用二十许韵者，有古诗旁取六七许韵者，有古诗全不押韵者，有律诗至百五十韵者，有律诗止三韵者。有律诗彻首尾对者，有律诗彻首尾不对者。有后章字接前章者，有四句通义者，有绝句折腰者，有八句折腰者。有拟古，有连句，有集句，有分题。有分韵，有用韵，有和韵，有借韵，有协韵，有今韵，有古韵。有古律，有今律。有颔联，有颈联，有发端，有落句。有十字对，有十字句，有十四字句，有十四字对，有扇对，有借对，有就句对。论杂体，则有风人，藁砧，五杂俎，两头纤纤，盘中，回文，反复，离合，虽不关诗之轻重，其体制亦古。至于建除、字谜、人名、卦名、数名、药名、州名，只成戏虐，不足为法也。

这里所说的体是诗歌的体裁、韵脚、体式等外在的形式。

综上所述，严羽所说的"体"，就是诗歌语言、内容、体裁、风格相结合形成的某种总体风貌。"陈简斋体"就应该是陈与义诗歌包括语言、题材、内容、风格等方面的特点，以及由此形成的基本审美风貌。但从陈与义创作的历程看，他每个阶段的题材内容和风格都有较大的差异，那"陈简斋体"是指的陈与义创作中的某一阶段，还是所有诗歌的审美特征呢？

当代学人在对"陈简斋体"的界定上出现了三种不同的看法。游任递在《论陈简斋的诗》一文中认为，陈与义靖康前那些"不肆不强"，具有宋诗风貌又不同于苏诗之畅达、黄诗之搓杆的诗歌就是所谓"简斋体"诗。他把陈与义靖康之乱后的诗歌称为"避虏诗"[1]。艾思同的《试论"陈简斋体"》一文则认为，靖康前陈与义的诗歌仍处于黄、陈的樊篱之

---

[1] 游任递：《论陈简斋的诗》，《温州师专学报》1982年第1期。

下，尚未独具面目，不能成为一格，不属于"陈简斋体"；靖康之变后，陈与义的诗直接取法杜甫，冲破了江西诗风的束缚，形成了独具特色的一体，创造出了雄阔慷慨的"陈简斋体"。他认为简斋体的基本特点是："风调变得雄阔慷慨，思想内容上慷慨激越、寄托遥深，在结构和意象上显得规模广大、境界宏丽，在辞气和语句上形成了其诗雄宏、句律流丽的特色。"① 另外，巨传友在《"陈简斋体"论析》一文中也持同样的观点②。杨玉华在《"简斋体"论略》一文中，从语言、句法结构、抒情方式、审美风格几个方面探讨了"陈简斋体"的艺术特点③，言下之意"陈简斋体"就是指陈与义诗歌整体的艺术特点。这几种观点矛盾，甚至相互对立，到底什么是"陈简斋体"？还需要从严羽那里谈起。

先来看严羽的相关论析：

> 以时而论，则有建安体、黄初体、正始体、太康体……唐初体、盛唐体、大历体、元和体、晚唐体、本朝体、（通前后而言之。）元佑体、（苏黄陈诸公。）江西宗派体（山谷为之宗）。以人而论，则有苏李体（李陵苏武也）、曹刘体（子建公干也）、陶体（渊明也）……沈宋体、陈拾遗体、王杨卢骆体、张曲江体、少陵体、太白体、高达夫体、孟浩然体、岑嘉州体、王右丞体、韦苏州体、韩昌黎体、柳子厚体、韦柳体、李长吉体、李商隐体、卢仝体、白乐天体、元白体、杜牧之体、张籍王建体、贾浪仙体、孟东野体、杜荀鹤体、东坡体、山谷体、后山体、（后山本学杜，其语似之者但数篇，他或似而不全，又其他则本其自体耳。）王荆公体、（公绝句最高，其得意处，高出苏、黄、陈之上，而与唐人尚隔一关。）邵康节体、陈简斋体、（陈去非与义也，亦江西之派而小异。）杨诚斋体。（其初学半山、后山，最后亦学绝句于唐人，已而尽弃诸家之体，而别出机杼，盖其自序如此也。）④

---

① 艾思同：《试论"陈简斋体"》，《菏泽师专学报》1998年第1期。
② 巨传友：《"陈简斋体"论析》，《中国韵文学刊》2004年第2期。
③ 杨玉华：《"简斋体"论略》，《楚雄师专学报》1994年第1期，他在《陈与义·陈师道研究》（四川出版集团、巴蜀书社2006年版，第99—115页）第三章阐述了同样的观点。
④ （宋）严羽著，郭绍虞校释：《沧浪诗话校释》，人民文学出版社1961年版，第52页。

第五章　陈简斋体的界定

从材料可以看出：严羽所说的"体"有特定的视角。他从文学流变的角度，提出不同的"体"，每一"体"都代表了诗歌发展的一个阶段。具体指的就是某个阶段或某个诗人的创作，在诗史上表现出独到的风貌。从他对后山体和杨诚斋体的鉴定可以看出，个人之体更强调其独特的个性化风貌，也就是每个人的创新性。在严羽看来，他提到的每一个人，都意味着他可以自成一家，唯其有独特的个性，才能显示出不同诗人之间的区别，有明显的区别，才可称为一"体"，从他对"后山体"和"杨诚斋体"的阐述中可以明确看出这种思想。综合考察严羽以时间和作家两个不同视角划分出来的不同"体"，就可以发现，严羽似乎把元祐以后的宋诗都纳入了"江西宗派体"之中。当然也包括他在以人而论中所列出的"陈简斋体"和"杨诚斋体"。就"陈简斋体"而言，严羽给出了两个方面的信息：一方面他将陈与义的诗单独列为一体，列于苏轼、黄庭坚、陈师道之后，杨万里之前，认为陈与义的诗代表宋诗发展的一个阶段。换句话说，严羽认为陈与义是宋诗史上苏、黄、陈之后，杨万里之前成就最高、最有代表性的诗人。另一方面"亦江西诗派而小异也"一语，是严羽对"陈简斋体"的基本认识，认为陈与义诗歌的总体风貌类似江西宗派，又有一定的差异。前者是对陈与义诗歌在诗史上的定位，体现了严羽分"体"的基本精神；后者是对陈与义诗歌个性化风貌的具体认识。严羽的这些论断是否合理呢？这需要进一步分析。

第一，这里可以看出严羽论诗尊唐黜宋的倾向[①]。就上文看，严羽对宋诗的评价相对比较粗率，纰漏很多，他以时间为维度将唐诗分为唐初体、盛唐体、元和体、晚唐体，各体之间的界限相对明显，而整体衔接也比较严密，基本能体现唐诗发展的流变过程。而他对宋诗则直接用"本朝体"笼统概括，然后又分出了"元祐体"、"江西宗派体"，相互之间重复，时间上也不连贯，不能说明宋诗的发展流变。同样，以作家为标准，

[①] 他在《沧浪诗话》中云："盛唐诸人惟在兴趣，羚羊挂角，无迹可求。故其妙处透彻玲珑，不可凑泊，如空中之音，相中之色，水中之月，镜中之象，言有尽而意无穷。近代诸公乃作奇特解会，遂以文字为诗，以才学为诗，以议论为诗。夫岂不工，终非古人之诗也。盖于一唱三叹之音，有所歉焉。且其作多务使事，不问兴致；用字必有来历，押韵必有出处，读之反复终篇，不知着到何在。其末流甚者，叫嗓怒张，殊乖忠厚之风，殆以骂詈为诗。诗而至此，可谓一厄也……至东坡山谷始自出己意以为诗，唐人之风变矣。山谷用工尤为深刻，其后法席盛行，海内称为江西宗派。"参见（宋）严羽著，郭绍虞校释《沧浪诗话校释》，人民文学出版社1961年版，第26页。从这段话中也可以看出他对推崇唐诗，贬斥宋诗的态度，这也是学界公认的看法。

唐诗列出了李、杜等二十四体，基本勾画出了唐诗的流变过程；而宋诗仅列了苏、黄等七体，也不能反映宋诗的流变与发展。他自己就明确地说对宋诗"吾取其合于古人者而已"①。他认为不合古人，实际上在宋诗流变中又的却占有一席之地的很多诗人都被舍弃，如宋初的三体，以欧阳修为领袖的梅尧臣、王禹偁等诗人全被舍弃不提，而这些诗人是宋诗发展过程中不可或缺的环节，事实上合与不合古人只是他的一己之见，不一定中肯。清人冯班、钱谦益等人就对此大加抨击。现在看来，受尊唐黜宋诗学观念的制约，严羽对宋诗的评价的确有失公允，很多论断值得商榷，也正是严羽的这种评价明确地挑起了诗学史上唐宋诗之争这一学术公案。

　　第二，严羽有把江西诗派泛化的倾向，这也是当时诗歌批评领域的普遍现象，严羽可能受当时风气的影响。刘克庄在《茶山诚斋诗选序》中就说："山谷，初祖也；吕、曾，南北二宗也；诚斋稍后出，临济德山也。"他参照禅宗统序将吕本中、曾几、杨万里纳入了江西诗派，还为他们排定了次序。杨万里也作《江西续派二曾居士诗序》，将曾纮、曾思父子续入江西诗派，称为江西续派。后来的方回在《次韵赠上饶郑圣予沂序》云："曾茶山得吕紫薇诗法，传至嘉定中赵章泉、韩涧泉，正脉不绝。"② 又将二人纳入了派中。此外，还有一些人被续入江西诗派，严羽此说也是其中一例。也就是说严羽所说的"江西宗派"是一个泛化后的概念，和吕本中所说的"江西宗派"已经不是同一个概念，而是和刘克庄等人说的"江西诗派"相等同。

　　第三，严羽这样分体，本就是论析诗史的大概。他自己就明确说："盛唐人诗，亦有一二滥觞晚唐者，晚唐人诗，亦有一二可入盛唐者，要当论其大概耳。"③ 他对自己所推崇的唐诗作如是论，那他对宋诗的论析，就更是"大概"了。郭绍虞先生在解读《沧浪诗话》时，还列举了其他一些例子，说明严羽的"此种分体，本只能论其大概"④。如果按严羽的表述去推理，我们就可以做出这样的推论：严羽把苏、黄、陈之后的诗人全归于江西宗派体的名下，而在其间他又只提出了陈与义和杨万里两人，

---

① 参见（宋）严羽著，郭绍虞校释《沧浪诗话校释》，人民文学出版社1961年版，第59页。
② （元）方回：《桐江续集》卷十五，《四库全书》，文渊阁本。
③ （宋）严羽著，郭绍虞校释：《沧浪诗话校释》，人民文学出版社1961年版，第143页。
④ 同上书，第68页。

那岂不是说陈与义和杨万里就是江西诗派的代表了。但他在注释中又强调了二人与江西派的不同之处,他的论述中显然有不统一,甚至自相矛盾的地方,也有违文学史实。严羽认为陈与义的诗风近江西诗派,引发了旷日持久的关于陈与义归属问题的争论,时至今日仍无定论(此问题本书将在下编作专题讨论),也就是说他的这种评述遭到了后人的质疑,没有得到普遍认可。

基于以上原因,对严羽对"简斋体"、"亦江西诗派而小异"的判断,还是需要进一步考察。我们来看看与严羽同时代的人对陈与义的评价。

楼钥在陈与义诗集的序言里这样写道:"参政简斋陈公,少年在洛下,已称诗俊;南渡以后,身履百罗而诗益高。"① 可见陈与义少年就有诗名,而晚年诗歌成就更高。从楼钥的叙述口吻看,这应该是当时人对陈与义较普遍的看法。陈与义卒后四年,他的学生周葵刻印陈与义的诗集,葛胜仲为之作《序》云:

会兵兴抢攘,避地湖广,泛洞庭,上九疑、罗浮,虽流离困厄,而能以山川秀杰之气益昌其诗,故晚年赋咏尤工。绪绅士庶争传诵,而旗亭传舍题写殆遍,号称新体。②

葛胜仲此序有一点非常值得注意,就是陈与义在世时,他在靖康之乱后流离困厄中所作的诗歌已被人争相传诵,称为"新体"。这则材料和楼钥的描述一样,都反映了一个重要信息,就是时人更肯定陈与义南渡后的诗歌创作。遗憾的是他们二人都没有描述陈与义南渡后的诗歌,也就是"新体"的风貌特点。这里的"新"就可能有三种解释,一是陈与义南渡后的诗歌创作,对他自己南渡前的创作有所突破;二是陈与义的诗歌突破了他之前以及其同时代的诗人的创作;三是两者兼而有之。就楼钥的说法看,应当是第一种,以上几则材料都反映的是陈与义生前,以及同时代的人对其诗歌的评价,可以看出陈与义在世的时候,就有较高的诗名,南渡以后的诗歌更受重视。

---

① (宋)楼钥:《简斋诗笺序》,(宋)陈与义撰,吴书荫、金德厚点校《陈与义集》卷首,中华书局1982年版。
② (宋)葛胜仲:《陈去非诗集序》,(宋)陈与义著,白敦仁校笺《陈与义集校笺》附录,上海古籍出版社1990年版,第1013页。

宋末元初，论家也都肯定陈与义南渡后的诗作。刘克庄对陈与义的评价比胡稚在某些方面更近了一步，他更赞赏陈与义南渡后的诗。

> 元祐后诗人迭起，一种则波澜富而句律疏，一种则锻炼精而性情远，要之不出苏黄二体而已，及简斋出，始以老杜为师。《墨梅》之类，尚属少作。建炎以后，避地湖峤，行万里路，诗益奇壮……造次不忘忧爱，以简洁扫繁缛，以雄浑代尖巧，第其品格，故当在诸家之上。①

刘克庄把陈与义和陆游等人列在同等位置，把陈与义看作是南渡以来诗坛的大家，他推重陈与义南渡后的诗歌，认为能使陈与义在诗史上立足的是其南渡后的诗歌创作。方回对陈与义的评价在诗史上产生过重大的影响，他在《秋晚杂书三十首》中就说："堂堂陈去非，中兴以诗鸣。"② 其中提到的"中兴"二字非常值得关注，明确地将陈与义定位于南渡初期的诗坛，这说明他推重的也是陈与义南渡后的诗歌创作。

通过以上描述可以看出，从宋代到元初，论家基本都肯定陈与义南渡后诗风的转变，以及他南渡后诗歌的创作成就，认为他在诗史上的地位主要是依赖其南渡后的创作成就。陈与义南渡后的诗歌创作成就不仅突破了他自己南渡前的创作，也超越了同时期的其他诗人。

由此也可以看出，严羽认为陈与义代表宋诗发展的一个阶段的论断，是比较准确的，也是宋代元初乃至后世论家公认的，论家也公认奠定陈与义诗史上这种地位的，主要应该是他南渡后诗歌创作的成就。而严羽说陈与义诗歌的风貌类似江西诗派的观点是没有人认同的。我们在尊重严羽的基本思想的前提下，吸收众多论家的意见，可以初步得出这样一个结论："陈简斋体"应该指的是陈与义南渡后的诗歌在内容、语言、体裁、审美风格等方面表现出来的整体风貌。严羽所说的"陈简斋体"和葛胜仲所说的"新体"内涵基本一致。

上文已经论析过陈与义南渡后的诗歌创作前后也有巨大的变化，逃难五年是陈与义诗歌创作的高峰和黄金阶段。结合陈与义诗歌创作的实际情

---

① （宋）刘克庄：《后村诗话》前集卷二，中华书局1983年版，第26页。
② （元）方回：《桐江续集》卷二，《四库全书》，文渊阁本。

况，可以进一步说，"陈简斋体"主要指的是陈与义南渡后诗歌的整体风貌。

那么"陈简斋体"或者说陈与义南渡后的诗歌到底有什么样的特征呢？对前期又有什么突破呢？总体来看，陈与义南渡后的诗歌语言自然疏淡、简洁工切，在意象选取、意境营造、审美风格等方面，具有比较鲜明、独特的个性；取材和内容也大大突破了北宋末年主要吟咏个人失落情怀的狭小范围，山水与现实政治题材的诗作成为他此时诗歌创作的两大亮点。审美上形成了以雄浑悲壮为主导的多元化风格，呈现出多样化的趋势，代表了当时诗坛的最高成就，这就是简斋体的基本特征。本书中编的几章，将着眼陈与义南渡后的作品，分别从风雅意识、意象选取、意境营造、语言、风格等几个方面，论述"陈简斋体"的基本特征。

第六章　强烈的风雅精神

风雅精神，是指《诗经》（主要是国风、大雅、小雅）表现出来的关注现实的热情、强烈的政治和道德意识、真诚积极的人生态度，被后人概括为风雅精神，[①] 是中国古代诗歌的一个优秀传统。陈与义南渡后的诗歌，在思想内容上表现出的积极关注国运、关注现实和积极报国的人生态度，正是这种精神的体现。相对而言，其前期的诗歌这种精神就比较弱。因此，风雅精神是其南渡后诗歌思想内容上显著的特点和亮点，也是陈与义南渡后诗风转变最为突出的表现之一。

南渡前，在酷烈的党锢文禁中，陈与义和当时的其他诗人一样，闭口自禁。其南渡前的诗歌，关注现实政治的题材极少，偶尔有片言只语涉及现实，也写得含混晦涩。如"试数门前客，终岁几覆辙。"（《抒怀示友十首》其六）"门前争夺场，取欢不偿悲。"（《夏至日与太学同舍会葆真二首》）"纷纷骑马尘及腹，名利之窟争驰逐。"（《题易元吉画獐》）这些诗句，都反映北宋末年混乱不堪、争斗激烈的官场状况，但要是不熟悉当时的历史状况，很难弄清楚他要说什么。即使结合历史，也只能判断其大致所指。他在贬谪陈留时所作的《放鱼赋》，具有较强的批判现实的意味，但也只是借题发挥，没有直接涉及现实的具体事件。这一点上文已经有过详细的论析，这里就不再赘述。

与此相应，陈与义南渡前的诗歌所反映的生活态度也很消极，面对北宋末年动荡的社会现实和苦难深重的百姓，其创作又是这样一个状况，这本身就有悖于古代士大夫忧患传统，显示出其消极、颓废的生活态度。在他前期的诗里，经常表现出人生仕途的幻化，如：

[①] 《毛诗序》对雅、颂两部分解析云："是以一国之事，系一人之本，谓之风。言天下之事，形四方之风，谓之雅。雅者，正也。言王政之所由废兴也。政有小大，故有小雅焉，有大雅焉。"孔颖达云："夫天下有道则庶人不议，治平累世则美刺不兴……故初变恶俗则民歌之，风雅正经是也。"《十三经注疏·毛诗正义》，中华书局1980年版，第271—272页。

第六章　强烈的风雅精神

> 功名勿念我，此心已扫除。
> ——《抒怀示友十首》其一
> 功名大槐国，终要白鸥波。
> ——《送张迪功赴南京掾二首》其二
> 功名一画饼，甚矣痴儿计。倾身犯火斋，顾自以为戏。……但持邯郸枕，赠客一觉睡。
> ——《同叔易于观我斋分韵得自字》

这些诗句都表现出他对仕途人生的失望与无奈。因此，他经常感慨要归隐，以诗酒唱和，参禅悟道寄托人生。

> 我策三十六，第一当归田。柴门种杂树，婆娑乐余年。是中三益友，不减二仲贤。柏树解说法，桑叶能通禅。
> ——《抒怀示友十首》其五
> 平生诗作祟，肠肚困藜食。使我忘隐忧，亦自得诗力。绝知是余蔽，且复永今日。不如付杯酒，一笑万事毕。毛颖仅升堂，曲生真入室。
> ——《抒怀示友十首》其三

在第一首诗中，他把归隐当作自己人生的最佳选择，以种田植树，参禅悟道了却余生；在第二诗中又道出自己对诗酒的痴迷。这些作品都流露出一种消极的人生态度，一直到南渡前，他的心态都是这样，翻开陈与义前期的作品，这样的作品处处可见。

从南渡开始，面对国家和民族遭受的天塌地陷的变故，诗人的心灵遭到强烈的冲击。他在逃难开始的第一首诗中感叹"茫茫老杜诗"，后来也感慨"但恨平生意，轻了少陵诗"，这体现出他对杜甫在战乱中所作诗歌表现出来的风雅精神的强烈认同感。心态的改变，使得陈与义诗歌上述状态得到很大的改观，诗歌的内容有了极大的变化，大大突破了南渡前主要抒发个人幽闭情怀的范围，关注现实政治和国运民生成为其诗歌重要的主题，具体表现为以下三个方面：

第一是对造成北宋末年以来社会国家衰敝深层原因的理性思考。这主要体现在他感伤时事的作品，以及一些抒情色彩很浓的写景抒怀诗中，如他的《邓州西轩书事十首》其五、六、七如次：

> 皇家卜年过周历，变故未必非天仁。东南鬼火成何事，终待边烽作争臣。
> 杨刘相倾建中乱，不待白首今同归。只今将相须廉蔺，五月并门未解围。
> 不须夜夜看太白，天地景气今如斯。始行夷狄相攻策，可惜中原见事迟。

这三首诗反映的具体内容本文已经在前面有过详细的解释，此处只看陈与义关注现实的精神。第一首是批评徽宗的昏庸固执，见事不明。徽宗崇信道教不理政事，而是求仙卜卦希望自己的江山永固，又因贪图淫乐享受，立花石纲之名搜刮民财，引发了东南的方腊起义，可这并没有让他觉醒，在平定方腊起义的时候，他一度取消了花石纲，但起义刚一平定，他就恢复了花石纲的供应。正因为他的昏庸造成了北宋末年的朝政混乱和国家衰落，直到胡人（金军）打到了家门口，冷酷的现实让他意识到问题的严重性，可是为时已晚。诗人以此来提醒统治者体察和改正为政之过失，以保天祚不失。第二首诗借唐代杨炎和刘晏之间的争夺，[①] 批判北宋末年以来，特别是在"靖康之难"时，士大夫和朝廷内严重的党争及权利之争，认为国家危难之际，士大夫应该像廉颇与蔺相如一样摒弃前嫌，精诚合作，共赴国难。刘辰翁评本诗"多见世事，存之仿佛"[②]，明确地指出了陈与义此诗指斥现实的思想内涵。第三首诗是批判北宋末年对外政策的失败，具体就是指北宋联合金国灭辽之举。宋金联合灭掉了辽国，不但没有得到原来想要的云燕等地，还将一个更强大的敌人引到了家门口，导致了灭国之灾。三首诗见解深刻，并把批评的矛头直接指向最高统治阶层，但诗人又没有一味陷入单纯的批判，而是充满了一种劝诫之情，用廉颇与蔺相如之比，更是表现出强烈的挽救国难之意和一种积极为国献计的人生态度。陈与义称赞杜诗，他在创作中也学习杜甫，这类作品在精神上已经达到了杜诗的境界，是其前期诗歌中所见不到的，也是北宋末年以来

---

① 杨刘相争之事见（宋）欧阳修等撰《新唐书·刘晏传》，中华书局1975年版。
② （宋）陈与义著，白敦仁校笺：《陈与义集校笺》，上海古籍出版社1990年版，第417页。

极其罕见的现象。吴子良《荆溪林下偶谈》："盖建炎乱离奔走之际，犹庶几少陵不忘君之意耳。"刘克庄也说："元祐后诗人迭起，一种则波澜富而句律疏，一种则锻炼精而性情远，要之不出苏黄二体而已，及简斋出，始以老杜为师……建炎以后，避地湖㳚，行万里路，诗益奇壮……造次不忘忧爱，以简洁扫繁缛，以雄浑代尖巧，第其品格，故当在诸家之上。"① 四库馆臣也说陈与义的诗"感时抚事，慷慨激越，寄托遥深，乃往往突过古人。"② 都充分肯定了时代变化和学杜对陈与义南渡后诗歌的影响。

陈与义南渡后关注现实的热情在诗中的第二个表现，就是一些作品中表现出对国家惨遭战乱的痛心，以及对国家与民族前途命运的深切担忧。

> 丧乱那堪说，干戈竟未休。公卿危左衽，江汉故东流。风断黄龙府，云移白鹭洲。云何舒国步，持底副君忧。世事非难料，吾生本自浮。菊花纷四野，作意为谁秋。
>
> ——《感事》
>
> 庙堂无策可平戎，坐使甘泉照夕烽。初怪上都闻战马，岂知穷海看飞龙。孤臣霜发三千丈，每岁烟花一万重。稍喜长沙向延阁，疲兵敢犯犬羊锋。
>
> ——《伤春》
>
> 胡儿又看绕淮春，叹息犹为国有人。可使翠华周寓县，谁持白羽静风尘。五年天地无穷事，万里江湖见在身。共说金陵龙虎气，放臣迷路感烟津。
>
> ——《次韵尹潜感怀》

这三首诗都作于建炎年间，当时南宋正遭受金军的猛烈进攻，宋军节节败退，几乎没有什么像样的抵抗，战火由京洛蔓延到了江淮，一度还延伸到了江浙，高宗被金军追杀得几乎无路可逃。这三首诗就反映了国家面临生死考验的时候，诗人内心的伤痛，可以当作组诗来解读。《感事》写于"靖康之难"刚刚发生之后，诗人面对国家和民族遭受毁灭性打击后

---

① （宋）刘克庄：《后村诗话》前集卷二，中华书局1983年版，第26页。
② （清）纪昀等：《四库全书总目提要》，《四库全书》，文渊阁本。

的沉痛。当时金军俘虏了徽、钦二帝和大批王室成员，送往金军的统治中心，同时还俘虏了很多朝廷大臣，基本摧毁了宋王朝的统治中枢。高宗即位后，在金军的追杀下，逃到东南，无法建立一个稳固的立足之所，十分狼狈，这就是诗歌前半部分所描写的现实状况。诗歌的后半部分借秋景发表诗人沉痛的感伤，将世事无常，人生难料的感慨写得淋漓尽致，"持抵副君忧"，明确道出了对国家民族前途和命运的担忧。后面两首作于高宗渡海事件发生之后，主要是感慨在金军进攻面前，上层束手无策的无能和朝廷人才的匮乏，致使天子蒙尘，宗庙被毁，不仅向金军俯首称臣，还要向金军进贡大量的岁币与锦帛，使得胡人猖狂一时，面对此情此景诗人不禁感慨万分。第二首诗题为《伤春》却没有一个字涉及春景，是因为诗人感伤的本就是国事。第三首诗的后两联感伤更深，国难使得诗人自己也流离失所，而不知道国家何时能振兴，漂泊何时能结束，诗人看不到希望，前途是一片迷茫。个人遭际的痛苦，国难的感伤，都寄予其中。诗人在这几首诗中流露出来的情怀和思想，用一句话来概括，就是哀国家之不幸，怒士大夫之不争，批判之中充满了中兴的愿望。

陈与义另外一些作品，也写到了当时一些对国家有重大影响的历史事件，如建炎三年贵正仲作乱，建炎到绍兴年间的钟相、杨么起义，以及高宗继位和抗金的一些重大历史事件。表达了希望尽早平定战乱，恢复国家太平的强烈愿望。他的很多写景抒怀诗中也都流露出深切的忧国思想，这种忧患意识一直到了晚年，仍然是他诗歌创作的重要主题之一。如："慷慨赋诗还自恨，徘徊舒啸却生哀。灭胡猛士今安在？非复当年单父台。"（《雨中再赋海山楼》）"小儒五载忧国泪，杖藜今日溪水侧。欲搜奇句谢两公，风作浪涌空心恻。"（《同范直愚单履游浯溪》）这些都表明诗人深切的忧国忧民情怀。

陈与义南渡后关注现实热情的第三个表现，就是诗中体现的人生态度也比南渡前要积极许多。对中国古代诗人来说，其人生态度的积极与否，主要表现在两个方面：一个是对国家、民族，以及现实政治的关切程度；另一个就是对待个人功业前途的态度。陈与义南渡前的诗歌中，常常说要归隐山林，以耕种、诗酒、参禅悟道来了却余生，很少涉及现实政治，实际上是因对现实人生失望而产生的一种消极颓废的人生态度。上面所讲他对国难、现实政治的关心，就是他人生态度转变的重要表现之一，更为重要的是，南渡后他的诗中还时常表现出来一种投身报国、建功立业的思想，和他南渡前浓重的归隐思想形成了鲜明的对比，是其积极人生态度的直接体现。他在南渡后不久的一组诗中写道：

> 云起炉山久未移，功名不恨十年迟。日斜疏竹可窗影，正是幽人睡足时。
>
> 万卷吾今一字无，打包随处野僧如。短檠未尽残年兴，欲问班生试借书。
>
> 中兴天子要人才，当使生擒颉利来。正待吾曹红抹额，不须辛苦学颜回。
>
> ——《题继祖蟠室三首》

这是一组题赠诗，第一首诗是鼓励闲居中的继祖蟠，勿计年岁已晚，应该积极建功立业。后面两首诗具体说如何建立功业，第二首诗是说要抛弃目前闲居山野的和尚一样的生活，要学班固那样著书立说，留名后世。第三首诗是说在国家中兴，正值用人之际，自己和对方也正是年轻力壮的时候，应该投笔从戎，为国效力，去击退金军的进攻，活捉其首领，报效天子。表现出他在国家危难之际，不甘碌碌无为的闲居生活，而欲投身中兴，积极建功立业的人生理想。他在同时期所作的《与季申信道自光化复入邓州书事四首》其二中也云："卖舟作归计，竹舆稳如舟。雾收青皋湿，行路当春游。老马不自知，意欲踏九州。依然还故枥，寂寞壮心休。"这里诗人以老马自喻，表达了一种不愿寂寞老死于槽枥而欲扬蹄九州的雄心壮志，与前面三首诗所表达的思想大致相同。他的另外一首诗，更是写出了一种横槊破贼的豪气。

> 一岁忧兵四阅时，偷生不恨隙驹驰。如何南纪持竿手，却把西州破贼旗。倘有青油盛快士，何妨画我入新诗。因君调我还增气，男子平生竟要奇。
>
> ——《周尹潜以仆有郢州之命作诗见赠有横槊之句次韵谢之》

这是诗人在建炎三年（1129 年）权领郢州时所作。从贬谪陈留开始，陈与义基本处于闲居的状态，此时得到任命，诗人踌躇满志，大有临危受命，持兵破敌，而不愿碌碌苟且的豪气。他在另一首诗中也说："天地悲深阻,山川慰久留。参差发邻舫,未觉壮心休。"(《细雨》)诗人经历三年战乱,依然壮心不休,对一介文人来说,实在是难能可贵的。历代对陈与义《伤春》等诗中表现的壮怀激烈的情怀,给予了很高的评价,其实诗人在以上几首诗中表现出来的豪壮情怀也同样值得称赞。

随着国势的长久沉沦,中兴的希望变得越来越渺茫。陈与义又经常感慨面对战乱自己救国无策,回天无力。《夜赋》就是这样一首作品:

> 泊舟华容县,湖水终夜明。凄然不能寐,左右菰蒲声。穷途事多违,胜处亦心惊。三更萤火闹,万里天河横。阿瞒狼狈地,山泽空峥嵘。弱强与兴衰,今古莽难平。腐儒忧平世,况复值甲兵。终然无寸策,白发满头生。

这是诗人难逃经过曹操赤壁之战后狼狈逃命之地时的感慨。此时金军已经打过了长江,战火烧到了江浙,诗人感慨宋军没能借助长江天险,像当年的孙刘联军击败曹操一样,击败金人,扭转战局。结尾处感慨自己救国无策,表现出对国家遭难的痛心。类似这样的诗还有不少,如:"腐儒徒叹嗟,救弊知无术。"(《晚晴》)"供世无筋力,惊心有别离。"(《别伯恭》)"事国无功端未去,竹舆咿呀犹昨日。"(《夙兴》)"古来贤哲人,畎亩策安危。"(《幽窗》)"回首望尧云,中原莽榛芜。臣岂专爱死,有怀竟不舒。老谋与壮事,二者惭俱无。"(《粹翁用奇父韵赋九日与义同赋兼呈奇父》)这些救国无术的感慨,正是诗人功业之心不泯的表现。

这里要强调一种被误读的可能,此处论述陈与义南渡后诗歌题材和内容扩大,并不是要否定陈与义南渡前诗歌的取材与思想内容,扩大只是陈与义诗歌的内容变得更加丰富了,其前后的取材有很大不同,但题材本身并不存优劣之分,其前后诗风的优劣主要体现在艺术手法的成熟与否,以及不同的艺术手法与题材结合的方式是否恰当(即艺术手法应用是否恰当),题材本身不能决定其诗歌的好坏与优劣,如盛唐诗人王维等描写池台亭榭的诗作中,有很多是千古流传的名篇,王勃的《滕王阁诗》、王维的《辋川别业》就是典型的例证。陈与义南渡后的创作也并没有抛弃他之前的内容和取材,总揽陈与义南渡后的诗歌,前期那些反映个人冷遇的情怀,描写亭台池苑的作品还有不少,仍然是陈与义诗歌创作重要的组成部分。

陈与义还经常使用"多事"、"多难"、"多艰"、"残年"、"末路"、"穷途"、"穷乡"、"歧路"等词语，表达身处乱世，对国运举步维艰而自己报国无策的感伤与无奈。靖康之难发生后，陈与义和绝大多数士人一样，心理受到极大的震动，高宗作为新君即位，也让他对中兴产生了很高的期待，一度产生了积极报国的念头，他在南渡伊始的一首诗中也写道："中兴天子要人才，当使生擒颉利来。正当吾曹红摸额，不须辛苦学颜回。"（《题继祖蟠室三首》其三）俨然是一副投笔从戎的姿态，表达了自己欲投身中兴事业的愿望。再如"如何南纪持竿手，却把西州破贼旗。"（《周尹潜以仆有郢州之命作诗见赠有横槊之句次韵谢之》）与上面一首诗表达的意愿基本相同，颇有视死如归的气魄。当高宗做出一个中兴天子的姿态时，他的欣喜之情更是难以自抑，迫不及待地在诗中写道："诏书忧民十六事，父老祝君一万年，白发书生喜无寐，从今不仕可归田。"（《邓州西轩书事十首》其八）高宗的诏书①让他看到了中兴的希望，在同一题目的另一首诗中云："都将壮节共辛苦，准拟残年看太平。"似乎太平与中兴就在不远的将来。但高宗并不是他想象中的中兴之君，陈与义的中兴热望很快就破灭了，取而代之的是更强烈的失望与痛苦，放眼寰宇，他经常感慨万千："卧龙今何之，有冢今半摧。空余乔木地，薄暮鸦徘徊。怀古视落日，愧我非长才。却凭破鞍去，风林生七哀。"（《次南阳》）诗中的落日、暮鸦分别暗指当时破败的江山和落难逃亡的诗人自己。诸葛亮是他在南渡以后的诗中经常咏叹的历史人物，诗人期望有卧龙式的人来挽回将倾的大宋江山，可现实中这样的人才哪里去寻找呢？"怀古视落日，愧我非长才"一联，对自己身为大宋子民，而又无力挽救江山社稷，深感愧疚与无奈。结尾借用曹植、王粲等人的《七哀诗》，表达了诗人内心无限的哀愁。《文选》吕向注曹植《七哀诗》有一段话云："七哀，谓痛而

---

① （宋）汪藻撰，王智勇笺注《靖康要录》（四川大学出版社2008年版，第772页）卷五载高宗在建炎元年（1127年）的一份诏书云："朕托位兆庶之上，永念民为邦本，思所以悯恤安定之。会有金人之难，久未暇遑。乃者减乘舆服御，放宫女，罢苑囿，焚玩好，务以率先天下。减冗官，澄滥赏，汰贪吏，为民除害。又诏西通解盐，以便商贾；北复粮钞，以实边鄙；东兴转般，以通漕运。修举法度，惟恐不及。方诏减正供收买之额，蠲有司烦苛之令，轻刑薄赋，务安元元；而田里之间，愁痛未苏，倘不蠲革，何以靖民？今询酌庶言，疏剔众弊，举其纲目，以授四方。朕赖天地宗社之灵，与民休息，慎守此志，庶几太平。诏到监司郡县，其悉力奉行，应民所有疾苦不在此诏者，许推类闻奏，播告天下，使知朕意。"这是诏书的总纲部分，下面就具体列举了十六条益民的政策，原文过长，此处不录。陈与义诗中所云，即指此事。

哀，义而哀，感而哀，怨而哀，耳目闻见而哀，口叹而哀，鼻酸而哀也。"[1] 比较深刻地说明了诗人哀伤之深切。其实，陈与义此时的情感与王粲的《七哀诗》所反映的临乱南逃，感伤中原惨遭战乱的情怀更为接近。王粲《七哀诗》其一云："西京乱无象，豺虎方遘患。复弃中国去，远身适荆蛮。亲戚对我悲，朋友相追攀。出门无所见，白骨蔽平原。路有饥妇人，抱子弃草间。顾闻号泣声，挥涕独不还。未知身死处，何能两相完？驱马弃之去，不忍听此言。南登霸陵岸，回首望长安。"虽然陈与义对战乱的描绘没有王粲那么细致，但相似的处境使他们的情怀十分相似，痛切之深亦堪相当。刘辰翁就评陈与义此诗说："慷慨能言，每读坠泪。"[2] 面对这样的情况，诗人常常是痛心疾首，而又束手无策，空有感慨与无奈。

城郭方多事，野兴一萧疏。

——《寥落》

多难还分手，江边白发新。

——《再别》

人世多违壮士悲，干戈未定书生老。

——《长歌行》

梦里偶来那计日，人间多事更闻兵。

——《晚步顺阳门外》

万里来游还望远，三年多难更凭危。

——《登岳阳楼二首》

多事鬓毛随节换，尽情灯火向人明。

——《除夜》

携家作客真无策，学道刳心却自违。

——《元日》

当复入州宽作期，人间踏地有安危。风流丘壑真吾事，筹策庙堂非所知。

——《山中》

---

[1] （宋）陈与义著，白敦仁校笺：《陈与义集校笺》，上海古籍出版社1990年版，第402页。

[2] 同上书，第403页。

第六章 强烈的风雅精神

> 泊舟华容县,湖水终夜明。凄然不能寐,左右菰蒲声。穷途事多违,胜处亦心惊。三更萤火闹,万里天河横。阿瞒狼狈地,山泽空峥嵘。弱强与兴衰,今古莽难评。腐儒忧平世,况复值甲兵。终然无寸策,白发满头生。

——《夜赋》

在这些诗句中,"多难"、"多艰"、"多事"等词语是对现实的高度概括;几次说到无策,表现了诗人对现实的无奈;穷途、老、凄然、心惊、忧是对诗人生存状态与心态的直接反映,这些词语揭示了诗人对现实人生的认识和情感指向,使得诗中的意象含义更加明确,直观地表达了诗人内心的感伤情绪,表现出对国运民生的担忧。

陈与义南渡后诗歌所表现的风雅精神,不仅是对其南渡以前诗歌自身的一种突破,在宋诗的发展史上也具有重要的意义。在欧阳修执掌文坛时,诗人普遍具有一种强烈的济世情怀,"开口揽时事,论议争煌煌。"(欧阳修《镇阳读书》)就是当时诗人人生态度的真实体现。一直到王安石、苏轼创作的前期,他们的诗歌也都充满了一种"感激论事"的精神。北宋末年由于严酷的党争文禁,诗歌创作中这种精神几乎销声匿迹。风雅精神在陈与义等人南渡后的诗中再次复现,标志着宋诗的发展又基本恢复了常态。当然,诗坛的这种转变是由一批诗人共同完成的,但陈与义的成就更为突出,这是陈与义能够卓然立足诗坛的重要原因之一。胡稚《简斋诗笺序》"其忧国忧民之意,又与少陵无间,自坡谷已降,谁能企之?"正好说明陈与义南渡后的诗歌在宋诗史上的价值,上文所引刘克庄的评语也能说明这一点。

第七章　苍凉的意象选取

　　善于营造意象是陈与义南渡后诗歌又一突出的特点。
　　意象是诗人审美创作活动的直接产物，是融合了诗人主观情志的客观物象。在营造意象的过程中，诗人根据自己的审美理想和审美趣味以及表达需要，对客观物象进行筛选和淘洗；同时，又将自己的思想感情、审美理想注入其中，对其进行熔铸和染化，使其成为富含诗人情感、意趣的审美对象。每个具体意象，都是诗人特定情感思想和特定事物同时完成审美对象化融合而成的产物。对此陈伯海先生有过一段精辟的论述，他认为"情志"是"诗兴生命的本根，但情志自身还不是诗，作为深藏于诗人内心的思想感受，不仅旁人无从捉摸，就连作者本人也往往不易清晰把握。要让'情志'成为可供关照和传达的对象，必须赋予'物化'的形态，使之转化为'意象'，'意象'通过语言文字的载体而得到表现，便是诗"[①]。其中"让'情志'成为可供关照和传达的对象，必须赋予'物化'的形态，"一语道出了意象营造的根本目的与基本途径。不同的诗人由于个性、经历、思想、情感、气质、兴趣以及学养不同，其意象营造也不尽相同。换句话说，意象是诗人艺术个性和审美情趣的承载者，是诗人特定情感心态关照下的艺术结晶。每一个有独创性的诗人，总有自己独特的、惯用的诗歌意象，它凝聚着诗人独特的认识和感受，表现着诗人独特的精神世界、审美心态和审美表达。
　　陈与义诗中有一系列相对独特的意象，如：白发、杖、孤云、孤鸟（雁、鸿）、苍秋、暮、霜风、霜、雪、雨、落日、斜阳、夕阳、乱云、乱石等。这些意象总体上呈现出一种苍老、冷寂、残败的情调。根据其蕴含的差异，又可以分为两类，一类刻画老病孤独的抒情主人公形象；另一类营造一种凄凉冷寂的氛围，表达诗人对外部世界的认识与感受；这些意

[①] 陈伯海：《中国诗学之现代观》，上海古籍出版社2006年版，第143页。

象蕴含着深刻丰富的社会文化内容和诗人的情感体验，又体现着陈与义审美感受和抒情方式的个性特征，是陈与义诗思想内容、审美风格和艺术个性的主要承载物。

在塑造抒情主人公形象的意象中，拐杖和白发可看作一个类别，注重刻画诗人的衰老；孤鸟、孤云又可看作一类，主要体现诗人漂泊的孤独。

在塑造抒情主人公的意象中，拐杖和白头意象出现的数量最多、频率最高。据笔者统计，这两个意象群出现的次数分别达近百次和 30 多次，在他晚年的诗中出现的频率远远要高于南渡之前，绝大部分都出现在他后期的诗中。拐杖类意象在诗中经常以杖、藜、筇、策等词语单独或组合出现。如：

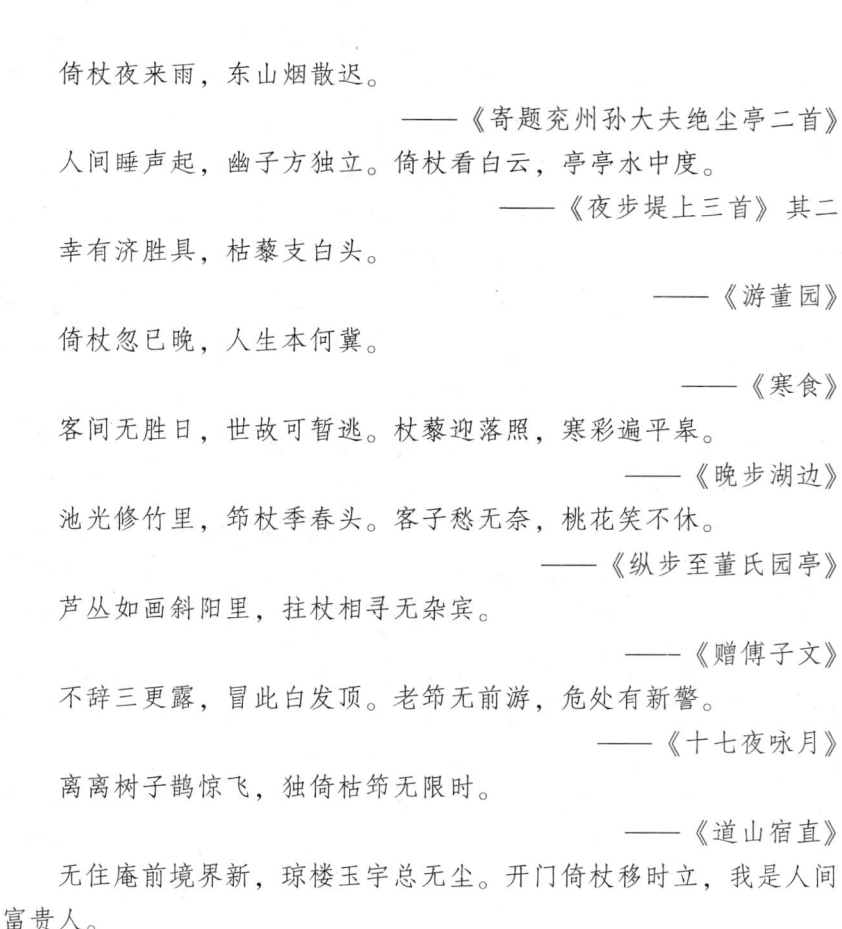

倚杖夜来雨，东山烟散迟。
————《寄题兖州孙大夫绝尘亭二首》
人间睡声起，幽子方独立。倚杖看白云，亭亭水中度。
————《夜步堤上三首》其二
幸有济胜具，枯藜支白头。
————《游董园》
倚杖忽已晚，人生本何冀。
————《寒食》
客间无胜日，世故可暂逃。杖藜迎落照，寒彩遍平皋。
————《晚步湖边》
池光修竹里，筇杖季春头。客子愁无奈，桃花笑不休。
————《纵步至董氏园亭》
芦丛如画斜阳里，拄杖相寻无杂宾。
————《赠傅子文》
不辞三更露，冒此白发顶。老筇无前游，危处有新警。
————《十七夜咏月》
离离树子鹊惊飞，独倚枯筇无限时。
————《道山宿直》
无住庵前境界新，琼楼玉宇总无尘。开门倚杖移时立，我是人间富贵人。
————《观雪》

曳杖新城下，日暮禽语幽。

————《寒食日游百花亭》

曳杖陂西去，悠然寄萧散。

————《曳杖》

散策东岩路，梦中曾记经。

————《游东岩》

虚庭散策晚凉生，斟酌星河亦喜晴。

————《夏夜二首》

拐杖是宋人喜用的意象，特别是在北宋中后期以来的文人笔下应用更多。其中王安石 150 多次，苏轼 550 多次，黄庭坚 170 多次，陈师道 50 多次，吕本中 45 次左右。最近有人就此作了专门的研究，认为"宋人的杖主要是用来显示一种脱俗、逍遥、闲适的情怀"。宋人喜欢拐杖和他们"言老偏嗜的相遇"，具有深刻的文化内涵。"宋人好用杖、好写杖是文化传统与宋人心理交汇的结果，同时，宋人的这种心理又与其人生态度、理想生活、审美情趣互为表里，有关杖的种种文学实际就是宋人人生态度、理想生活、审美情趣的一种表达方式。从这些'杖文学'中可以看到，宋人都在表达他们喜欢闲适自由的人生。"[①] 这是作者在研究大量材料后得出的结论，很有见地。从上面的数字看，陈与义诗中的拐杖意象没有王安石和苏轼等人多，但从使用频率看，陈与义是比较高的，基本与苏轼相当。这和陈与义身处乱世，大部分时间仕途不顺有极大的关系。固然像上文作者所说的那样，陈与义的拐杖意象，有表达对闲适自由生活的意味，如上面所举的诗句中的最后四个例子，拐杖与他闲适有极大的关系，但这不是主要的。在陈与义的诗中，拐杖意象很多出现在他登临、逃难、纪行的作品中，尤其是逃难五年的作品和晚年寄居在僧舍的作品，拐杖意象使用得更多。拐杖往往就是诗人自己的化身，他在有的作品中写自己时干脆就用拐杖代替。在上面的一些诗句中，他还用"老"、"枯"等字眼来修饰拐杖，就物化形态来说，拐杖就是一个棍子，无所谓老、枯与壮硕，这样写明显地是叹劳伤嗟。如果我们把拐杖和他诗中白头等意象结合起来

[①] 沈金浩：《"一枝藤杖平生事"——宋代文人的杖及其文化蕴含》，《中国社会科学》2007 年第 1 期。

看，就会发现叹老才是陈与义拐杖意象最主要的意韵。

白头是与拐杖密切相关的另一个意象，在诗中主要以苍鬓（髯）、白头、白发，以及意味白发的霜、雪等词语出现。如：

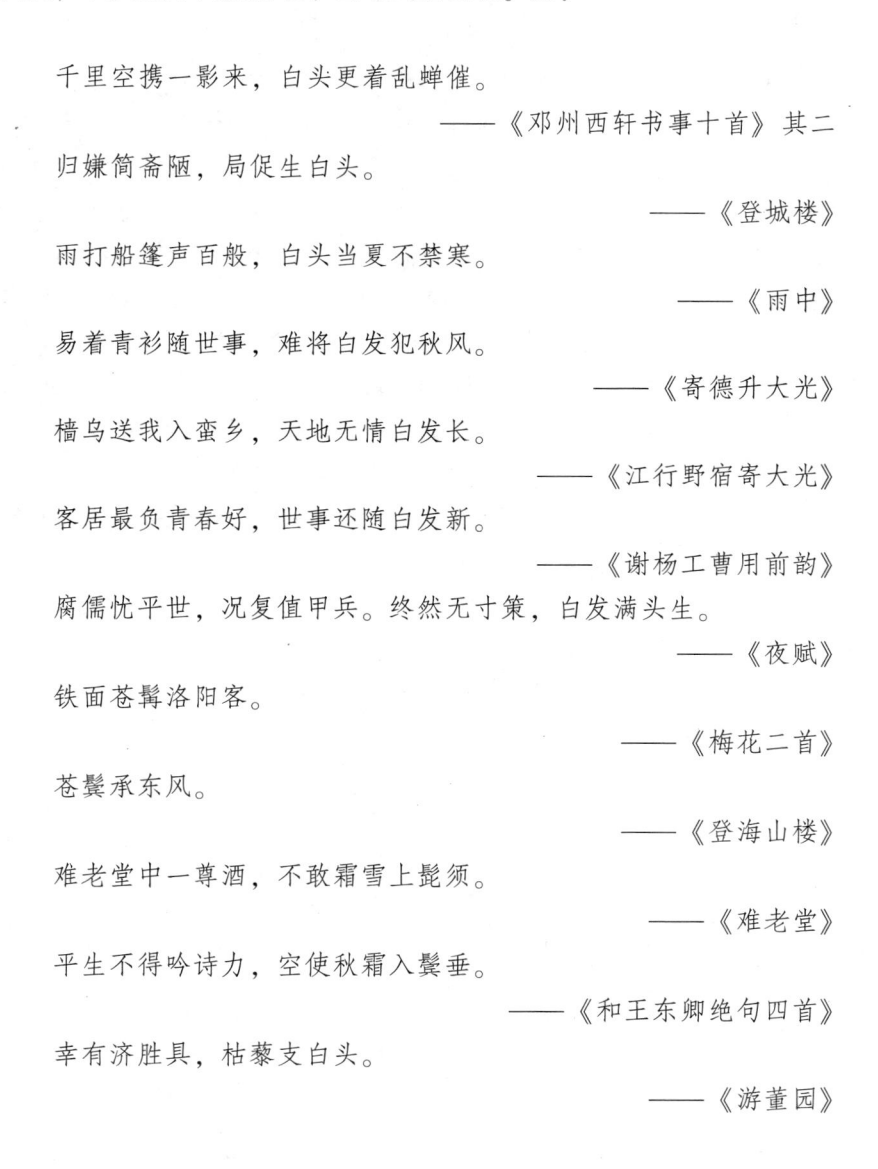

千里空携一影来，白头更着乱蝉催。

——《邓州西轩书事十首》其二

归嫌简斋陋，局促生白头。

——《登城楼》

雨打船篷声百般，白头当夏不禁寒。

——《雨中》

易着青衫随世事，难将白发犯秋风。

——《寄德升大光》

樯乌送我入蛮乡，天地无情白发长。

——《江行野宿寄大光》

客居最负青春好，世事还随白发新。

——《谢杨工曹用前韵》

腐儒忧平世，况复值甲兵。终然无寸策，白发满头生。

——《夜赋》

铁面苍髯洛阳客。

——《梅花二首》

苍鬓承东风。

——《登海山楼》

难老堂中一尊酒，不敢霜雪上髭须。

——《难老堂》

平生不得吟诗力，空使秋霜入鬓垂。

——《和王东卿绝句四首》

幸有济胜具，枯藜支白头。

——《游董园》

这些众多关于白头的语汇，显然不只是诗人对自己外在形象的描写，而是经受太多愁苦后一种苍老心态的外化。从"千里空携一影来，白头更着乱蝉催。"可以感受到只身漂泊远方的孤独；从"归嫌简斋陋，局促生白头。"可以感受到当时生活条件的艰辛;从"腐儒忧平世,况复值甲兵。终然无寸策,白发满头生。""客居最负青春好,世事还随白发新。"等诗句中可以感觉到现实战乱,国运举步维艰带来的沉痛;从"苍鬓承东风。"可以看出诗人浓烈的思乡情怀;如此种种难以一一列举。陈与义承受如此之多的痛苦,恐怕不老是不行的。

在陈与义的笔下,拐杖和白头或许有写实的成分在内,但更多的则是反映了诗人饱受沧桑后,一种衰微苍老的心态。陈与义有时还将拐杖和白头意象并用,如上文所引的"枯藜支白头"一语,将诗人苍老衰弱的形象活生生地呈现给读者,千百年后我们还能仿佛见之,固然是因为诗人高超的语言艺术所表现出的传达力,更重要的是作者是在用心和情来写作,支撑这个形象的是诗人深深的情感与深刻的生命体验。这里之所以这么说,是因为这两个意象,陈与义在南渡前就经常使用,那时诗人刚到而立之年,正值壮年,按常理用不着拐杖,也不至于白头,从他诗中的笔调看,也不是实写,而是重在表达一种心态,或者说是诗人的情感与精神状态。

在陈与义的诗中,与抒情主人公形象关系密切的意象,除了拐杖和白头外,还有一类,就是孤鸟、孤云与孤舟。写孤鸟的如:

凉风又落官南木,老雁孤鸣汉北州。

——《重阳》

管宁白帽且翩跹,孤鹤归期难计年。

——《春夜感怀寄席大光》

孤鸿抱饥客千里,性命么微不当怒。

——《北风》

孤莺啼永昼,细雨湿高城。

——《春雨》

悠悠孤鸟去,淡淡晨晖还。

——《与伯顺饭于文纬大光出宋汉杰画秋山》

写孤云的如:

众木俱含晚,孤云遂不还。

——《题许道宁画》

云孤马西岭，老泪不胜挥。

——《闻王道济陷敌》

野外晴林满，天末暮云孤。

——《述怀》

我身如孤云，随风堕湖边。

——《遂登舟作诗送之并简恭甫》

写孤舟的如：

落花栖客鬓，孤舟逆归云。

——《舟泛邵江》

风送孤篷不可遮，山中城里总非家。

——《别诸州二首》

去年鄞州岸，孤楫对坏郭。

——《梓翁用奇父韵赋九日与义同赋兼呈奇父》

以上是出现频率比较高的三个意象，类似的还有孤松、孤泉、孤条、孤禽、孤日等，这些意象在字面上看是不相同的，鸟、云、舟、树、日是风马牛不相及的事物，但在这里所蕴含的诗意却基本相同，都是表达诗人流落异乡无所归依的漂泊感，具有强烈的感伤色彩。就诗歌领域看，这类意象始创于陶渊明，而在后代的诗中得到广泛的应用。陶渊明在《咏贫士》中云："万族各有托，孤云独无依。"这是现存诗歌中最早使用孤云意象的诗歌，诗人用对比和比拟的手法，突出贫士无所归依的伤感。其后模仿的意象逐步多了起来，在唐诗中孤云、孤鸟、孤舟等意象有很多，如李白《春日独酌二首》："东风扇淑气，水木荣春晖。白日照绿草，落花散且飞。孤云还空山，众鸟各已归。彼物皆有托，吾生独无依。对此石上月，长歌醉芳菲。"杜甫在"安史之乱"后的作品中也大量使用这些意象，"孤云亦群游，神物有所归。"（《幽人》）"丛菊两开他日泪，孤舟一系故园心。"（《秋兴八首》其一）"亲朋无一字，老病有孤舟。"[1]（《登岳

---

[1] 以上所引李、杜诗分别出自瞿蜕园、朱金城校注《李太白集校注》，上海古籍出版社 2007 年版；杨伦笺注《杜诗镜铨》，上海古籍出版社 1980 年版。

阳楼》）在中晚唐诗中，这类意象出现得就更为频繁，语义和陶诗基本相同。苏轼在谪居期间也大量使用这类意象，如："倦客登临无限思，孤云落日是长安。"（《八咏聊同沈隐侯》）"孤云落日西南望，长羡归鸦自识村。"（《詹守携酒见过用前韵作诗聊复和之》）"秋花不见眼花红，身在孤舟兀兀中。"①（《与试官两人复留五首》）在这些诗句中，虽有强弱程度之差，可无一例外反映的都是诗人漂泊的痛苦和思乡的情怀。其中杜甫的《咏孤雁》最有代表性："孤雁不饮啄，飞鸣声念群。谁怜一片影，相失万重云。望尽似犹见，哀多如更闻。野鸦无意绪，鸣噪自纷纷。"此诗作于大历元年。彦辅注曰："一云《后飞雁》。公值丧乱，羁旅南土，而见于诗者，尝在于乡井，故托意于孤雁也。"诗曰："谁怜一片影，相失万重云。又有不尽之意乎。"②诗人借孤雁将自己背井离乡之感写得淋漓尽致，孤雁实际上就是诗人自己的化身。

陈与义在贬谪陈留以来，特别是南渡以后，在战乱中奔逃数年，漂泊了大半个中国，晚年又寓居僧舍，漂泊的痛苦使他对故国家园的思念和眷恋之情越来越浓烈。相似的处境让他对前代诗人，特别是杜甫的这种情怀产生了极强的认同感，他有的诗写得极似老杜。

> 离合不可常，去住两无策。渺渺孤飞雁，严霜欺羽翼。……世事不相贷，秋风撼瓶锡。南云本同征，变化知无极。四年孤臣泪，万里游子色。
>
> ——《九日自巴丘适湖南别粹翁》

由于中原沦陷，陈与义的漂泊感比杜甫等人更为强烈，他在吟咏个人离群之悲中，还寄托了深深的亡国之恨在其中，其他人是有家不能归，而陈与义是无家可归，正如他自己所说"故园归不存"（《入城》），以至于发出"今已不念归"的感叹（《同左通老用陶潜还旧句居韵》），不是"不念归"，是无家可归。基于相类的情感体验，陈与义自然认同了前代优秀诗人这一创作传统，在他后期的诗歌中，那些体现漂泊无依、孤独伤感的意象出现得非常频繁，上述诗句只是其中的一小部分。

---

① 以上苏轼作品出自王文浩辑注，孔凡礼点校《苏轼诗集》，中华书局1982年版。
② （宋）郭知达：《九家集注杜诗》，《四库全书》，文渊阁本。

与这些意象相对应，陈与义的诗，尤其是南渡后的诗，表现出强烈的客居意识。在陈与义南渡后的诗词中，"客"这一概念使用得非常频繁，诸如："客"或"孤客"、"幽人"等，其中"客"字出现了140多次（总共有160多次），幽人出现了6次，再加上那些代表漂泊与客居的意象，他南渡后的诗，半数以上都有"客"意。与一般诗人不同的是：在陈与义的诗中，经常能把客居意识写得更深入了一层。

东西南北客，更得几时看。

——《雨中观秉仲家月桂》

纶巾老子无远策，长作东西南北客。

——《欲离均阳而雨不止书八句寄何子应》

殊俗问津言语异，长年为客路岐难。

——《舟行遣兴》

五年元日只流离，楚俗今年事事非。

——《元日》

海内兵犹壮，村边岁自华。客行惊节序，回眼送桃花。

——《金潭道中》

久客不忘归，如头垢思沐。身行江海滨，梦绕嵩山麓。

——《题长冈亭呈德升大光》

故园归计堕虚空，啼鸟惊心处处同。四壁一身长客梦，百忧双鬓更春风。

——《次韵乐文卿北园》

这些诗句中都使用了"客"字，表达诗人的客居意识，但不同的诗句又有一定的差别。在前两例中，诗人在"客"字前又加了"东南西北"修饰语，强调不仅是客，而且是居无定所东南西北到处漂泊之客；在第二、第三、第六、第七这四个例句中，又加"长"或"久"来加强语义，不仅是漂泊，而且是长久的漂泊之客；就第五例看，又是在战乱中的长久漂泊之客；一层深入一层，写足了客意。在第三和第四例中，还写出了诗人强烈的地域感，从另外的角度表达客居感；第四和第五例中，诗人又表现出明显的节气感，感叹人生岁月流逝，加强客居的感觉。像这样从不同角度和不同层次来写客居意识的，在陈与义之前还是不多见的。也是基于这种强烈的客居感，陈与义

还经常把自己的身份和行为也加上"孤"字来修饰,如:

四年孤臣泪,万里游子色。
——《九日自巴丘适湖南别粹翁》

孤臣霜发三千丈,每岁烟花一万重。
——《伤春》

牧儿歌不休,孤客自多惧。
——《入城》

今朝定何朝,孤赏莫与同。
——《山路晓行》

折归无可赠,孤赏心悠哉。
——《咏西岭梅花》

世将非识事,孤啸聊延风。
——《自五月二日避寇转徙湖中复徙华容道乌沙还郡七月十六日夜半出小江口宿焉徙倚柂楼书事十二句》

衮衮诸公车马尘,先生孤唱发阳春。
——《次饮家叔》

这些诗句无疑都表达了诗人漂泊中的孤独与痛苦。类似的还有"孤咏"、"孤吟"、"孤发"、"孤怀"、"孤坐"等,这些词语与"孤舟"、"孤鸟"、"孤云"等意象一样,都反映了诗人强烈的漂泊感与孤独悲伤,二者之间可以互作注脚。

在陈与义的诗中,还有与上述抒情主人公形象意象群不同的另一类意象。这类意象与"秋"和"暮"密切相关,在诗中多以"秋"、"秋风"、"秋声"、"秋气"、"霜"、"暮"、"落日"、"斜阳"、"夕阳"等语词出现,这类意象在中国古代文化中本就有着特别的意蕴。《广雅·释诂》:"秋,愁也。"《白虎通·五行》:"秋之为言,愁也。"《淮南子·缪称训》:"春女思,秋士悲,而知物化矣。"秋之萧瑟、肃杀、衰败所显示的时光流转和节候更替给人们以心理上的震撼:"悲九秋之为节,物凋翠而无荣;岭颓鲜而殒绿,木倾柯而落英;履代谢而惆怅,睹摇落而兴情。"[1]

---

[1] 湛方生:《秋夜赋》。

古代诗人很早就对"秋"和秋文化有着很深的感触,正如《易林》所云"秋风生哀,花落悲心"①,秋景经常引发他们悲凉凄楚的情怀,悲秋成为古代诗文的一大主题。《离骚》中"秋之为气也,憭栗兮"被前人视为"言秋之祖",其实,这一主题在《诗经》就有,明代的冯时可就认为上述说法"非也,秋日凄凄,百卉具腓。蒹葭苍苍,白露为霜。此言秋之祖也"②。宋玉《九辩》云:"悲哉秋之为气也,萧瑟兮草木摇落而变衰。"在屈原和宋玉之后,悲秋就成了中国古代诗歌中一个永恒的主题。随着文学的发展,感暮也逐步成为和悲秋并列交互的主题,"秋"与"暮"作为审美意象,又被赋予了社会政治内涵。金圣叹在评点《秋兴八首》时就说:"唐人诗,每用'秋'字,每以'暮'字对。秋乃岁之暮,暮乃日之秋也,都作伤心用字。"③ 唐人用此,也是表达伤国感时的情怀,杜甫《秋兴八首》就是非常典型的代表之作,④ 李商隐的"夕阳无限好,只是近黄昏"一联,更是被看作大唐破败的写照。朱熹则将悲秋解释得更为透彻,他说:"秋者,一岁之运,盛极而衰,肃杀寒凉,阴气用事,草木零落,百物凋悴之时,有似叔世危邦,主昏政乱,贤智屏绌,奸凶得志,民贫财匮,不复振起之象。是以忠臣志士,遭谗放逐者,感事兴怀,尤为悲叹也。"⑤ 陈与义诗中的这类意象也具有很强的象征意义。如:

万壑分秋风,今朝定何朝。

——《山路晓行》

中庭淡月照三更,白露洗空河汉明。莫遣西风吹叶尽,却愁无处着秋声。

——《秋夜》

涨水东流满眼黄,泊舟高舍更情伤。一川木叶明秋序,两岸人家共夕阳。乱后江山元历历,世间歧路极茫茫。遥指长沙非谪去,古今出处两凄凉。

——《次高舍书事》

---

① 《焦氏易林》卷四,《四库全书》,文渊阁本。
② (明)冯时可:《雨航杂录·杂家类三》,《四库全书》,文渊阁本。
③ (金)金圣叹:《金圣叹选批杜诗》,成都古籍出版社1983年版,第161页。
④ 详解可参见叶嘉莹《杜甫秋兴八首集说》,河北教育出版社1987年版。
⑤ (宋)朱熹:《楚辞集注·九辩第八》,上海古籍出版社1979年版,第119页。

>五月念貂裘，竟生薄暮悲。萧萧不自畅，耿耿独题诗。
>
>——《泊宋田遇厉风作》
>
>邺城台殿已荒凉，依旧山河满夕阳。瓦砾却镌今日砚，似教人世写兴亡。
>
>——《赋康平老铜雀砚》

这里所举的秋、暮显然已不是单纯的自然节候与景物，它们象征着当时朝政和社会的败落。肃杀的秋气，萧条的秋景，沉沉的暮色，残败的夕阳，是陈与义对南渡初年社会与时代气息的深刻敏锐的心灵感受和艺术概括。

在陈与义笔下的夕阳、暮色、秋景，主要象征意义有两个方面，一是象征社会的破败；二是象征诗人自身的衰老。"秋"、"暮"是诗人伤感时代与叹老嗟悲心声的艺术表现。

陈与义生活在两宋之交乾坤不振的时代，南渡前经历了北宋末年的衰敝，南渡后又目睹战乱与高宗初年混乱的朝政，感时伤怀是其后期诗歌最重要的主题。他沿用"秋"、"暮"等意象，也是为了表达自己对社会的认识。如上面所引的《赋康平老铜雀砚》，这是一首咏史怀古之作，前面两句："邺城台殿已荒凉，依旧山河满夕阳。"显然是由铜雀砚引发的想象之词，昔日繁华的铜雀台本是曹操享乐的地方，也被视为其功业和曹操政权强大的象征，如今它已经残败不堪，千百年来在夕阳之中荒凉依旧，给人一种历史变迁的苍凉之感。后面两句"瓦砾却镌今日砚，似教人世写兴亡。"将视线转回现实，看着修建铜雀台的砖石被人雕刻成了把玩的砚台，回首曹操曾经称雄的中原，历史又是何其的相似，北宋王朝的宫室，以及徽宗修建的那些承平享乐的宫殿，也在金人的战火中，变得残破不堪，在夕阳之中荒凉之气当与铜雀台无异。全诗写得与李白"西风残照，汉家宫阙"有异曲同工之妙（《菩萨蛮》）。诗中"夕阳"所表现出来的那种衰败的气象，无疑象征了败落的北宋末年和南渡社会。再如《均阳舟中夜赋》：

>游子不能寐，船头语轻波。开窗望两津，烟树何其多。晴江涵万象，夜半光荡摩。客愁弥世路，秋气入天河。汝洛尘未消，几人不负戈。长吟宇宙内，激烈悲蹉跎。

这是一首写景抒怀诗，表达一种乱世的游子情怀。诗的前半部分写景中带有一种迷茫的乱象，暗示诗人凌乱迷茫的心情。后半部分结合现实写诗人的愁苦，"汝洛尘未消，几人不负戈"描绘出了中原大地战火弥漫，民不聊生的局面。这些也是诗人愁苦的原因，客愁是因世道混乱，"秋气"是诗人看到人间冲天的杀伐之气象，"秋气"与"客愁"相对，互为表里，表达诗人对混乱不堪的现实感慨与悲哀。在陈与义的诗中，这样的例子还有很多。如：

  离合不可常，去住两无策。渺渺孤飞雁，严霜欺羽翼……世事不相贷，秋风撼瓶锡。南云本同征，变化知无极。四年孤臣泪，万里游子色。

——《己酉九月自巴丘过湖南别粹翁》

  风雨破秋夕，梧叶窗前惊。不愁黄落近，满意作秋声。客子无定力，梦中波撼城。觉来俱不见，微月照残更。

——《风雨》

  独立江风吹短发，暮云千里倚崚嶒。

——《和王东卿绝句四首》其三

  寒声日暮起，客思雨中深。

——《愚溪》

  少昊行秋龙洒道，风作万木皆商歌。

——《秋雨》

在第一首诗中出现的孤雁是陈与义惯用的意象，用来比拟自己与送别的对象。下文的"南云"也是意象化的概念，陆机《思亲赋》："指南云以寄饮，望归风而效诚。"陆云《九愍》："春南云以兴悲，蒙东雨而涕零。"后人遂以南云为思乡和怀乡之辞。诗中"严霜"与"秋风"两个意象密切相关，都是指当时战乱中的社会与混乱的现实生存环境，即诗中所说的"不相贷"的"世事"，也是造成他们痛苦的原因。诗歌用富有比喻意义的意象，将战乱中的孤臣、游子痛苦写得深刻入微，极具艺术性。上面第二、第三两个例句关于"暮"意象的使用也基本与此相同。最后两个例子中的"秋声"、"商歌"语义相近，本来指秋风的声音，这里二者指的是一种令人悲伤的声音。本来风声是无哀乐之分的，言哀乐只是特定文化氛围、特定处境下诗人的感觉而已,它们不是自然的风声,而是沾染了浓烈的情感,成为抒发诗人悲伤情怀的意象。

陈与义也经常用"秋"、"暮"等相关意象伤叹自身的衰老,特别是和拐杖、白发等意象连用时,这种意思更为明显。如:

穷乡得四老,足以慰迟暮。

——《留别天宁永庆干明金銮四老》

少日征名翰墨场,只今扶杖送斜阳。

——《感怀》

白头吊古霜风里,老木苍波无限悲。

——《登岳阳楼二首》其一

在这些诗句中,不论是暮、夕阳,还是代表秋意的风霜,主要是感叹人生的衰老。

为了表达对乱世的感伤,陈与义还经常将这些意象与"多事"、"多难"、"多艰"、"残年"、"末路"、"穷途"、"穷乡"、"歧路"等词语连用,这些词语是对现实的高度概括,直接提示了诗人对现实人生的认识和诗人的情感指向,使得诗中的意象含义更加明确。二者分别从直观、形象两个角度表达了诗人内心的感伤情绪,并到达相互渗透、强化了诗人情感强度与表达的艺术效果,将诗人对现实的失望与感伤表达得淋漓尽致。

这里要强调的是陈与义诗中的意象是一个有机的群体,以上只是为了叙述的方便,将其分为两个大类,若干个小类。陈与义诗中意象总体上给人一种衰老、冷寂、破败的感觉,用一个词概括就是苍老,这正是饱经沧桑后的诗人基本心态与情感体验,体现出诗人对时代、人生的独特感受。在陈与义的诗中,它们经常是并列使用,多角度、多层面地反映诗人身处战乱,漂泊他乡的痛苦与悲凉。它们作为一个系统的整体,在陈与义诗中所发挥的作用与上面一首诗中的意象在诗中的作用一样,艺术地表达了诗人内心的伤感与痛苦,是陈与义凄凉情感的艺术结晶。

陈与义生活在一个悲剧的时代,经历坎坷,这些个性鲜明的意象,是其南渡后浅吟低唱中最强的音符,传达出诗人心灵深处沉痛的悲哀,使得陈与义的诗歌呈现出一种凄楚苍凉的艺术风貌。陈与义诗歌这种独特的意象营造,取得了一种情韵皆胜的艺术效果,使陈与义的诗风与江西诗派用典绵密的生硬风格有了很大差异，明显表现出向唐风回归的倾向，给江西诗派诗风蔓延的诗坛吹进了一股清风，也预示着宋诗发展的新方向。

　　总体上看，个性化的意象营造是陈与义诗歌最重要的表达方式之一，尤其是他南渡后的诗歌，形成了一系列富有特色的意象，相对其前期那种用典密集的诗风是一个很大的突破。这些意象虽然在他南渡前的诗歌中也有所应用，但还没有形成一个系统的体系，使用也不像后期这样娴熟，这样具有艺术性，但其诗歌凄凉的情感基调在前后期是大致相同的，这一点上文就有论述，表现出其诗歌在情感内涵和审美格调上的连贯性。

第八章 浑融的意境营造

陈与义的诗中有大量山水诗，是陈与义后期诗歌相对前期在取材上的突破，相对北宋末年诗坛江西诗派主要吟咏书斋生活的内容，无疑是当时诗坛的一抹亮色。更重要的是他的山水诗在艺术上也突破了江西诗派繁复用典、多发议论，重意、重思理的路子。他的山水诗重意境营造，写得情景交融，情韵皆胜，明显有向唐诗回归的倾向，比较集中地体现了陈简斋体的艺术特色，山水诗的成就也从一个方面体现了陈与义在诗史上的地位。张嵲在《陈公资政墓志铭》中说陈与义的诗："公尤邃于诗，体物寓兴，清邃超特，纡馀闳肆，高举横厉，上下陶、谢、韦、柳之间。"① 胡稚在给陈与义诗集作注时说："诗者性情之溪也，有所感发，则轶入之，不可遏也。其正始之源，出《风》、《骚》，达于陶、谢，放于王、孟，流于韦柳，而集于今简斋陈公。"② 近代的陈衍也说："宋人罕有学韦柳者，有之，以简斋为最。"③ 他们不约而同把陈与义纳入陶、谢、王、孟、韦、柳这一统序之内，正说明陈与义山水诗在其创作中占有比较突出的地位，三人之论可谓英雄所见略同。

陈与义的山水诗创作贯穿于南渡前后，数量也比较多。他在忧居汝州的时候，就有一定数量的山水之作；宣和四年（1122年）任太学博士以后，山水之作就逐步多了起来，大量的山水诗出现在贬谪陈留以后，主要成就则在"靖康之难"后五年逃难的时间里，晚年也有不少山水之作。这与他的生活经历密切相关，他在贬谪陈留的诗中说："柳林行不尽，想见行春时。点点羊散村，阵阵鸿投陂。城中那有此，触处皆新诗。"（《赴

---

① （宋）陈与义撰，吴书荫、金德厚点校：《陈与义集》卷首，中华书局1982年版。
② （宋）胡稚：《简斋诗笺叙》，（宋）陈与义撰，吴书荫、金德厚点校《陈与义集》卷首，中华书局1982年版。
③ 陈衍：《宋诗精华录》卷三，傅璇琮编《黄庭坚与江西诗派资料汇编》，中华书局1978年版，第850页。

陈留》）"陈留春色撩诗思，一日搜肠一百回。"（《对酒》）明确道出了走出馆阁城郭后，其创作视野和审美趣味的改变。在他贬谪陈留后的30多首诗中，所涉及的山水题材，占半数以上。逃难过程中所作的感事伤时的作品和写景抒怀诗，约有三分之二的作品涉及了自然山水题材①；他近50首山水诗也大多作于这一时期；陈与义另外还有20首左右作品也涉及了自然山水题材。这样算，他这两个时期涉及自然山水题材的作品总共有140多首，在这两个阶段作品的总量中（约320首）占很大比重，总体成就也比较高，其中包括了不少陈与义的代表作。

陈与义的山水诗不仅数量多，涉及的题材范围也比较广泛，有写馆阁寺观景致者，有写池台风光者，也有写自然山水与田园风光者，诗人往往借助景物来抒发情感，每个创作阶段所涉及的取材与艺术成就，都有一定差异，但在艺术上都走的是意境营造的路子，从贬谪陈留开始山水诗的意境营造达到了浑融的艺术境界。

总体来看，陈与义南渡前的山水诗，多写馆阁、寺观与池台景致，写自然山水者较少，且山水成分主要服务于抒情，极少有单独写山水之美的作品，在意境营造上取得了一定的成就，肇启了其后来山水诗创作的路子。他贬谪陈留前的山水诗更是主要写馆阁、池台和寺观景致。在意境营造上较有特色的作品是《夏日集葆真池上以绿荫生画静赋诗得静字》：

清池不受暑，幽讨起子病。长安车辙边，有此荷万柄。是身惟可懒，共寄无尽兴。鱼游水底凉，鸟语林间静。谈余日亭午，树影一时正。清风不负客，意重百金赠。聊将两鬓蓬，起照千丈镜。微波喜摇人，小立待其定。梁玉今何许，柳色几衰盛。人生行乐耳，诗律已其剩。邂逅一樽酒，他年五君咏。重期踏月来，夜半啸烟艇。

诗用白描的手法，极力刻画葆真池的恬淡和优美，借以抒发一种人生的闲愁，借景抒情，情景达到较好的融合被很多论家视为名作。陈与义这一时期写雨、写节气的诗中，涉及较多的景物描写，虽然从题材上看不属于典型的山水诗，但是在艺术上倒是具有较高的水准。如：

---

① 这两类作品分别有25首左右和80多首，详见本书第三章。

> 风雨破秋夕，梧叶窗前惊。不愁黄落近，满意作秋声。客子无定力，梦中波撼城。觉来俱不见，微月照残更。
>
> ——《风雨》

这首诗在写景中自然融入抒情，写景与抒情融合达到了较高的水平，首联写风雨交加的秋夜景致，诗中没有正面写风和雨，而是写风雨中窗前梧桐树叶的情态，用拟人的手法，以一个"惊"字，道出了风雨来势之猛烈，也道出诗人对风雨一种突出的心理感受。颔联从听觉和视觉两个角度，写出了风雨中秋景的凄凉，其中"秋声"二字值得注意，这是中国古代悲秋文学中经常出现的一个意象，也称"商歌"，指代诗人某种悲凉伤感的情怀。本来是一种自然的声音，在诗人听来却带有了伤感的色彩，结合诗人当时的处境看，其中的寓意就会更容易理解，诗人此时正闲居京城，在另一首诗中也写到"尘起一月忧无禾，瓦鸣三日忧雨多。书生重口轻肝肾，不如墙角蚯蚓方长哦。少昊行秋龙洒道，风作万木皆商歌。"(《秋雨》)显然，秋声与商歌一样，是指诗人闲居，百事相乖，仕途困顿的悲哀。诗的颈联写诗人在风雨交加的秋夜的感受，"定力"本是佛家用语，诗人借以说明自己超脱仕途困顿所带来的悲伤，其中的"撼"字下得精准，传神地表达出了风雨对诗人心理引发的震荡。刘辰翁就评价此句说："造奇。"[①] 造奇的集中表现就是"撼"字的传神应用。结尾一联应用了点染法，将这种情思加以升华，那黯淡的月色，残败的星辰，是写景也是抒怀，借助凄凉残败的景色，将诗人冷落漂泊的身世之感，在广阔的空间蔓延开来，达到强化抒情的效果，看似写景，实则抒情。全诗写景与抒情较为完美的融合，意境营造相当成熟，表现出较高的艺术水准。

陈与义由贬谪陈留开始的山水诗的意境营造更为成熟。如《赴陈留》其一：

> 岁晚陈留路，老马三振鬈。自看鞭袖影，旷野日落迟。柳林行不尽，想见春风时。点点羊散村，阵阵鸿投陂。城中那有此，触处皆新

[①] (宋)陈与义著，白敦仁校笺：《陈与义集校笺》，上海古籍出版社1990年版，第81页。

诗。我行有官事，去作三年痴。遥闻辟谷仙，阅世河水湄。时从玩木影，政尔不忧饥。

诗人开门见山，首联直接道出了自己的心声，认为仕宦出处就像一场梦，行止变幻难以预料，可以看出贬谪给他带来的巨大心灵冲击，奠定了全诗的基调。接下来写赴陈留路上的情形，也深深地笼罩着这种情绪，在贬谪的路上自己是形只影单，于岁末年初，残阳西下，骑着瘦弱的老马，独自行进在旷野中，当时的心境可想而知。邓郯就评"自看"一联"尽低回顾怀，凄凉淡薄意。"[1] 其实也是全诗的情感格调。眼前走不到尽头的柳林，虽然能令人联想到春天美好的景色，可在当时残冬的季节里，肯定是一片孤寂，还有散落归村的羊群和落坡的鸿雁，都充满了凄凉的气息。诗的结尾认为，继续做官是一种迂痴，而欲隐居山林，修炼道术，冷眼观世，了却余生，流露出对仕途的失望。诗中悲凉的情绪和凄凉的景物相互印染，形成了一种苍凉浑融的意境。此时陈与义还有一些写池台园林景致的诗歌在意境营造上也表现出较高的艺术水准，如：

东风吹雨小寒生，杨柳飞花乱晚晴。客子从今无可恨，窦家园里有莺声。

海棠脉脉要诗催，日暮紫绵无数开。欲识此花奇绝处，明朝有雨试重来。

不见海棠相似人，空题诗句满花身。酒阑却度荒陂去，驱使风光又一春。

三月碧桃惊动人，满园光景一时新。剩倾老子尊中玉，折尽繁枝不要春。

一尊相属莫辞空，报答今朝吹面风。自唱新诗与明月，碧桃开尽曲声中。

——《窦园醉中前后五绝句》

---

[1] （宋）陈与义撰，吴书荫、金德厚点校：《陈与义集》，中华书局1982年版，第193页。

这是诗人借园林景致，抒写自己贬谪情怀的几首诗。作品中冷色调的写景与感伤的情怀融合在一起相互生发，是他这一时期写得比较好的作品。

避难南奔的五年是陈与义山水诗创作的高峰，能体现其山水诗创作的主要成就。他这期间的山水诗取材广泛，在艺术上也达到很高的水准，特别是一些律诗、七绝和短小的五古写得情景交融，意境浑涵，置于唐诗中亦不见逊色。

写池园林的如：

池光修竹里，筇杖季春头。客子愁无奈，桃花笑不休。百年今日胜，万里此生浮。莽莽尊前事，题诗记独游。
——《纵步至董氏园亭三首》其一

客子今年驼褐宽，邓州三月始春寒。帘钩挂尽蒲团稳，十丈虚庭借雨看。
——《纵步至董氏园亭三首》其三

泽国候易变，孟冬乃微和。解襟凭小阁，日暮归云多。苍苍散草木，莽莽杂山河。荒野虫乱鸣，长空鸟时过。万象各无待，惟人顾纷罗。备物以养己，更用干与戈。天风吹我来，衣袂生微波。幽怀眇无寄，萧瑟起悲歌。
——《小阁晚望》

平生江海志，岁暮僧庐中。虚斋时独步，逆此西窗风。初夏气未变，幽居念方冲。三日无客来，门外生蒿蓬。轻阴映夕幌，窈窕瓶花红。未知古今士，谁与此心同。
——《西轩》

前两首诗是诗人避难邓州，寄居好友园中所作，诗中借园中的景色写自己逃难漂泊的感伤情怀。西轩和小阁是诗人晚年寓居江州和青墩时的住所，诗人借异乡寓所所见，感伤现实无休止的战乱和漂泊异乡的孤独情怀。这些作品凄凉的景色与孤独悲凉的情怀高度融合，营造出一种悲凉凄冷的意境，是其南渡后山水诗中较有代表性的作品。

写自然山水的如：

涨水东流满眼黄，泊舟高舍更情伤。一川木叶明秋序，两岸人家共夕阳。乱后江山元历历，世间歧路极茫茫。遥指长沙非谪去，古今出处两凄凉。

——《舟次高舍书事》

曾听石楼水，今过邓州滩。一笑供舟子，五年行路难。云间落日淡，山下东风寒。烟岭丛花照，夕湾群鹭盘。生身后圣哲，随俗了悲欢。淹旅非吾病，悠悠良足叹。

——《江行晚兴》

邓州谁亦解丹青，画我羸骖晓出城。残年政尔供愁了，末路那堪送客行。寒日满川分众色，暮林无叶寄秋声。垂鞭归去重回首，意落西南计未成。

——《送客出城西》

这几首诗都是借自然山水景观抒情。第一首诗中，涉及自然山水的是前两联，首联中的第二句还是抒情，完全写景的就是第二联，三句写景都侧重写秋天的冷寂，营造一种凄凉的气氛，衬托诗人战乱漂泊中的凄凉渺茫的情怀。第二首诗中，也只有"云间"以后两联写景，侧重对黄昏时间惨淡氛围的营造，其作用也是衬托诗人那种生不逢时，多年逃难的凄苦情怀。第三首诗中，写景只有"寒日满川分众色，暮林无叶寄秋声"一联，是一种高度概括的写景，只有短短的十四个字，写足秋天的荒凉和黄昏的冷寂，将客中送客的悲凉伤感之情推向了极致。他南渡后的几首送客诗，如《送席大光赴石城》、《别孙信道》、《别康元质教授》等，都用了类似的手法。这几首诗的共同特点就是，写景的篇幅较少，但都写出了一种画面感，写景不注重对自然山水的细节刻画，而是注重景色所蕴含的悲凉气氛，诗人的抒情就借助这种场景展开，借助清凉的景色来推进和加强抒情效果，诗人悲伤的情感印染了诗中的景色。为了达到这种效果诗人经常是写景与抒情相间展开，或是一联之内一句写景一句抒情，如第一首诗的第一、二联；或一联写景一联写情，如第一首诗的后两联。整体上是情景交融，达到一种营造意境的效果，这也是陈与义诗中经常使用的营造意境的手法。诗人借助意境来传达自己特定的情感，诗中景色不失自身的审美价值，但又因寓托了浓烈的情感而不失于空浮，情感借助景色描写来体现，不会陷于单调的说教，更富有韵味，二者高度融合，形成了一种两位一体的审美对象，情与景在融合中同时完成了审美对象化的过程。方回在评价陈与义的诗时，曾经这样说："老杜、陈简斋诗，两句景即两句情，两句丽即两淡……简斋又有一句景对一句情者，妙不可言。下联如或用故事，或他出议论，不景不情，其格无穷。"[1] 他的评价深刻地指出了陈与义诗歌意境营造的途径，也高度称赞了陈与义诗歌以景抒情的艺术魅力。陈与义南渡后的写景抒怀诗还有很多都是这样，如：《将次叶城道中》、《五月二日避贵寇入洞庭湖绝句》、《九月八日登高作重九奇父赋三十韵与义拾余意亦赋十二韵》、《题崇山》、《述怀》、《坐涧边石上》、《独立》、《舟抵华容县》、《夜赋》、《游秦岩》等。

陈与义此时还有一些田园诗。如：

黄昏吹角闻呼鬼，清晓持竿看牧鹅。蚕上楼时桑叶少，水鸣车处稻苗多。

——《村景》

江边终日水车鸣，我自生平爱此声。风月一时都属客，杖藜聊复寄诗情。

——《水车》

这些作品都是反映闲适的寓居生活，写景清丽，诗中的景观秀美自然几乎没有直接抒发情感的字句，特别是《村景》一诗的后面两句，就是淡笔写景，颇有陶诗风味。这样的作品在陈与义南渡前几乎是没有的。这些诗中抒情的意味淡化，重点是在传达景色本身所具有的美感，体现了陈与义山水诗的另一种风格。与这些诗作的风格相类，陈与义的诗中还有一些主要以反映山水自然之美的作品：

散策东岩路，梦中曾记经。斜晖射残雪，崖谷遍晶荧。鸦鸣山寂寂，意迥川冥冥。乘兴欲穷讨，会心还少停。新晴远村白，薄暮群峰青。危途通仙境，胜日行画屏。岂独净一念，将期朝百灵。不同南涧咏，悲慨满中扃。

——《游东岩》

---

[1] （元）方回：《桐江集》卷五《吴尚贤诗评》，《四库全书》，文渊阁本。

这是一首五言古诗,作于建炎三年(1129年)诗人在房州山中躲避金军时期,主要写诗人在傍晚登览东岩的所见:夕阳照耀下,山野变成了一片晶莹剔透的世界,宁静而幽美,偶尔传来的一声鸟鸣,更显示出环境的宁静,颇有"鸟鸣山更幽"的意味。极目远眺,远处的村落也笼罩在苍茫之中,耸立于淡淡暮色中青色的群峰,又给苍茫的雪景点缀了一种别样的色调。诗人被眼前的景色深深地吸引,乘兴前行,欲览尽这美好的景色,会心之处停步静观,身在其间觉得似临仙境,如行画中,心灵也得到了净化和提升。结尾一联是针对之前所作的《坐涧边石上》而发,其诗云:"三面青山围竹篱,人间无路访安危。扶筇共坐槎牙石,涧水悲鸣无歇时。"大意写自己困居山中,与外间隔绝,无法知道外面的战乱情况,面对涧水的悲凉情怀。此时诗人面对如此的美景,心境也好了许多,不似当日那么悲慨。二者相比更可以见出此诗的特点,诗中虽然也有一些抒情的意味,但就作品的主题来看,反映山水之优美无疑是诗歌的主题。再如:

乱石披沙浅,水纹如绀发。驰晖忽西没,林光相映发。
举头山围天,濯足树映潭。山中记今日,四士集空岩。
——《与夏宏孙信道张巨山同涧边以散发岩岫为韵赋四小诗》
其二、其三
云物淡清晓,无风溪自闲。柴门对急雨,壮观满空山。春发苍茫内,鸟鸣筼竹间。儿童笑老子,衣湿不知还。
——《雨》
畎亩意不释,出门聊散忧。雨余山欲近,春半水争流。众籁夕还作,孤怀行转幽。溪西筼竹乱,微径杂归牛。
——《晚步》

以上作品都是以反映自然山水之美为主要内容。前面两首主要是写山林、溪涧的清幽宁静之美,很有盛唐王维等人描写山林诗篇的味道,所以,刘辰翁分别用"南涧"、"辋川"[①]来评这两首诗,意思说这两首诗像王维居住在辋川山涧的作品。后两首分别写山村的雨景和黄昏时的

---

① (宋)陈与义著,白敦仁校笺:《陈与义集校笺》,上海古籍出版社1990年版,第524、525页。

景象，闲淡而富有生活气息，也在很大程度上和王维居辋川期间的一些作品相类，纪昀就称后一首诗"别有淡远之味"①。类似的作品还有不少，如《晚晴野望》、《月夜》、《出山二首》、《入山二首》、《城上晚思》、《罗江二首》，还有《暝色》、《夏夜》、《曳杖》、《散发》、《石限病起》等。

南渡后代表陈与义诗歌意境营造成就的作品，当是那些将壮大的景致和感慨战乱与国难之情相结合的雄浑悲壮之作。如：

> 洞庭之东江水西，帘旌不动夕阳迟。登临吴蜀横分地，徙倚湖山欲暮时。万里来游还望远，三年多难更凭危。白头吊古霜风里，老木苍波无限悲。
>
> 天入平湖晴不风，夕帆和雁正浮空。楼头客子抄秋后，日落君山元气中。北望可堪回白首，南游聊得看丹枫。翰林物色分留少，诗到巴陵还未工。

——《登岳阳楼二首》

> 三分书里识巴丘，临老避兵初一游。晚木声酣洞庭野，晴天影抱岳阳楼。四年风露侵游子，十月江湖吐乱洲。未必上流须鲁肃，腐儒空白九分头。

——《巴丘书事》

这三首诗都作于建炎三年（1129年）诗人避难岳州期间。前两首是诗人游览岳阳楼的登临之作，诗人借岳阳楼上所见景象抒发避难漂泊的感伤，亦有浓重的怀古伤今色彩。第一首诗的首联描绘出黄昏之时岳阳楼阔大而苍凉雄壮的景象，空间视野开阔；第二联是怀古，将视野引向数百年前吴国和蜀国之间纷争的历史，将鲁肃、陆逊、关羽等风云人物纳入笔下，感怀现实人才贫乏，无人镇守国门，将诗歌的审美视野，在时间上扩展到了数百年的历史之中；这两联给作品营造了一个巨大的审美时空，也寄予了一种济世救国雄壮的思想情感。后面的两联进一步感发这种情怀，结尾一句抒怀和写景相结合，把沉痛的情怀引向前面营造的广袤空间，形

---

① （元）方回选评，李庆甲集评校点：《瀛奎律髓汇评》卷十七，上海古籍出版社2005年版，第679页。

成情感的无限蔓延,达到言有尽而意无穷的艺术效果。方回曾评:"五、六两句用老杜'万里悲秋常作客,百年多病独登台'体。"① 本诗写景之阔大,情感之悲壮,意境之浑融,确实有杜诗之韵味。刘辰翁曾评价此诗的前四句"情景至融"② 指出其意境融构的特色,其实用以评价全诗亦十分恰当。第二首诗虽在时间空间上不如第一首宏阔,但写景阔大的手法结构与第一首诗大致相同,借洞庭湖阔大的景象,抒发国难当头的黍离之悲,艺术韵味深长,将复杂的情怀,写得真实可感。刘辰翁也为这两句拍手叫"好"③。即便如此,诗人还是意犹未尽,结尾一联,感叹自己诗艺不精,没能像李白登临岳阳楼诗那样,将自己的情感全部倾诉出来。第三首写法也大致和以上两诗相似。

　　这三首诗的共同特点都是写景阔大雄壮,不滞于细节;情感深厚悲慨;情与景结合紧密,浑融一体,意境雄浑,是典型的悲壮雄浑之作。后世的评论家也毫不吝啬地将众多的好评给了这三首诗,方回在《瀛奎律髓》中云:"简斋登岳阳楼凡三诗,又有《巴丘书事》一诗,皆悲壮激烈。"陆贻典就说:"登岳阳楼佳篇甚多,紫阳选此首,以备一体可也。"纪昀也说此诗"意境宏深",并对第一首诗的后四句给予圈点。许印芳说:"虚谷评语中皆警句也,此篇则通体警策,句句可加密圈。晓岚但密圈后四句,未免苛刻。"④ 胡应麟也说:"'登临吴蜀横分地'二句,此雄丽冠裳。"⑤ 这些评价都准确地概括出了这三首诗突出的审美特色。陈与义诗中类似的作品还有不少,如:

　　　　游子不能寐,船头语轻波。开窗望两津,烟树何其多。晴江涵万象,夜半光荡摩。客愁弥世路,秋气入天河。汝洛尘未消,几人不负戈。长吟宇宙内,激烈悲蹉跎。

　　　　　　　　　　　　　　　　　　　　——《均阳舟中夜赋》
　　　　泊舟华容县,湖水终夜明。凄然不能寐,左右菰蒲声。穷途事多

---

① (宋)陈与义著,白敦仁校笺:《陈与义集校笺》,上海古籍出版社1990年版,第550页。
② 同上。
③ 同上书,第552页。
④ 以上评语均见(元)方回选评,李庆甲集评校点《瀛奎律髓汇评》,上海古籍出版社2005年版,第41—42页。
⑤ (明)胡应麟:《诗薮外编》卷五,上海古籍出版社1958年版,第216页。

违，胜处亦心惊。三更萤火闹，万里天河横。阿瞒狼狈地，山泽空峥嵘。弱强与兴衰，今古莽难平。腐儒忧平世，况复值甲兵。终然无寸策，白发满头生。

——《夜赋》

这几首作品也是写景壮阔，情感悲慨，意境浑成，被方回称赞为和《登岳阳楼二首》一样"悲壮激烈"的作品。刘辰翁就说第一首诗中"晚木"一联"亦是极意壮丽"①。高步瀛也说这两句"雄秀"②。刘辰翁又评结尾四句："人人有此怀，独写得至黯然销魂而不失悲壮，故是家数。"③刘克庄评陈与义的诗说："造次不忘忧爱，以简洁扫除繁缛，以雄浑代替尖巧，第其品格，当在诸家之上。"④ 所引的一些诗句基本都出自陈与义的这类作品，也正是依此位依据，刘克庄将陈置于众家之上。众多论家都认为陈与义这些诗中所表现出来的艺术技巧和水准，足可以使其自立门户，独成一家。

综上所述，陈与义在南渡后以山水为题材的作品，不仅数量多，类型、体式也相对比较丰富，确实是其这一时期创作的一大亮点。其重意象、意境营造的创作手法，与江西诗派诗风形成鲜明的对比，明显表现出向唐风回归的倾向。其所达到的艺术水准，也在当时的诗坛上堪称绝唱，陈衍说陈与义学唐是很有见地的。张嵲、刘辰翁将陈与义纳入以山水见长的陶、谢、韦、刘等人的行列，就山水一途而言，也是公允的。

---

① （宋）陈与义著，白敦仁校笺：《陈与义集校笺》，上海古籍出版社1990年版，第554页。
② 同上。
③ 同上书，第613页。
④ （宋）刘克庄：《后村诗话前集》卷二，吴文治主编《宋诗话全编》第八册，凤凰出版社1998年版，第8372页。

第九章 自然的语言特色

　　陈与义南渡后诗歌，很少用典，几乎不用抽象、生僻的词语，句法简洁，语调平和，绝少藻饰，语言总体上呈现出自然、简洁、明快的特点。同时，他也非常注重关键字句的锤炼，又尽量不露出雕镂的痕迹，做到了在平淡中见工切，自然中见功夫。缪钺先生说："唐诗技术，已甚精美。宋人则欲百尺竿头，更进一步。盖唐人尚天人相半，在有意无意之间，宋人则纯出于有意，欲以人巧夺天工矣。"① 这段话大致也可以拿来评价陈与义诗歌的语言。但陈与义南渡后诗歌语言又不像北宋末年诗人那样生硬，也没有其南渡前那样繁密，大有回归唐诗语言特点的倾向。

　　陈与义南渡前的诗歌，在语言上喜欢堆砌典故，强调技巧，甚至有卖弄才学，斗巧逞能的嫌疑，尤其是占主导地位的次韵唱和类的作品表现得最为突出。如《次韵张矩臣迪功见示建除体》几乎是句句用典，他的《次韵谢文骥主簿见寄兼示刘宣叔》一诗明显用典的地方有七处之多，化用之处就更多了。《八音歌》二首其一：全诗一共八联，用典多达十一处，这些典故多出于史传，引用了很多古人的姓名，视为"点鬼簿"虽有些尖刻与不敬，就事实而言则未尝不可。过多地用典和化用使得全诗艰涩难懂，很多词汇、语句还保留着古文的韵味，显得生硬不化。清人冯班就说陈与义的这些诗："太堆砌，如此何得薄昆体耶？""江西诗派承昆体之后，用事多假借扭合，往往不可通。昆体用三十六体，用事出没，皆本古法，黄陈多杜撰，所以不足。""都是江西恶派乱谈。"②

---

　　① 缪钺：《论宋诗》，上海辞书出版社《宋诗鉴赏辞典》代序，上海辞书出版社1987年版。

　　② （元）方回选评，李庆甲集评校点：《瀛奎律髓汇评》卷四十四，上海古籍出版社2005年版，第1596页。

当然，这只是陈与义第一个创作时期的主要语言风格，这一时期也有一些写得自然清新的作品，显示出其诗歌语言的另一个特点，而且这种风格的作品逐渐在增多，而那种语言繁复的作品逐步在减少，如《襄邑道中》"飞花两岸照船红，百里榆堤半日风。卧看满天云不动，不知云与我俱东。"全诗语言自然明快、简练、朴实，没有雕刻的痕迹，又意味深长，结尾一联在后代广为传唱。再如"疏疏一帘雨，淡淡满枝花。"（《试院书怀》）"墙头语鹊衣犹湿，楼外残雷气未平。"（《雨晴》）也是宋诗中的千古名句。胡仔说前者"平淡有工"①；方回亦云："虽只一句说雨，与花作一串。"② 纪昀更说这首诗"通体清老，结亦有味。"说《雨晴》中的一联"眼前景，而写得新警。"③ 陈与义南渡后诗歌语言的风格，正是沿着这个路子发展而来。到了宣和四年（1122年）以后，简洁自然已经逐步成了其诗歌语言的主要风格。

贬谪陈留以后，陈与义诗歌自然简洁的语言风格已经逐步成熟了起来。就语言考察，可以说此时陈与义诗歌语言已基本完成了前后期的转变，具备了"简斋体"语言的审美特质。南渡后陈与义简洁自然的语言风格完全形成，下面就陈与义在南渡后的作品，按照不同的体裁，并兼顾风格与内容，各举一两例来分析：

> 中兴天子要人才，当使生擒颉利来。正当吾曹红摸额，不须辛苦学颜回。
>
> ——《题继祖蟠室三首》其三
>
> 一自胡尘入汉关，十年伊洛路漫漫。青墩溪畔龙钟客，独立东风看牡丹。
>
> ——《牡丹》
>
> 涨水东流满眼黄，泊舟高舍更情伤。一川木叶明秋序，两岸人家共夕阳。乱后江山元历历，世间歧路极茫茫。遥指长沙非谪去，古今出处两凄凉。
>
> ——《舟次高舍书事》

---

① （宋）胡仔：《苕溪渔隐丛话前集》卷五十三，《四库全书》，文渊阁本。
② （元）方回选评，李庆甲集评校点：《瀛奎律髓汇评》卷十七，上海古籍出版社2005年版，第698页。
③ 同上。

庙堂无策可平戎，坐使甘泉照夕烽。初怪上都闻战马，岂知穷海看飞龙。孤臣霜发三千丈，每岁烟花一万重。稍喜长沙向延阁，疲兵敢犯犬羊锋。

——《伤春》

阴风三日吹南极，二月巴陵寒裂石。长林巨木受轩轾。洞庭倒流潇湘黑。君不见古庐竹扉声策策，中有呤猱落南客。曾经破胆向炎官，敢不修容待风伯。

——《阴风》

丧乱那堪说，干戈竟未休。公卿危左衽，江汉故东流。风断黄龙府，云移白鹭洲。云何舒国步，持底副君忧。世事非难料，吾生本自浮。菊花纷四野，作意为谁秋。

——《感事》

洞庭微雨后，凉气入纶巾。水底归云乱，芦丛返照新。遥汀横薄暮，独鸟度长津。兵甲无归日，江湖送老身。悠悠只倚杖，悄悄自伤神。天意苍茫里，村醪亦醉人。

——《晚晴野望》

乱石披浅流，水纹如绀发。驰晖忽西没，林光相映发。
举头山围天，濯足树映潭。山中记今日，四士集空岩。

——《与夏志宏孙信道张巨山同集涧边以散发岩岫为韵赋四小诗》其二、其三

篱门一徙倚，今夜天星繁。独立人世外，惟闻涧水喧。丛薄凝露气，群峰带春昏。偷生亦聊尔，难与众人言。

——《独立》

乡邑已无路，僧庐今是家。聊乘数点雨，自种两丛花。篱落失秋序，风烟添岁华。衰翁病不饮，独立到栖鸦。

——《得长春两株植之窗前》

以上作品都创作于南渡之后，依次为七绝、七律各两首，七古一首，五古、五绝、五律各两首，是陈与义南渡后诗歌创作较多的几种体裁，也基本涵盖了他后期作品的主要内容。不论什么题材和什么内容，语言上共同的特点，就是平实、自然，简洁，没有藻饰，也很少用典，平淡如家常语，不似贬谪陈留前那么繁复、生硬，又极具表现力。刘辰翁就评价

《牡丹》诗的第三句说："语绝"①，几个朴实无华的词语，将诗人苍老、漂泊、临水伤叹的形象，活脱脱地呈现在读者眼前，字里行间也透露出伤感的情绪，语义一层深过一层，确实堪当"语绝"二字的评价。刘辰翁又对《舟次高舍书事》的第三联评价说："每以平平倾尽磊块，故自难得。"也肯定了该诗平淡自然，朴实无华的语言特点，以及其巨大的表现力。至于《伤春》、《感事》两首诗更是情怀壮烈，语言却自然流畅，平淡无奇，表现出极大的蕴藏力。《晚晴野望》的语言也和以上两诗有异曲同工之妙，所以方回称其"诗家高处。"冯舒也说："此亦不减唐人。"纪昀认为将"此首入之杜集，殆不可辨。"②《与夏志宏孙信道张巨山同集涧边以散发岩岫为韵赋四小诗》其二也代表了陈与义写景诗的语言特点，其自然、简洁、朴实等特点和上述其他诗的语言没有什么区别，写景却丝毫没有涉及色彩与明暗，表现出一种清新淡雅之气。查看陈与义南渡后的作品，我们可以发现这也是陈与义写景诗在语言上的共同特点，很像王维某些写景诗的语言特点。刘辰翁在点评陈与义的诗集时，对本诗的评价就两个字"辋川"，可谓见识精准。另外，他又评价上面所引的最后一首诗说："颓然天成。"③"颓然"说的是其思想情感内涵，"天成"二字道出陈与义诗歌语言自然朴实的特点。清人范大士也评价陈与义南渡后的作品时，亦有"清思秀句，出于自然"④的说法，"自然"二字道出陈与义诗歌语言的基本特点。马东瑶在论述南渡初期诗风时这样说："陈与义被方回推举为江西诗派的'三宗'之一，他并不走江西诗派瘦硬艰涩的一路，而是在精心锤炼的基础上，体现出平淡自然的风格。"⑤就陈与义的代表风格而言，这是无疑的，但南渡前却不是这样，尤其是那些次韵唱和之作，基本走的还是江西诗派的路子。

但并不是陈与义南渡后诗歌不讲究语言的锤炼，相反，他那种平实无奇的语言，往往又是平淡中见工切，颇为老道，是一种舍去波澜后的老成

---

① （宋）陈与义著，白敦仁校笺：《陈与义集校笺》，上海古籍出版社1990年版，第833页。

② 以上评语见（元）方回评选，李庆甲集评校点《瀛奎律髓汇评》卷十七，上海古籍出版社2005年版，第678页。

③ （宋）陈与义著，白敦仁校笺：《陈与义集校笺》，上海古籍出版社1990年版，第843页。

④ 傅璇琮编：《黄庭坚和江西诗派资料汇编》，中华书局1978年版，第960页。

⑤ 马东瑶：《走向中兴：南渡中兴诗歌论》，《浙江学刊》2008年第2期。

之语，是锤炼后的自然。上面引胡仔所说的"平淡有工"，纪昀所说的"通体清老"等评价说的就是这种意思，从刘辰翁、方回等人的评语中也可以体会到这点。上文所论的"青墩溪畔龙钟客"一语，语汇平实却语义丰富，具有极强的表现力，显然是经过仔细锤炼的。"孤臣霜发三千丈，每岁烟花一万重。"化用李杜诗句却不见痕迹，如同己出，即使不查原典，也不会影响读者的解读；同时两句之间对仗工整，为论家称道。纪昀就说："'白发三千丈'太白诗，烟花一万重'少陵句，配得恰好。"① 不经锤炼，恐怕不能如此。

正是因为这种自觉的锤炼，陈与义贬谪陈留以后的诗歌语言，在典故的熔炼、关键字句的推敲、句律的严紧流畅等方面，都比前期更为工切。总体来说，陈与义南渡后的诗，用典较少，只有部分诗句用典较多，不过这些用典，更注重典故和诗意的融合，而不像其初期诗歌那样堆砌、生硬。如创作于陈留时期的《客里》："客里东风起，逢人只四愁。悠悠杂唯唯，莫莫更休休。窗影鸟双度，水声船逆流。一官成一集，尽付古河头。"这首诗的开头四句用了四个典故，起首一句是暗用季鹰见东风起而怀归的故事，道怀乡之情；次句是张衡《四愁诗》的旨意②，道仕途不遇之恨；第三句就是化用唐代蒋㑗责田游严典故，据《新唐书》记载，田游严为太子洗马，不能尽职，蒋㑗责之曰："居责言之地，唯唯悠悠，不出一谈。"③ 陈与义借此说自己身为贬官，处处都要谨小慎微，惟恐再罗祸上身的为难处境；第四句是化用唐代司空图的词句，表达诗人闲居无所事事的不安；司空图有歌云："休休休，莫莫莫，伎俩虽多性灵恶，赖是长教闲处着。"抒发自己作为一个碌碌无为的诗人，空度岁月的悲哀。陈与义此处也暗用此意。这四个用典都是化用，重点在于借用前人丰富且富有审美意义的内涵，充实自己作品的审美意蕴，刘辰翁评三、四两句："十字开合，有无涯之悲。"④ 这种效果和用典是分不开的。但是即便读者不知是用典，也完全能理解诗歌的语义。

---

① （元）方回选评，李庆甲集评校点：《瀛奎律髓汇评》卷三十二，上海古籍出版社 2005 年版，第 1369 页。
② 张衡原诗借自己与意中美人情深而不得相见，暗喻自己政治仕途的不遇；原诗过长，此处不录。
③ （宋）欧阳修等撰：《新唐书·蒋㑗传》，中华书局 1975 年版。
④ （宋）陈与义著，白敦仁校笺：《陈与义集校笺》，上海古籍出版社 1990 年版，第 358 页。

再者，诗人对典故在字面上也做了相应的改造，语汇和音节与全诗融为了一体。虽是用典，但这些典故已经完全化为诗人自己的血肉，工切自然，读起来自然而不生涩，也没有堆砌的感觉。显示出诗人对语言锤炼的功夫，又不见刻镂的痕迹，达到了"用事工者如己出"①的艺术水准。再如，"海内堂堂友，如今在敌围。虚传袁盎脱，不见华元归。浮世身难料，危途计易非。云孤马西岭，老泪不胜挥。"（《闻王道济陷敌》）建炎二年，诗人听说王道济被金俘虏后逃脱，又不知所终。诗人借《史记》和《左传》中的两个典故表达对朋友遭难的担忧和对乱世的恐惧与谴责。《史记》：吴、楚反，"袁盎以太常使吴。吴王欲使将，不肯。欲杀之，使一都尉以五百人围守盎军中"②。后袁盎在故人的帮助下逃脱。据《左传》记载："（宣公）二年春，郑公子归生受命于楚，伐宋。宋华元、乐吕御之。二月壬子，战于大棘，宋师败绩。囚华元，获乐吕及甲车四百六十乘……宋人以兵车百乘，文马百驷以赎华元于郑，半入华元逃归。"③ 这两个典故既道出朋友的处境，也暗示出战乱的时代环境，用之贴切。就连清代对陈与义诗歌颇有微词的冯班也说："如此用事，可谓清楚。"④ 陈与义在贬谪陈留以后诗中的用典基本都能如此，这和前期那些诸如"公子书"、"圆规尘"、"超公雾"、"李远棋"、"徐凝水"、"汉帝河"之类的典故，一看就有天壤之别。《石林诗话》云："诗之用事，不可牵强，必至于不得不用而后用之，则事辞为一，莫见其安排斗凑之迹。苏子瞻尝作诗云：'岂意日斜庚子后，忽惊岁在己辰年。'此乃天生作对，不假人力。"⑤ 可以说陈与义后期诗歌的用典，也达到了"不牵强"和"不假人力"的境地。缪钺先生在评论宋诗的用典时也说："所贵乎用事者，非谓堆砌饾饤，填塞故实，而在驱遣灵妙，运化无迹。""大抵用事贵精切、自然、变化。""即用事而不为事所用也。"⑥ 陈与义后期诗歌的用典基本做到了这一点。一句话：陈与义后期诗歌的用典做到了简洁、自然、工

---

① （宋）王直方：《王直方诗话》。
② （西汉）司马迁：《史记》卷一百一《袁盎传》，中华书局1959年版。
③ 《左传纪事本末》卷二十六，《四库全书》，文渊阁本。
④ （宋）陈与义著，白敦仁校笺：《陈与义集校笺》，上海古籍出版社1990年版，第534页。
⑤ （宋）叶梦得：《石林诗话》，（清）何文焕辑《历代诗话》，中华书局1981年版，第413页。
⑥ 缪钺：《论宋诗》，上海辞书出版社《宋诗鉴赏辞典》代序，上海辞书出版社1987年版。

切。宋人胡稚就说陈与义的诗"凡采撷诸史百子以资笔端者,莫不自其己出。"① 道出了陈与义诗歌用典艺术的高妙。

陈与义南渡后诗歌还十分注重字句的锤炼,这也是其诗歌语言工切的重要表现。贬谪陈留后,陈与义很注意词语的选择和诗句的融炼,力求用简洁、平实的词语传达出无限的诗意。如"今年奔房州,铁马背后驰。造物亦恶剧,脱命真毫厘。"(《正月十二日自房州城遇金虏至奔入南山十五日抵回谷张家》)这些诗句写的是陈与义战乱中逃命的一个场面,没有惊天动地的字眼,看是很平淡的几句话,让我们仿佛又看到了诗人当时逃命的危险画面:一个手无缚鸡之力的书生,在手持兵刃的铁骑追赶下命悬一线的仓皇惊恐之状,"奔"字,写出了逃命者的危急;"铁马"就语义上看,换为胡骑、虏骑、金骑都不会有太大的影响,可其中的韵味却大不一样,一个"铁"字,似乎让我们听到了金军铠甲与兵器咣当作响的声音和那令人丧胆的马蹄声,表现出金军的强悍和肆意,逃亡者与追赶者强弱的反差,人之奔跑与战马驰骋的速度反差,更突出了当时"脱命真毫厘"的危险,"毫厘"二字下得精准,前面又加上一个"真",以示强调,显然是经过认真推敲的。更重要的是诗人不仅展示给我们一幅惊险万分的逃亡图,也让我们感受到了画外之音,即诗人刀下逃生后那一刻惊恐万状的真实心情。简短的 20 个字,写出了如此丰富的内容,不容读者不对诗人的笔力赞叹不已。再如《雨中对酒庭下海棠经雨不谢》,"巴陵二月客添衣,草草杯筯恨醉迟。燕子不禁连夜雨,海棠犹待老夫诗。天翻地覆伤春色,齿豁头童祝圣时。白竹篱前湖海阔,茫茫身世两堪悲。"这是诗人晚年的一首作品,诗中"天翻地覆"与"齿豁头童"为习见之成语,但准确地概括出了南渡初年的时代特点和诗人自己的生存状态。他于绍兴元年(1131 年)才到达行在,距去世只剩七年。虽年龄不大,但体弱多病,加上五年多逃难的折磨,已经是非常苍老了。诗人在即将离世之际,再回想当时的情形,恢复中原无望,国家中兴遥遥无期,自然感伤万分。"齿豁头童"是叹老更是嗟悲,与结句"茫茫身世两堪悲",形成了紧密的呼应。这些诗句读来语言平实,却含意弥深,咀之不尽,在不知不觉中让读者受到深深的感染。

---

① (宋)胡稚:《简斋诗笺又叙》,(宋)陈与义撰,吴书荫、金德厚点校《陈与义集》卷首,中华书局 1982 年版。

陈与义贬谪陈留之后的诗歌创作，还很注重传神字眼的推敲，经常使用动词、名词，便是一种应用较多的手法。如《纵步至董氏园亭三首》其三："客子今年驼褐宽，邓州三月始春寒。帘钩挂尽蒲团稳，十丈虚庭借雨看。"在末句中诗人又独具匠心，用一个"借"字，初看上去似有些不合常理，雨怎么还要借呢？仔细捉摸就会发现其中大有妙处。就是这个"借"字，细致深刻表达出了诗人强烈的客居意识。当时陈与义正在逃难之中，借居于他人家中，身居异乡，那里的一切都不属于他自己，以至于让他对自然界的雨也充满异乡的感觉，只能借来观赏。刘辰翁就说："借字用得奇杰。"[①] 的确，这个"借"字传神地传达出诗人内心漂泊无依的感受，取得了强烈的艺术效果。这和他在《元日》一诗中，"楚俗今年事事非"所表达的意思相同，但语义的强烈程度与艺术感，前者显然超过了后者。在陈与义诗中，这种客居意识又表现为强烈的漂泊感、地域感和节序感。首句的"流离"所表达的就是长期漂泊的伤感；更是明白地写出了诗人强烈的地域感；在其他一些作品中，诗人还几次写到"东南西北客"、"东南西北俱吾乡"，将几个方位名词连用，前者是正说，后者是反说，写出了诗人强烈的漂泊感。这些字词都是普通常见的字眼，但经过诗人这么一安排，顿时生出了新意。前面引用了刘辰翁评价陈与义的一句话："每以平平倾尽垒块，故自难得。"我倒觉得将其移过来评价上面的几个例子更为合适，而且刘辰翁所说的"倾尽"二字的评价也准确到再不能准确的地步，陈与义以上诗句的确是一下将自己内心的情感尽倾于读者。

另外，陈与义的写景诗中，也时常出现精彩使用动词的例句，如"断崖依旧挂斜阳。"（《龙门》）"西出成皋关，土谷仅容驼。天挂一匹练，双崖斗嵯峨。"（《美哉亭》）这里的两个"挂"字、"斗"字，也体现出作者对字句的锤炼功夫，"挂"字突出关口峡谷之高和深，"斗"字显示出峡谷之崖的陡峭与相互对立之巍峨与险要，传神地表达出了不同景物的独特韵味，把静态的事物写活了。

关于陈与义诗歌炼字的事例还可以举不少，前人的评论中已经指出了不少，也有少数是不成功的例子，如《秋雨》中"一凉恩到骨，四壁事多

[①]（宋）陈与义著，白敦仁校笺：《陈与义集校笺》，上海古籍出版社1990年版，第430页。

违"一联,就颇见雕绘刻镂,锤炼磨砻之功,诚如缪钺先生所评:"'凉'上用'一'字形容,已觉新颖矣。而'一凉'下用'恩'字,'恩'下又接'到骨'二字,真剥肤存液,迥绝恒蹊,宋诗造句之烹炼如此。'"① 洪迈也说:"杜诗所用'受''觉'二字皆绝奇……用之虽多,然每字含意不同。又杂于千五百篇中,学者读之,唯见其新工也。若陈简斋亦好用此二字,未免频复者,盖只在数百篇之内,所以见其多。如:未受风作恶;不受珠矶络;不受折简呼……"② 这些是熔炼而未达自然者,但不能影响陈与义贬谪陈留以后诗歌的总体语言风格,所谓瑕不掩瑜者也。

此外,陈与义后期绝大部分诗歌句律流丽,结构疏朗,也给人一种自然简洁的美感。陈与义后期诗歌在体裁上多使用七绝(110多首)、律诗(约55首),以及体式短小的五古(102首左右),也有数量不多的七古(20多首),五古和七古中篇幅较长的作品数量很少,只有五六首,最长的也不过20多联。他的很多古体诗写得也很接近于律诗,篇幅短小,用词明快,句律流丽,对偶排比,虽出人工,然作成之后,又非常自然,所谓"浑然天成,不见牵率处"。如《次韵谢表兄张元东见寄》:"灯里偶然同一笑,书来已似隔三秋。"骤读之似自然言语,一意贯注,细察之则字字对偶也。再如:"燕子不禁连夜语,海棠犹待老夫诗。"(《雨中对酒庭下海棠经雨不谢》)言语对偶也有上例之妙,纪昀就评此联说:"题外燕子,对题内海棠,不觉添出,用笔灵妙。"③ 类似的例子在《瀛奎律髓汇评》中还有很多,方回、纪昀等人有精到的点评可以参看。

陈与义南渡后诗歌在句律上确实有自己独到的特点,方回就说:"老杜、陈简斋诗,两句景即两句情,两句丽即两句淡。'红入桃花嫩,青归柳叶新',此一联也。'转添愁伴客,更觉老随人'。即如此续下联。简斋又有一句景对一句情者,妙不可言。下联如或用故事,或他出议论,不情不景,其格无穷。"④ 这样就使得陈与义的诗歌形成了一种写景、抒情、议论、叙事等多种手法交替的章法结构,读来不会有烦琐的感觉。另外他在对仗上更有使用灵活的流水对,如"如何南纪持竿手,却把西州破贼

---

① 缪钺:《论宋诗》,上海辞书出版社《宋诗鉴赏辞典·代序》,上海辞书出版社1987年版。
② (宋)洪迈:《容斋四笔》卷七"杜诗用受觉二字"条,《四库全书》,文渊阁本。
③ (元)方回选评,李庆甲集评校点:《瀛奎律髓汇评》卷十七,上海古籍出版社2005年版,第699页。
④ (元)方回:《桐江集》卷五《吴尚赟诗评》,《四库全书》,文渊阁本。

旗。"(《周尹潜以仆有郑州之命作诗见赠有横集之句次韵谢之》)"世事纷纷人易老,春阴漠漠絮飞迟。"(《寓居刘仓麻中晚步过郑仓台上》);"乾坤万事集双鬓,臣子一谪今五年。"(《再登岳阳楼感慨赋诗》)"孤臣霜发三千丈,每岁烟花一万重"(《伤春》)等等。很多就属于方回所说的"一我一物,一情一景"的宽对法。吴师道就说:"世称宋诗人句律流丽必曰陈简斋,对偶工切,必曰陆放翁。"① 较为准确地概括出了陈与义诗歌的句律特点。杨玉华也说:"由于大量使用了流丽灵活的对句,就使得一向以壁垒森严,铢锱必称为特点的整饬缜密的七律,在外观形式上(对仗用字等)具有了一种疏荡自如的特点,面目不再如以前那样'严肃可畏'。"② 陈与义诗歌这种体式特点,总体上决定了他诗歌简洁的风格,流畅的句律又进一步强化了其诗歌语言上自然、疏朗的风格。

---

① (元)吴道礼:《吴礼部诗话》,《四库全书》,文渊阁本。
② 杨玉华:《陈与义、陈师道研究》,四川出版集团、巴蜀书社2006年版,第105页。

第十章　雄浑悲壮为主的审美风格

语言风格的改变、相对独特的意象营造,标志着陈与义南渡后诗歌表现手法的成熟,自然山水题材和风雅意识的回归,标志着其诗歌题材内容的扩大与丰富。这些要素以不同的方式结合,使得陈与义南渡后诗歌的审美风貌较南渡前发生了很大的变化,比南渡前更加丰富多彩,呈现出多元化的倾向。总的来说,陈与义南渡后的诗风呈现出雄浑悲壮、沉郁低回、平淡清远几种风格并存的状态,其中又以雄浑悲壮的风格最为突出,对后世的影响最大,是其代表风格。多元化的审美风格所蕴含的丰富审美价值,是陈与义跻身于杰出诗人行列之根本,龚自珍说:"从来才大人,面目不专一。"① 正此之谓也。

一　雄浑悲壮

雄浑悲壮主要表现在他那些直接涉及政局和战乱题材的作品中。诗人慷慨悲壮的情怀,与壮大宏阔的景观描写相结合,表现出浑厚雄壮的审美品格。这样的作品虽然数量上并不是很多,有30多首,却是陈与义这一时期乃至他整个诗歌创作中最为耀眼的部分。

面对靖康之难的社会巨变,陈与义爱国热情迸发,虽身为书生但流露出一种慷慨赴国的激情。那些直接表达欲负戈杀敌,拯救国难的诗作,雄浑悲壮的意味最为浓烈。如:

> 中兴天子要人才,当使生擒颉利来。正待吾曹红抹额,不须辛苦学颜回。
>
> ——《题继祖蟠室三首》其三

---

① （清）射昌彝撰:《射鹰楼诗话》卷十。

本诗作于建炎初年,"中兴天子"指的是刚刚即位的高宗,当时金军进攻正急,抵抗外敌成了时代主题,尤其需要征战之士,在国家危急关头,诗人急国家之所急,欲弃文负戈,奔赴国难。作品开门见山,直抒胸臆,写出了投笔从戎的豪壮气概。再如:

> 一岁忧兵四阅时,偷生不恨隙驹驰。如何南纪持竿手,却把西州破贼旗。傥有青油盛快士,何妨画我入新诗。因君调我还增气,男子平生竟要奇。
> ——《周尹潜以仆有郢州之命作诗见赠有横槊之句次韵谢之》

> 忆昨炎正中不融,元帅仗钺临山东。万方嗷嗷叫上帝,黄屋已照睢阳宫。呜呼吾君天所立,岂料四载犹服戎。禹巡会稽不到海,未省驾舶观民风。定知谏诤有张猛,不可危急无高共。自古美恶周必复,兵戈汝莫穷妖凶。吉语四奏元气通,德音夜发春改容。雷雨一日遍天下,父老感泣沾其胸。臣少忧国今成翁,欲起荷戟伤疲癃。小游太乙未移次,大树将军莫振功。刘琨祖逖未足雄,晏球一战烟尘空。诸君努力光竹素,天子可使尘常蒙。君不见夷门山头虎复龙,向来佳气元葱葱。
> ——《雷雨行》

第一首诗的首联写诗人面临战乱的悲愤情怀,次联写其不愿在战乱之际苟且偷生,而欲领兵破贼,与前诗十分相似。诗歌后半部分写欲赴国难的豪壮,特别是结尾一句,写出了一种男儿的雄杰之气。第二首诗的前四联写"靖康之难"四年以来,国家、民众和天子遭受的屈辱和磨难,悲愤之情溢于言表。接下来写诗人在战争形势好转的情况下,高宗下令大赦天下时的兴奋,他按捺不住激动,要不是年龄渐老,诗人也要像汉代冯异(大树将军)、晋代刘琨、祖逖、五代王晏球等人一样,投入到抵抗入侵者的行列,为国效力。"臣少忧国今成翁,欲起荷戟伤疲癃"一联是全诗的核心,表达了老当益壮的悲慨情怀。诗歌的最后勉励士人和南宋将士努力光复宋室和国家大好河山,洗刷靖康之难的耻辱,末尾两句写高宗行在龙虎气象,表达了内心强烈的中兴希望,诗人似乎看到了南宋复兴的未来。这两首诗篇幅短小,一气呵成,都有近似岳飞《满江红》那样一种"壮怀激烈"的意味。

陈与义那些批判现实的作品，同样表达慷慨赴国的情怀。他在《邓州西轩书事十首》前面的几首作品中写道："皇家卜年过周历，变故未必非天仁。东南鬼火成何事，终待边烽作争臣。"（其五）"杨刘相倾建中乱，不待白首今同归。只今将相须廉蔺，五月并门未解围。"（其六）"不须夜夜看太白，天地景气今如斯。始行夷狄相攻策，可惜中原见事迟。"（其七）这些作品内容上文已经谈过，这里就不再重复。这几首诗主要是批判徽宗及其朝臣的昏庸无能，失策误国，诗歌把批评的矛头直接指向了最高统治者，颇有英雄的豪气。在陈与义的诗中，并没有只停留在批判现实的层面，批判现实是希望改变现实，改变举步维艰的国运，实现国家的复兴。接下来的这几首作品就表达了诗人强烈的中兴愿望。"诏书忧民十六事，父老祝君一万年。白发书生喜无寐，从今不仕可归田。"（其七）"范公深忧天下日，仁祖爱民全盛年。遗庙只今香火冷，时时风叶一骚然。"（其八）"诸葛经行有夕风，千古天地几英雄。吊古不须多感慨，人生半梦半醒中。"（其九）这里的第七首作品中，表现出来对中兴的热烈欢呼。接下来的两首作品，借古讽今，希望能有像诸葛亮和范仲淹那样的人物来振兴国家，恢复仁祖时期的全盛局面。他的很多作品都在批判中表现出积极报国的情怀。

> 庙堂无策可平戎，坐使甘泉照夕烽。初怪上都闻战马，岂知穷海看飞龙。孤臣霜发三千丈，每岁烟花一万重。稍喜长沙向延阁，疲兵敢犯犬羊锋。
>
> ——《伤春》

这是一首感慨南渡初年国家惨遭强敌蹂躏的抒怀诗。首联是感慨朝廷御敌无策，致使京城陷落，宗庙受辱。甘泉宫本是汉朝的宫殿，孝文帝十四年，曾遭匈奴入侵的袭扰，这里借指"靖康之难"时，金军入侵京城，对京城的掳掠，当时金军不仅俘虏了徽钦二帝，连皇宫仪仗、礼器等一并抢劫一空。次联是写金军追杀下，高宗皇帝渡海避难之事。第三联的第二句是写国家对金供赋之沉重。"孤臣霜发三千丈"一联化用李白和杜甫的诗句，用夸张的手法写诗人面对以上种种国难沉重的哀伤之情。结尾写向子谭在长沙以微弱兵力与强悍金军英勇死战的历史事件，赞扬其英雄壮举。诗歌在感慨中充满对现实政治的批判之意，敢于把批判矛头直指朝廷，可见诗人的胆识与英雄的豪气，上面所举的《邓州西轩书事十首》中的作品正好和本诗互参，全诗感情悲伤而不低沉，充满了慷慨之气，结尾虽是赞扬向子䛫，但也间接显示了诗人慷慨赴国的精神，使诗歌具有一种昂扬雄壮的气息。《次韵尹潜感怀》也是这样的作品：

> 胡儿又看绕淮春，叹息犹为国有人。可使翠华周寓县，谁持白羽静风尘。五年天地无穷事，万里江湖见在身。共说金陵龙虎气，放臣迷路感烟津。

这首诗感慨国家遭难，天子蒙尘，叹息朝中无人任事，虽是叹息批评的语气，但蕴含着强烈的中兴愿望。纪昀评五六两句"警动"①，指的就是其中深切的悲愤之情。方回说："此诗壮哉"②，所谓"壮"，指的就是诗人悲壮急切的救国情怀。

陈与义以上这类作品，都是直抒胸臆，以思想性见长。诗歌悲壮雄浑的审美意蕴，也主要来自于作品深厚广大的思想内涵和诗人慷慨激荡的救国情怀。在艺术上，用典融洽，绝大部分作品结构短小精悍，将激荡深广的情怀极度浓缩，使得作品增加了一种勃郁待发的气势，也增加了作品的雄壮之气，但在艺术上还不是陈与义悲壮雄浑风格的代表作。最能代表陈与义悲壮雄浑风格的作品，是那些将雄伟壮阔自然山水景观和这种深厚宽广情怀结合的抒怀诗。如：

> 洞庭之东江水西，帘旌不动夕阳迟。登临吴蜀横分地，徙倚湖山欲暮时。万里来游还望远，三年多难更凭危。白头吊古霜风里，老木苍波无限悲。
>
> 天入平湖晴不风，夕帆和雁正浮空。楼头客子杪秋后，日落君山元气中。北望可堪回白首，南游聊得看丹枫。翰林物色分留少，诗到巴陵还未工。

——《登岳阳楼二首》

---

① （元）方回选评，李庆甲集评校点：《瀛奎律髓汇评》卷三十二，上海古籍出版社 2005 年版，第 1368 页。

② 同上书，第 1369 页。

这两首诗都作于建炎三年（1129年）诗人避难岳州期间，是诗人游览岳阳楼的登临之作，借在岳阳楼上所见景象抒发避难漂泊的感伤，亦有浓重的怀古伤今色彩。第一首诗从写景入手，日落黄昏之际，诗人登上岳阳楼即岳州城的西门城楼，极目远望，西面是一望无际的洞庭湖，东面是滚滚奔流的长江水；日落西山之际，微风不起，城楼上的旌旗亦凝滞不动，短短的两句写出了一幅阔大而苍凉雄壮的景象。接下来是怀古抒情，诗人极目远眺，不禁想起了三国时曾经发生在这里的吴国和蜀国之间的纷争。诗人具体想到了什么呢？诗里没有明言，但我们可以根据当时的形势以及陈与义在此前后的其他作品窥得大概。当时，以高宗为首的南宋政权退居东南，正好就是当年吴国的属地，金人南犯的西路军又迫近了岳州，岳州自然就成了拒敌的前沿要塞。他在同时期所作的《里翁行》中云："君不见，巴丘古城如培塿，鲁肃当年万人守。"在《巴丘书事》中又说："未必上流皆鲁肃"，感慨国家危难关头没有拒敌之人。他大概想到了当年鲁肃、陆逊等人，曾用计从雄踞此地的关羽手中夺得荆州，后他们又依此拒蜀，火烧刘备大军，保全了吴国。登临历史英雄风云聚集的故地，再看看人才贫乏的现实，诗人应是借此感慨朝廷没有像鲁肃一样的人镇守国门。这样，诗歌后两联中的悲慨之情，就很容易理解了。回首三年战乱中所发生的一切，陈与义似乎预感到了这里将要发生的危机，诗中"凭危"二字说得正是这种情怀。方回曾评："五、六两句用老杜'万里悲秋常作客，百年多病独登台'体。"[①] 杜诗主要是感慨个人的流落漂泊，而陈与义主要是感伤国难，二者在内容上是有区别的，不过就其情感的悲壮而言，倒的确是同一而论。结尾两句景中含情，以景带情，借眼前苍凉的景象，写无限的悲情，达到了一种意味无穷的艺术效果。诗中阔大的景观与悲壮的情感形成了一种雄浑壮阔的意境。刘辰翁曾评价此诗的前四句"情景至融。"[②] 所言正是此诗情景交融的抒情特点，其实用以评价全诗亦十分恰当。

　　第二首诗的手法结构与第一首诗大致相同。首联是写景，黄昏时分，广阔的洞庭湖上风平浪静，波澜不起，远处水天相接，上下一色，一片澄明，分不清哪里是天，哪里是水。因此，水中的船只和空中的大雁，都像

[①] （宋）陈与义著，白敦仁校笺：《陈与义集校笺》，上海古籍出版社1990年版，第550页。

[②] 同上。

是漂浮在了空中。第二联情景结合，开始转入抒情，远处的君山在黄昏的葱茏秋气之中，逐渐变得模糊，又勾起了诗人的黍离之悲，北望中原，故国乡园已经沦陷在了金军的铁蹄之下，惨遭蹂躏，何堪回首，悲愤欲绝的情怀云涌而至，却又无以名状，只是借观景之句"南游聊得看丹枫"带过，借秋景写悲情，颇有"而今识尽愁滋味，欲说还休，欲说还休，却道天凉好个秋"①的艺术韵味，将复杂而难以名状的情怀，写得真实可感。刘辰翁也为这两句拍手叫"好"②。即便如此，诗人还是意犹未尽，结尾一联，感叹自己诗艺不精，言难尽意，没能像李白登临岳阳楼诗那样，将自己的情感全部倾诉出来。

这两首诗的共同特点都是写景阔大雄壮，不滞于细节，情感深厚悲慨；情与景结合紧密，浑融一体，是典型的悲壮雄浑之作。方回等人也毫不吝啬地将众多好评给了这两首诗，他在《瀛奎律髓》中云："简斋登岳阳楼凡三诗，又有《巴丘书事》一诗，皆悲壮激烈。"此评得到后人的广泛认可，陆贻典就说："登岳阳楼佳篇甚多，紫阳（方回）选此首，以备一体可也。"并对三首诗中的一些佳句给予摘评。胡应麟也说："'登临吴蜀横分地'二句，此雄丽冠裳。"③纪昀也说第一首诗"意境宏深"，并对此诗的后四句给予圈点。许印芳在称赞了诗中的一些佳句后，进一步评价说："虚谷评语中皆警句也，此篇则通体警策，句句可加密圈。晓岚但密圈后四句，未免苛刻。"④这些评价都准确地概括出了这两首诗突出的审美特色，陈与义这类作品写得与此诗大致相同。如：

> 三分书里识巴丘，临老避兵初一游。晚木声酣洞庭野，晴天影抱岳阳楼。四年风露侵游子，十月江湖吐乱洲。未必上流须鲁肃，腐儒空白九分头。

——《巴丘书事》

游子不能寐，船头语轻波。开窗望两津，烟树何其多。晴江涵万

---

① （宋）辛弃疾著，邓广铭笺注：《稼轩词编年笺注·丑奴儿》（少年不识愁滋味），上海古籍出版社1978年版，第137页。
② （宋）陈与义著，白敦仁校笺：《陈与义集校笺》，上海古籍出版社1990年版，第552页。
③ （明）胡应麟：《诗薮外编》卷五，上海古籍出版社1958年版，第216页。
④ 以上评语见（元）方回选评，李庆甲集评校点《瀛奎律髓汇评》，上海古籍出版社2005年版，第41—42页。

象，夜半光荡摩。客愁弥世路，秋气入天河。汝洛尘未消，几人不负戈。长吟宇宙内，激烈悲蹉跎。

——《均阳舟中夜赋》

泊舟华容县，湖水终夜明。凄然不能寐，左右菰蒲声。穷途事多违，胜处亦心惊。三更萤火闹，万里天河横。阿瞒狼狈地，山泽空峥嵘。弱强与兴衰，今古莽难平。腐儒忧平世，况复值甲兵。终然无寸策，白发满头生。

——《夜赋》

这里所举的第一首诗，也是就洞庭湖的景色，感慨身逢国家丧乱，上层士大夫又无力救国的现状。写景壮阔，情感悲慨，被方回称赞为和《登岳阳楼二首》一样"悲壮激烈"的作品。刘辰翁也说"晚木"一联"亦是极意壮丽"[1]。高步瀛也说这两句"雄秀"[2]。第二首诗也是借秋江夜景阔大凄凉的景象，写诗人对中原遭乱，人人负戈流血，苍生遭劫的残酷现实的痛心，诗中"长吟"实际是长歌当哭，可见其悲伤之深，"激烈"二字可见其情感之慷慨。第三首诗，手法上与《登岳阳楼二首》中的第一首相似，写景抒怀中带有明显的咏史怀古意味。感慨曾经是曹操惨遭失败之地，却没人能让历史重演，扭转国家在对金战争中屡屡惨败的局面，流露出对国家前途未来深切的忧患，以及自己报国无策的悲慨。刘克庄引本诗的起首六句和结尾四句评价说："造次不忘忧爱，以简洁扫除繁缛，以雄浑代替尖巧，第其品格，当在诸家之上。"[3] 刘辰翁评"强弱"一联云："若无此二句，亦属于气弱索。"又评结尾四句"人人有此怀，独写得至黯然销魂而不失悲壮，故是家数。"[4] 两人都肯定本诗悲壮雄浑的特点，同时也对其艺术水准给以很高的评价，刘克庄依此将陈与义高看一眼，把他置于诸家之上。刘辰翁认为陈与义诗中所表现出来的艺术技巧和水准，足可以使其自立门户，独成一家。

---

[1] （宋）陈与义著，白敦仁校笺：《陈与义集校笺》，上海古籍出版社1990年版，第554页。

[2] 同上。

[3] （宋）刘克庄：《后村诗话前集》卷二，吴文治主编《宋诗话全编》第八册，凤凰出版社1998年版，第8372页。

[4] （宋）陈与义著，白敦仁校笺：《陈与义集校笺》，上海古籍出版社1990年版，第613页。

除了以上这些作品,他的《次南阳》、《次舞阳》、《舟次高舍书事》、《居夷行》、《感事》、《再登岳阳楼》、《又登岳阳楼》、《观江涨》、《泊宋田与历风作》、《阴风》、《次韵尹潜感怀》、《有感再赋》、《题崇山》、《送客出西城》等作品风格也与以上作品相类。这些作品大多集中在陈与义五年避乱的生活里。这些诗把国家兴衰存亡的感伤、戮力救国的激情与阔大的自然景观结合,表现出一种慷慨激越、雄浑悲壮的风格。其阔大之境界、雄浑悲壮之格调,苍凉浑浩之情致,完全突破了其南渡前写景细碎,境界狭小的风格。四库馆臣在评价陈与义的诗歌时曾这样说:"至于湖南流落之余,汴京板荡以后,感时抚事,慷慨激越,寄托遥深,乃往往突过古人。故刘克庄《后村诗话》谓其造次不忘忧爱,以简洁扫除繁缛,以雄浑代替尖巧,第其品格,当在诸家之上。其表侄张嵲为作墓志云:'公诗体物寓兴,清邃超特,纡余宏肆,高举横厉。'亦可谓善于形容。"[①] 这里张嵲、刘克庄、四库馆臣共同肯定了陈与义悲壮雄浑的诗风,刘克庄认为陈与义这种风格是对同时期其他诗人的一种突破,四库馆臣进一步说其对古人亦有所突破,不难看出陈与义这类诗歌在诗史上的价值与地位。

二 沉郁低回

在国家惨遭战火蹂躏的情况下,陈与义和很多士大夫一样,希望高宗能够肩负起中兴的历史使命,恢复中原,前面所举的那些雄浑悲壮的作品,主要表露了陈与义的这种心声。由于高宗的软弱,一味主张逃跑,国家中兴与恢复家园的梦想变得遥遥无期,陈与义那种激切的理想渐渐被冷却,但国家中兴与恢复家园始终是他胸中不能释怀的郁结,抒发复国无望的无奈与浓重的乡关之思,就成了陈与义诗歌南渡后诗歌的重要的主题之一,诗人又多将这种情怀寄托于苍凉色彩的意象与自然景观,形成了他诗歌另一种风格——沉郁低回。

沉郁是一种慷慨激荡过后,恢复平静的悲伤,是由内外交困令人失望的时代对诗人的理想及个体生命长期压抑而产生的一种痛苦低回、深沉凝重又无法超脱的情感。对陈与义来说,战乱不仅让他失去故国,也让他失去了故乡;高宗庸弱,国家复兴无望,恢复中原无望,他要忍受思念故国、家园的

[①] (清)纪昀等:《四库全书总目提要》,《四库全书》,文渊阁本。

双重精神痛苦，还要承受国家民族中兴无望的痛苦，更要忍受离乱现实带来的肉体摧残，那些沉郁低回的作品就是反映他这种持久复杂的痛苦。

> 去年梦陈留，今年梦邓州。几梦即了我，一笑城西楼。新晴草木丽，落日淡欲收。远川如动摇，景气明田畴。百年几凭阑，亦有似我不？城阴坐来失，白水光不流。丈夫贵快意，少住宽千忧。归嫌简斋陋，局促生白头。
>
> ——《登城楼》

诗的开头就是一连几个梦，我们不禁要问，这里"梦"指的是什么？他在《题长冈亭呈德升大光》中云："久客不忘归，如头垢思沐。身行江海滨，梦绕嵩山麓。"《道中书事》亦云："易破还家梦，难招去国魂。"前者以嵩山代指故国家园，后者借屈原的典故，表达对故国家园的思念，这里的梦显然是客居中希望恢复家国的理想。"靖康之难"前夕，陈与义谪居陈留，"靖康之难"发生后，他曾一度逃离了陈留，不久又返回陈留。当金军再度进攻时，陈与义再次离开陈留，逃往邓州。此诗就作于陈与义寓居邓州时期，当时，高宗已经即位，无论是在陈留还是在邓州，他都曾梦想高宗能收复失地，恢复家国。可是高宗越逃越远，岁月流逝，诗人的梦想也是越去越远，落日黄昏之时，诗人登上城楼，不禁感慨万千，人生不过短短百年，不知是否还有人像他一样承受着如此多的忧虑。人生本应努力追求快乐适意，诗人希望借眼前的景色能做少时的停留，宽解自己内心纷乱的忧愁，可是时光何能如此，诗人无法阻止黑夜的到来，回到局促的避难住所（即诗中所说的"简斋"，是陈与义对自己住处解嘲性的称呼），简陋的生活条件再次勾起了他纷乱繁多的痛苦，让他头生白发，催他衰老。这首诗主要写故国家园长期恢复无望的痛苦，诗中以"梦"替代恢复家园的理想，寓意深刻，"千忧"两字道出了其心思的沉重，"白头"意象道出了深重痛苦中诗人心态之苍老，情绪之低沉。再如：

> 万里乡山路不通，年年佳节百忧中。催成客睡须春酒，老却梅花是晓风。
>
> ——《除夜不寐饮酒一杯明日示大光》

乡邑已无路，僧庐今是家。聊乘数点雨，自种两丛花。篱落失秋序,风烟添岁华。衰翁病不饮,独立到栖鸦。

——《得长春两株植之窗前》

这两首诗也是抒发诗人对恢复故国家园无望的痛苦。第一首诗作于建炎四年(1130年),诗的首句说回乡之路不通,实际道出战乱未平,中原未能恢复,回乡之路受阻的现实。次句是说四年来日夜等待期盼的梦想还是未能实现,时逢佳节,累积了多年的痛苦一齐涌上了心头,"百忧"二字和上一首诗中的"千忧"一样,都是泛指,强调心中积虑之深,一联之内,上句述事,下句抒情,写出无尽的悲伤。诗歌的后两句,就具体写这种痛苦对诗人身心的摧残,由于忧虑深重,诗人只有靠酒的麻醉方能入睡。结句是借景抒情,明写夜风对梅花的摧残,实际是表达多年苦恨使自己身心衰老。第二首诗作于陈与义晚年,其中蕴含的情感比第一首诗更加悲凉低沉。首联说因为无法归家,诗人只能以寄居的僧舍为家,看似平淡的表述,道出了内心沉重的哀伤。此时,陈与义作为曾经的副宰相病重请闲却只能寓居青墩僧舍,国家的衰败和民生之艰辛就可想而知。此时此刻,诗人感伤的不仅有故国家园无法恢复的绝望,也多少有对社稷民生的担忧。接下来也是借凄凉的秋雨秋景,强化这种绝望的情感,使其在广阔的时空上形成蔓延,增强抒情效果。作品结尾栖鸦意象实际就是衰老孤独诗人的化身,手法与第一首诗的结尾相似,将绝望凄凉的情怀写得形象而又令人回味无穷。刘辰翁评结尾一联说:"颓然天成。"[①] 颓然二字准确地指出了诗中无奈低回的情感内涵。诗中低回沉痛的情感与凄凉的情景相互印染,营造出了一种浓浓的悲凉气氛,正是此时诗人内心世界的外化。

恢复家国理想的失落,使得陈与义长期承受着深深的精神痛苦,同时,在长期的逃难中他也不得不忍受流离失所、穷困潦倒的生活煎熬,他那些反映艰辛漂泊生活的诗歌,也写得沉郁悲凉。如:

故园非无路,今已不念归。秋入汉水白,叶脱行人悲。东西与南北,欲往还觉非。勿云去年事,兵火偶脱遗。可怜伶骋影,残岁聊相依。天涯一尊酒,细酌君勿催。持觞望江山,路永悲身衰。百感醉中

[①] (宋)陈与义著,白敦仁校笺:《陈与义集校笺》,上海古籍出版社1990年版,第843页。

起，清泪对君挥。

——《同左通老用陶潜还旧居韵》

首联中"故园非无路"实际就是上一首诗中所说的"乡邑已无路"，"不念归"不是不想归，而是家园已经不再是宋朝的疆域，是无法归去，二者是用反语表达对恢复故国家园的绝望。诗歌接下来用主要的篇幅，写自己四处漂泊所经历的磨难及孤单、无奈与凄凉的心绪。第二联借秋景的萧瑟，总写行旅的悲凉情感。第三联说的是居无定所，无休止的奔逃之苦，他在南渡后的很多诗中都用"东南西北客"来表达自己的这种处境，他在另一首诗中也说："避兵连三年，行半天四维。"说自己在三年战乱中，走遍了半个中国，这的确是事实。第四联写战乱奔逃的危险，具体指的是前一年诗人在房州与金军遭遇，险些丧命的经历。他曾在诗里这样记载了当时的情形，"今年奔房州，铁马背后驰。造物亦恶剧，脱命真毫厘。"（《正月十二日自房州遇金兵至奔入南山十五日抵回谷张家》）第五联说数年的战乱漂泊，只有自己孤零零的影子与衰老的身体相伴，道出逃难途中说不尽的孤独与寂寞，与他在《邓州西轩书事十首》其二中所说的："千里空携一影来"是相同的意思。刘辰翁说此联"短短语自可怜"[①]，这样的诗句确实有短语述无限的艺术魅力。诗歌结尾的几联是与朋友对酒感叹国破家亡以及对自己衰老的感伤，尾联中"百感"二字写出内心痛苦之深，一个"挥"字又描绘出一个泪雨滂沱的抒情形象。刘辰翁又评末句说："自然之然，不忍言好。"[②]"自然之然"是说诗中情感真挚自然，"不忍言好"是说就诗人的诗歌本身确实值得叫好，而面对诗人深切的痛苦亦催人泪下，又不忍用好来评说。诗中多种痛苦郁结在一起，情感低回，写景衰煞清冷，充满了凄凉色彩。对陈与义来说，漂泊的苦难还远不止这些，长期奔波的劳顿、生活条件的简陋、生活习惯的不适应，就连语言交流也成了障碍，这些虽然不至于像遭遇乱兵那样，会威胁到生命的安全，但也时时处处让他痛苦。上面诗中所说的"归嫌简斋陋，局促生白头"。就表达生活条件艰难给他带来的痛苦。"五年元日只流离，楚俗今年事事非。"（《元日》）"殊俗问津言语异，长年为客路歧难。"（《舟行遣

[①] （宋）陈与义著，白敦仁校笺：《陈与义集校笺》，上海古籍出版社1990年版，第843页。

[②] 同上。

兴》)这些说的都是长期奔波和异域生活的不适给他带来的种种烦恼。

　　恢复家国无望,但陈与义又无时不惦记着故国家园,在理想和现实的矛盾中,他所能做的也只是对现实的无奈叹息,感慨自己救国无策。浓烈沉重的思乡之情,对现实的无奈之感也给他的诗歌平添了一种浓郁的悲凉色彩。

　　　　腐儒忧平世,况复值甲兵。终然无寸策,白发满头生。
　　　　　　　　　　　　　　　　　　　　——《夜赋》
　　　　离合不可常,去住两无策。
　　　　　　　　　　　　　　——《九日自巴丘适湖南别粹翁》
　　　　臣岂专爱死,有怀竟不舒。老谋与壮节,二者惭俱无。
　　　　　　　　　　　　——《粹翁用奇父韵赋九日与义同赋兼呈奇父》
　　　　江城八月枫叶凋,城头哦诗江动摇,秋雨留人意恋恋。水色泛树风萧萧。纶巾老子无远策,长作东西南北客。
　　　　　　　　　　　　　　——《欲离均阳而雨不止书八句寄何子应》

　　这些诗句都是感慨诗人对现实人生的无奈,既有对救国无术的无奈,也有对个人生存状况的无奈,情感都是低回悲凉。正如他这时的一首诗中所说:"长吟环宇内,激烈悲蹉跎。"(《均扬舟中夜赋》) 这种无奈是对整个时代的感慨。特别是最后一首诗中,秋天落叶凋零、风雨萧瑟的景色,与这种低回无奈的情怀相互映辉,营造了一种凄凉惨淡的意境,使得诗歌整体呈现出一种低回悲凉的情调。类似的作品还有很多,如:

　　　　洞庭微雨后,凉气入纶巾。水底归云乱,芦丛返照新。遥汀横薄暮,独鸟度长津。兵甲无归日,江湖送老身。悠悠只倚杖,悄悄自伤神。天意苍茫里,村醪亦醉人。
　　　　　　　　　　　　　　　　　　　　——《晚晴野望》
　　　　醉中今古兴衰事,诗里江湖摇落时。两手尚堪杯酒用,寸心惟是鬓毛知。稽山拥郭东西去,禹穴生云朝暮奇。万里南征无赋笔,茫茫远望不胜悲。
　　　　　　　　　　　　　　　　　　　　——《醉中》
　　　　巴陵二月客添衣,草草杯觞恨醉迟。燕子不禁连夜雨,海棠犹待老夫诗。天翻地覆伤春色,齿豁头童祝圣时。白竹篱前湖海阔,茫茫身世两堪悲。

——《雨中对酒庭下海棠经雨不谢》

一自边尘入汉关,十年伊洛路漫漫。青墩溪畔龙钟客,独立东风看牡丹。

——《牡丹》

这几首诗共同的特点是写景苍凉萧瑟,情感悲凉低回,写景凄凉惨淡,感慨兵戈未定,无奈终老江湖,每每独自思乡伤神,恨醉不能,迷茫不知所之,写出了人逢乱世,身处漂泊的双重凄凉。用诗人自己的话来说就是"茫茫身世两堪悲"。方回就说第一首诗中"兵甲"一联句法是"诗家高处"。纪昀也说这一联"诚为高唱"。又云此诗"结意诚挚"。就连经常批评陈与义的冯班也说此诗"亦唐人高处"[①]。这里所说的高主要指的应该是诗中厚重诚挚的情感。在这几首诗中,陈与义多次提到酒,甚至是恨不能醉,诗人希望能在醉时暂时忘却忧愁,正如他自己所说:"爱把山瓢莫笑侬,愁时引睡有奇功。"(《寻诗两绝句》) 是希望借酒的麻醉从现实痛苦中解脱出来,这正说明诗人对现实的无奈。

陈与义南渡后这样的作品很多,如《舟行遣兴》、《病中夜赋》、《除夜二首》、《寄大光二绝句》、《江行晚兴》、《别孙信道》、《再别》、《晚步湖边》、《送客出城西》、《道中书事》、《坐涧边石上》、《江行野宿寄大光》、《除夜》、《微雨中赏月桂独酌》、《重阳》、《述怀》、《适远》、《秋日客思》等,也都是比较典型的作品。陈与义有两句诗这样写道:"慷慨赋诗还自恨,徘徊舒啸却生哀。"(《雨中再赋海山楼》) 如果说他那些雄浑悲壮的作品是"慷慨赋诗"的话,那这类作品就应该是"徘徊舒啸"之作了。

三 平淡清远

平淡清远是陈与义诗歌又一种比较重要的风格。这类作品大多取材于山水景物和闲适生活,善于用简洁白描的手法写景状物,表达闲雅的情志,形成的一种诗境清新淡远、自然醇厚的审美风格。从创作目的来看,

---

[①] 以上评语均见《瀛奎律髓汇评》卷十七,上海古籍出版社2005年版,第678页。

这类诗主要是想借山水来摆脱战乱和漂泊给诗人带来的痛苦。陈与义面对山水发出"惜无陶谢手，尽意破忧端"（《雨》）的感慨，叹息自己诗艺不如陶谢，不能写出像他们那样优美的诗篇，来消除心中的烦恼。因此，这类作品往往在内容和手法上也表现出取法陶、谢、韦、柳的痕迹。

  花尽春犹冷，羁心只自惊。孤莺啼永昼，细雨湿高城。扰扰成何事，悠悠送此生。蛛丝闪夕霁，随处有诗情。

———《春雨》

  岸帻立清晓，山头生薄阴。乱云交翠壁，细雨湿青林。时改客心动，鸟鸣春意深。穷乡百不理，时得一闲吟。

———《岸帻》

  晴气已复浊，虚馆可淹留。微花耿寒食，始觉在他州。自闻鼙鼓聒，不恨岁月流。乱代有今日，兹园况堪游。云移树影失，风定川华收。曳杖新城下，日暮禽语幽。群行意易分，独赏兴难周。永啸以自畅，片月生城头。

———《寒食日游百花亭》

  当复入州宽作期，人间踏地有安危。风流丘壑真吾事，筹策庙堂非所知。白水春陂天淡淡，苍峰晴雪锦离离。恰逢居士身轻日，正是山中多景时。

———《山中》

  第一首诗是借春景寄托羁旅情怀。诗的首联上句写景，下句抒情，写诗人寄居他乡看到春花凋落引发的羁旅之伤感，写景不雕琢，而是注重诗人的主观感受，"冷"字写出了诗人内心对残春的直觉印象，与下联羁旅情怀相应和，奠定了诗歌的基本格调。接下来的两联具体写诗人的所见所闻，细雨之中，孤莺彻夜鸣叫，写景之中带有一种孤寂清冷的韵味。第三联又是抒情，写冷寂雨景引发的情怀，感伤岁华流逝，自己却只能在寂寞孤独中消磨生命，不能有所作为，充满无奈。结尾一联表达诗人对这种无奈的超脱，虽然不能有所作为，但眼前那在傍晚余晖中闪动的蛛丝，还是颇有诗情画意，处处能触发诗兴，也算是寂寞无奈之中的一种安慰。诗人努力以一种旷达的态度，来对待人生的失意，全诗写景不着色调，而突出诗人的主观感受，与寂寞无奈的情感相互映衬，语淡情深。"三、四

（句）不减随州'柳色孤城里，莺声细雨中'句。结有闲致，若再承感慨说下，便入窠臼。"① "随州"指的是刘长卿，所引诗句出于其《海盐官舍早春》。全诗如下："小邑沧州吏，新年白首翁。一官如远客，万事极飘蓬。柳色孤城里，莺声细雨中。羁心早已乱，何事更春风。"② 刘长卿的原诗也是抒发羁旅情怀，陈与义本诗中这两句写景的确不失刘长卿原诗的灵妙，而结尾却打破了刘长卿原诗的低沉，显示出一种相对超脱、闲适旷达的人生态度，突破了刘长卿原诗的窠臼。

后面的三首诗写景特点和抒情手法与第一首诗十分相似，都是借淡然的春景，抒发战乱中漂泊闲居的幽怀。诗中"穷乡百不理，时得一闲吟。""永啸以自畅。""风流丘壑真吾事，筹策庙堂非所知。"等诗句，明确地写诗人要借吟咏山水景物来超脱现实人生的痛苦。胡仔在《苕溪渔隐丛话》后集卷三十引"风流丘壑真吾事，筹策庙堂非所知"两句，并说："其后登政府，无所建明，卒如其诗。"③ 认为陈与义这两句诗是说自己不善于政事，误解了陈与义的本意，方回等人已经做了详细的辩解，方回将此诗列为闲适类，是对此诗准确中肯的评判。④ 刘辰翁在第二首诗的"乱云"两句旁评点说"此以上句胜。"⑤ 评第二首诗的首联："胜选。""云移树影失，风定川华收"一联为"佳语。"⑥ 这些评价都是称赞陈与义诗歌写景之妙，具体来说就是简淡自然而又富有韵致。纪昀则评第二首诗说："此有杜意。"又云："五六有味。⑦"主要也是说，陈与义这首诗在平淡自然的写景中，蕴含着较为丰富的情感内涵。陈与义类似的作品还有《舟泛邵江》、《今夕》、《寒食》、《出山道中》、《泛舟入前仓》、《出山宿向翁家》等，都是借山水娱情，寄托幽怀，要达到"快然心自足"（《舟泛邵江》）的境界。这些作品从审美上看，都具有语言朴实，写景简

---

① （元）方回选评，李庆甲集评校点：《瀛奎律髓汇评》卷十七，上海古籍出版社2005年版，第675页。
② （唐）刘长卿：《刘随州集》卷三，《四库全书》，文渊阁本。
③ 参见吴文治主编《宋诗话全编》第四册，凤凰出版社2008年版，第4216页。
④ 详见（元）方回选评，李庆甲集评校点《瀛奎律髓汇评》卷二十三，上海古籍出版社2005年版，第1002页。
⑤ （宋）陈与义著，白敦仁校笺：《陈与义集校笺》，上海古籍出版社1990年版，第515页。
⑥ 同上书，第590页。
⑦ （元）方回选评，李庆甲集评校点：《瀛奎律髓汇评》卷十七，上海古籍出版社2005年版，第678页。

淡自然，诗境清新而又意味悠长的特点。

陈与义晚年的一些山水诗，特别是篇幅短小的绝句，写得更是清淡自然，颇有唐诗灵妙的韵致和闲淡自然的风神。

> 出山复入山，路随溪水转。东风不惜花，一暮都开遍。
> 都迷去时路，策杖烟漫漫，微雨洗春色，诸峰生晚寒。
>
> ——《入山二首》
>
> 哦诗谷虚响，散发下岩半。披丛涧影摇，集鸟纷然散。
> 乱石披浅流，水纹如绀发。驰晖忽西没，林光相映发。
>
> ——《与夏志宏孙信道张巨山同集涧边以散发岩岫为韵赋四小诗》其一、其二
>
> 荒村终日水车鸣，陂北陂南共一声。洒面风吹作飞雨，老夫诗到此间成。
>
> 山翁见客亦欣然，好语重重意不传。行过竹篱逢细雨，眼明双鹭立青田。
>
> ——《罗江二绝》

总体上看，这几首诗都属于山水诗。前面的四首诗都作于建炎二年（1128年）在房州山间逃避兵乱期间。《入山二首》是写傍晚山中迷离的雨景及感受。其一是写入山时分的所见，首联写行走在山间特有的感觉，山路曲折迷茫，刚刚走出了这座山，又进入了另一座山，正如杨万里所说："莫言下岭便无难，赚得行人错喜欢。正入万山圈子里，一山放出一山拦。"[①] 其二是因为山势陡峭，山路只能沿着山间的溪流蜿蜒曲折绕行。后两句诗写傍晚山中最突出的一番景致，在晚风的吹拂下，漫山遍野盛开的野花轻轻摇曳，好像是东风有无穷的魔力，吹开了遍地的鲜花。全诗短短的二十个字，描绘出了一幅明丽秀美的图画，也写出了行走在群山之间，一种"山重水复疑无路，柳暗花明又一村"[②] 的感觉。第二首诗承接第一首诗，大概是山路漫长行走劳累，或是被山中优美的景致所吸引，诗人不禁拄杖驻足张望，曲折的山路隐没在傍晚的烟雨弥漫中迷茫难寻，以

---

① （宋）杨万里：《过松源晨炊漆公店》，《杨万里集校注》，中华书局2007年版。
② （宋）陆游：《游山西村》，《剑南诗稿校注》，上海古籍出版社2004年版。

至于让人怀疑找不到出山的路径，沥沥的春雨将山中的景物洗涤得更加净美，林立的群山在傍晚的细雨中也显出些许寒意。写景中也微微露出了诗人入山避难时迷茫低落的心情。

与前两首诗不同，《与夏志宏孙信道张巨山同集涧边以散发岩岫为韵赋四小诗》是写黄昏时分山中空旷静谧之美。其一写诗人身边一个较小范围内的景致。诗中的"半"，当是"畔"的通假字，从诗中的描写看，指的是山涧溪畔的岩石，大概是因为山中寂寞，诗人与朋友聚集在岸边吟诗娱情，"散发"二字可以看出诗人当时慵懒消散的心态。山谷空旷宁静，吟诗都能引发山谷的回音。由于山间人迹罕至，他们只能拨开草丛灌木前行，在本来一片平静之中，草木在水中晃动的影子看起来也十分显眼，或许是吟诗的声音，抑许是拨动草木的声音，抑或许水中晃动的影子，惊动了栖息的鸟群，鸟儿都四散纷飞。诗中以动写静，以响衬静，传神地写出了山谷的宁静。其二写整个山谷在傍晚时分的平静秀美，但诗人没有面面俱到，而是抓住两个最有特点的镜头，集中描写。首联是写溪流，水中的乱石将清澈浅浅的水流分割开来，溅起细如发丝般极其微小的波纹，一个比喻突出了溪水的清浅。第二联写太阳即将落山那一刻，余晖透过山林形成富有剪影韵味的画面。上、下两联结合，形成了一幅具有立体感远近层次分明的图画，将山中宁静幽美的景致写得如在目前。刘辰翁分别评这两首诗说："南涧"、"辋川"[①]，说这两首诗写得像王维居南涧和辋川时的诗作。从审美上看，这两首诗的确有王维山水诗清淡自然的韵味。

《罗江二首》是两首写田园风光的诗作。其一写水车，从视觉、听觉两个角度写江南水乡特有的一种景致，"洒面风吹作飞雨"写景颇为新警，被刘辰翁评说是"创奇"[②]。其二写做客田舍的情景，朴实的山翁好客却又不善于表达，连连出语，但还是没能道出心中的热情，村舍边细雨中的竹篱别有情致，成双的白鹭睁着明亮的眼睛，悠闲地立于碧绿的田间，显示出山村的恬静与安宁，再加上朴实真诚的老翁，构成了一幅天人合一的村景图。陈与义诗中类似的作品还有很多。如：

黄昏吹角闻呼鬼，清晓持竿看牧鹅。蚕上楼时桑叶少，水鸣车处

---

① （宋）陈与义著，白敦仁校笺：《陈与义集校笺》，上海古籍出版社 1990 年版，第 524、525 页。

② 同上书，第 692 页。

稻苗多。

——《村景》

点检行年书阅阅,山中共赋几篇诗。如今未有惊人句,更待秋风生桂枝。

——《山居二首》其一

山空樵斧响,隔岭有人家。日落潭照树,川明风动花。

——《出山二首》其二

野鸭飞无数,桃花湿满枝。竹舆鸣细雨,山客有新诗。

——《绝句》

这几首作品描写的也都是山水或田园景色,笔调清新,写景淡然又富有美感,形成了一种闲淡醇美的审美韵味,与盛唐的田园诗非常相似。

由于陈与义这类诗多取材自然与田园山水,风格简淡自然,总体上可以看作传统的山水诗。张嵲在《陈公资政墓志铭》中说陈与义的诗:"上下陶、谢、韦、柳之间。"[①] 胡稚在给陈与义诗集作注时说:"诗者性情之溪也,有所感发,则轶入之,不可遏也。其正始之源,出《风》、《骚》,达于陶、谢,放于王、孟,流于韦柳,而集于今简斋陈公。"[②] 近代的陈衍也说:"宋人罕有学韦柳者,有之,以简斋为最。"[③] 他们不约而同把陈与义纳入陶、谢、王、孟、韦、柳这一统序之内,就山水题材与这类平淡风格的作品来说,无疑是有道理的。

关于陈与义诗歌的审美风格,这里还要说明两点。第一,陈与义这三种风格是一个有机的整体,相互之间有着密切的关系,其风格上虽有明显差异,但其内在的情感基调是统一的。雄浑悲壮是他面对"靖康之难"这一天崩地裂的变化,在国家民族危亡时刻,情怀最为悲慨激荡条件下的产物;沉郁低回的作品是他激荡情怀略趋平静后的创作,情感虽不像前者那样激烈,但长期积郁的痛苦,对现实人生的无奈,使得这类作品情感基调依然十分悲凉;在创作平淡清远的作品时,他也并没有忘却家国之恨与

[①] (宋)陈与义撰,吴书荫、金德厚点校:《陈与义集》卷首,中华书局1982年版。
[②] (宋)胡稚:《简斋诗笺叙》,(宋)陈与义撰,吴书荫、金德厚点校《陈与义集》卷首,中华书局1982年版。
[③] 陈衍:《宋诗精华录》卷三,蔡义江、李梦生《宋诗精华录译注》,上海古籍出版社1999年版,第323页。

个人生活的悲痛，而是试图通过吟咏山水的方式，寻求暂时的解脱，山水描写中清冷的笔调，正是其悲凉心态的折射，有时也会淡淡地表露出内心的伤感。简而言之，这几种不同风格的作品都统一于一种悲凉的情感基调之下，只是情感的强度不同而已。不同的风格正体现了其内心情感以及审美取向的丰富性，体现了他作为常人完整的心态。正因为如此，三类作品在取材上表现出一定的趋同性，在景物的描写上，多选取凄凉的秋景，带有寒意的春色，与凄迷的暮色，善于营造凄凉的意境；意象选择都带有苍老、冷寂、孤独的色彩；形成了伤春悲秋、壮士迟暮几个共同的主题。第二，陈与义南渡后的风格总体上对前期有很大的突破，但也有明显的继承，在某些方面体现出其一贯的审美取向。雄浑悲壮风格是其无论从取材还是思想内容上，都是前期所没有的。沉郁低回的风格，由前期感伤个人失意类的作品而来，二者悲凉的情感基调与低回沉郁的审美风格十分相似，后期写景取材和情感内涵的深度上也比前期有很大的突破。后期多取材自然山水，而前期多堆积典故；情感内涵上，前期主要是写个人的失意与不平，后期则在写个人失意的同时更注重抒写家国之恨，后期的作品比前期更显凝重庄严。平淡清远风格类的作品，直接继承前期的写景抒怀而来，特别是贬谪陈留期间的写景抒怀诗，但后期的诗歌景物描写的篇幅大大增加了，抒情也比前期更为含蓄，艺术手法也更见成熟。

  以上是"陈简斋体"的几个主要特征，除此以外，其在体式上也有比较明显的特点，陈与义南渡后的作品最多的是七绝，以及篇幅较短的五古，五律和七律的相对数量都比南渡前有较大的下降。

  论家多推崇陈与义南渡后的诗作，事实上，陈与义诗歌的成就也主要体现在南渡以后的创作中。他南渡后的诗形成了相对独特的风格，语言简洁自然而又不失工切，意象苍老、情感基调悲凉，具有比较鲜明的个性；取材和内容也大大地突破了北宋末年主要吟咏个人失落情怀的狭小范围，山水与现实政治题材的诗作成为了他此时诗歌创作的两大亮点。审美风格以雄浑悲壮为主导，多种风格并存，呈现出多样化的趋势，代表了当时诗坛的最高成就，陈与义也因此跻身于杰出诗人的行列，卓然独立于诗坛。

  需要说明的是，简斋体的突出特点主要体现在陈与义后期的诗歌创作中。但其中的一些艺术因子在南渡前就已经初步具备，陈与义诗风在北宋宣和年间（1119—1125年）开始就有明显的转变，贬谪陈留后的转变尤为明显，这期间的作品语言简淡自然，山水题材大量出现，这表明其审美趋向正在发生变化,艺术上也渐趋成熟,肇启了其后期创作的某些趋向,南渡后平淡清远的风格是政和以来风格的继承与发展。"靖康之难"这一时代的巨变,使他的生活和心态发生的巨大变化,促使其诗风也发生了一次质的飞跃,其南渡后诗歌的成就,在很大程度上是时代的玉成。

下　编

陈与义与江西诗派关系考论

"江西诗派"是两宋之交诗坛上最为声势浩大、影响久远的诗歌流派，在北宋末年更是诗坛的主导力量。陈与义也生活在这一时期，关于陈与义和江西诗派的关系，历来众说纷纭，他是否属于江西诗派，到现在还是一宗悬而未决的学案。因此，要研究陈与义，那他和江西诗派的关系就是一个不可不谈的话题，弄清陈与义与江西诗派的关系，也就基本搞清了陈与义在宋诗史上的地位。

　　陈与义是否属于江西诗派，从南宋末年到清代就有不同的说法，有人将其视为江西诗派"一祖三宗"中的一宗，有人认为他不属于江西诗派，还有人认为他是江西诗派，而诗风又与江西诗派有一定的差异。到现在学界对陈与义与江西诗派的关系还是延续了上述几种看法，在研究陈与义的学者中，多数人认同陈与义属于江西诗派的观点，也有一些人持反对意见，两种观点相持不下，但前者是学界的主流观点。事实上无论从诗学理论主张，还是创作实践看，将陈与义纳入江西诗派都是比较牵强的。

第十一章　陈与义与江西诗派关系问题的由来

关于陈与义与江西诗派关系的争论由来已久，看似简单，涉及的问题却比较复杂，并不是能用"是"或"不是"一语可决的事情。其产生具有复杂的诗学和文化背景，经历了很长时间，直接关系到对陈与义和"江西诗派"诗人诗歌的创作情况、艺术风貌，以及江西诗派乃至宋诗的发展流变等问题的认识；同时，也牵扯到宋代不同学术派系纷争之影响下的唐宋诗之争。必须一一厘清，方可道其所以。

江西诗派是以吕本中所作的《江西诗社宗派图》而得名，后又不断地被扩充、演化，陈与义就是在江西诗派泛化的过程中被划入江西诗派的。

"江西诗派"之名源于吕本中的《江西诗社宗派图》，此作未见于吕本中本人流传下来的著作，原作很可能已经失传，但从宋人记述中可以略见其貌。最早记述吕本中《江西诗社宗派图》的是胡仔的《苕溪渔隐丛话》，其后有赵彦卫《云麓漫钞》、王应麟《小学绀珠》、刘克庄《江西诗派小序》等也对此有所记载，只是详略不同而已。《苕溪渔隐丛话》记云：

> 吕居仁近时以诗得名，自言传衣江西，尝作《宗派图》，自豫章以降，列陈师道、潘大临、谢逸、洪刍、饶节、僧祖可、徐俯、洪朋、林敏修、洪炎、汪革、李錞、韩驹、李彭、晁冲之、江端本、杨符、谢薖、夏倪、林敏功、潘大观、何觊、王直方、僧善权、高荷，合二十五人以为法嗣，谓其源流皆出豫章也。其《宗派图序》数百言，大略云：唐自李、杜之出，焜耀一世，后之言诗者，皆莫能及。至韩、柳、孟郊、张籍诸人，激昂奋厉，终不能与前作者并。元和以后至国朝，歌诗之作或传者，多依效旧文，未尽所趣。惟豫章始大出

而力振之，抑扬反复，尽兼众体，而后学者，同作并和，虽体制或异，要皆所传者一，予故录其名字，以遗来者。①

吕本中以黄庭坚的"法嗣"为取舍标准，建立了一个诗歌宗派，本名为"江西诗社宗派"派中的诗人实际上是一个具有相近的社会政治地位，共同的诗学与学术渊源，在诗歌创作上同作并和交往密切，而且推重黄庭坚，风格大体相近的诗人群体。这里吕本中没有把陈与义列入派中。

到了南宋，尤其是南宋晚期，诗派的成员名单不断得到增补，名称也出现了变化，始有"江西诗派"的说法，陈与义是否归于其中，论家各持己见。黄子默（黄升）等人就自称"江西后社"②。赵彦卫作《云麓漫钞》时，将吕本中归入了江西诗派。刘克庄在《茶山诚斋诗选序》中就说："山谷，初祖也；吕、曾，南北二宗也；诚斋稍后出，临济德山也。"他参照禅宗统序将吕本中、曾几、杨万里纳入了江西诗派，还为他们排定了次序。上文已多次提到刘克庄和刘辰翁都对陈与义的诗给予了很高的评价③，但他们两人并没有将其纳入江西诗派。杨万里也作《江西续派二曾居士诗序》，将曾纮、曾思父子续入江西诗派，称为"江西续派"。他在一首诗中评价陈与义说："诗宗已上少陵坛，笔法仍抽逸少关。"④ 从学杜的角度提出了"诗宗"之说，也没有说陈与义是江西宗派之"宗"。最早将陈与义列入江西宗派的是严羽，他在《沧浪诗话》中，从诗歌发展史的角度，"以时而论"，将宋诗划为"本朝体"、"元祐体"、"江西宗派体

---

① （宋）胡仔：《苕溪渔隐丛话》前集卷四十八，《四库全书》，文渊阁本。
② （宋）张孝祥：《于湖集》卷四十，《四库全书》，文渊阁本。
③ 刘克庄云："元祐后诗人迭起，一种则波澜富而句律疏，一种则锻炼精而性情远，要之不出苏黄二体而已，及简斋出，始以老杜为师。《墨梅》之类，尚属少作。建炎以后，避地湖娇，行万里路，诗益夫奇壮。……造次不忘优爱，以简洁扫繁褥，以雄浑代尖巧，第其品格，故当在诸家之上。"刘克庄：《后村诗话》前集卷二，中华书局1983年版，第26页。刘辰翁云："诗至晚唐已厌，至近年江湖又厌，谓其和易如流，殆不可与庄语，而学问为无用也。荆公妥帖排奡，时出经史，而体格如一。及黄太史矫然特出新意，真欲尽用万卷，与李、杜争能于一辞一字之顷，其极至寡情少恩，如法家者流。后山自谓黄出，理实胜黄，其陈言妙语乃可称破万卷者，然外示枯槁，又如息夫人绝世，一笑自难。惟陈简斋以后山体用后山，望之苍然，而光景明丽，肌骨匀称。古称陶公用兵，得法外意，以简斋视黄、陈，节亮无不及。则后山比简斋，刻削相似，矜持未尽去也。此诗之至也。吾执鞭古人，岂敢叛去，独为简斋放言？"或问："宋诗至简斋至矣，毕竟比坡公何如？"曰："诗道如花，论品则色不如香，论逼真则香不如色。"刘辰翁：《简斋诗笺序》，（宋）陈与义撰，吴书荫、金德厚点校《陈与义集》卷首，中华书局1982年版。
④ （宋）杨万里：《跋陈简斋奏章》，《诚斋集》卷二十四，《四库全书》，文渊阁本。

（山谷为之宗）"①，"以人而论"又将宋诗划为"东坡体"、"山谷体"、"王荆公体"、"邵康节体"、"陈简斋体"和"杨诚斋体"，并在"陈简斋体"后面注释曰："陈去非与义也，亦江西之派而小异。"② 严羽认为陈与义属于江西诗派，但其诗风与江西诗派又有"小"的差异。

在诗派成员增加的同时，立派的标准和宗派名称也发生了变化。孝宗淳熙年间（1174—1189年）程叔达（程帅）刊《宗派图》中诸家诗为《江西诗派》，后来刘克庄又编《江西诗小集》，有人便经常将"江西诗派"或"江西宗派"混用，来指称这一诗歌流派。南宋晚年论家所说的江西诗派，不仅包括吕本中所描述的宗派图中的诗人，也包括了"江西后社"、"江西续派"中的诗人。更值得注意的是，此时一些论家对江西诗派的标准，也与吕本中当时立派的标准发生了明显的变化。如胡仔就提出了"江西本亦学少陵者也"③的说法，将诗派的渊源上溯到了杜甫。杨万里说："江西宗派诗者，诗江西也，人非皆江西也。人非皆江西而诗曰江西者，何系之也？系之者何？以味不以形也……江西之诗世俗之作，知味者当能别之矣。昔者诗人之诗，其来遥遥也，然唐云李、杜，宋言苏、黄，将四家之外，举无其人乎？门固有伐，业固有承也。虽然四家者流，一其形，二其味，三其法者也。"④ 他与吕本中一样，也认同诗派的门户传承，与吕本中强调诗学渊源继承关系不同的是，杨万里主要强调诗派的艺术风格的趋同性。胡仔、刘克庄等人还批评吕本中的宗派图"选择弗精，议论不公"⑤。种种迹象表明，此时论家笔下的江西诗派虽然源于吕本中所说的"江西诗社宗派图"，但又与其有一定的差异。"江西后社"、"江西续派"等提法，也说明当时的部分论家已经意识到了这一点。

宋末元初的方回，进一步扩大了江西诗派的成员，也将陈与义纳入了江西诗派，并将其排在黄陈之后，吕本中和曾几之前，确立了陈与义在江西诗派中的地位。他在《次韵赠上饶郑圣予沂序》中将赵章泉（赵藩）、韩涧泉（韩淲）二人纳入了派中。⑥ 他评价陈与义诗歌的言论很多，要者有以下几条：

---

① （宋）严羽著，郭绍虞校释：《沧浪诗话校释》，人民文学出版社1961年版，第53页。
② 同上书，第59页。
③ （宋）胡仔：《苕溪渔隐丛话》前集卷四十九，《四库全书》，文渊阁本。
④ （宋）杨万里：《江西宗派诗序》，《诚斋集》卷八十，《四库全书》，文渊阁本。
⑤ （宋）杨万里：《跋陈简斋奏章》，《诚斋集》卷二十四，《四库全书》，文渊阁本。
⑥ （元）方回：《桐江续集》卷十五，《四库全书》，文渊阁本。

过江而后，吕居仁、陈去非、曾吉父皆黄、陈出也。①

黄陈二老诗，各成一家，未能有及之者，然论老笔名手，黄陈之外，江西派中多有作者，吕居人、陈简斋，其尤也。②

老杜诗为唐诗之冠，黄陈诗为宋诗之冠。黄、陈学老杜者也，嗣黄陈而恢张悲壮者，陈简斋也；流动圆活者，吕居仁也；清劲洁雅者，曾茶山也。七言律他人皆不敢望此六公矣。五言律诗，则唐人之工者无数，宋人当以梅圣俞为第一，平淡而丰腴，舍是则又有陈后山耳。此余选诗之条例，所谓正法眼藏也。③

简斋诗气势浑雄，规模广大。老杜之后有黄、陈，又有简斋，又其次则吕居仁之活动，曾吉甫之清峭，凡五人焉。④

呜呼！古今诗人，当以老杜、山谷、后山、简斋四家为一祖三宗，余可预配飨者有数焉。⑤

简斋诗即老杜诗也。予平生持所见以老杜为祖，老杜同时诸人皆可伯仲。宋以后山谷一也，后山二也，简斋为三，吕居仁为四，曾茶山为五，其他与茶山伯仲亦有之。此诗之正脉也，余皆傍支别流，得斯文之一体者也。⑥

方回认为陈与义出于黄、陈，将其在江西诗派中的地位列于黄、陈之后，吕本中、曾几之前。

清代的四库馆臣承袭了方回的说法，《四库总目提要》之《桐江续集》提要说："然观其集中诸文，学问议论一尊朱子，崇正辟邪，不遗余力。置其行而论其言，则可采者多，未可竟以人废其诗，端主江西，平生

---

① （元）方回：《孟衡湖诗集序》，《桐江续集》卷三十一，《四库全书》，文渊阁本。
② （元）方回：《桐江集》卷六《刘元辉诗评》，许总《宋诗史》，重庆出版社1997年版，第596页。
③ （元）方回选评，李庆甲集评点校：《瀛奎律髓汇评》卷一，上海古籍出版社2005年版，第42页。
④ （元）方回选评，李庆甲集评点校：《瀛奎律髓汇评》卷二十四，上海古籍出版社2005年版，第1091页。
⑤ （元）方回选评，李庆甲集评点校：《瀛奎律髓汇评》卷二十六，上海古籍出版社2005年版，第1148页。
⑥ （元）方回选评，李庆甲集评点校：《瀛奎律髓汇评》卷十六，上海古籍出版社2005年版，第591页。

宗旨，悉见所编《瀛奎律髓》中。"① 《四库全书总目提要》在评价《瀛奎律髓》时也说："大旨排西昆，而主江西，倡为一祖三宗之说，一祖者杜甫，三宗者黄庭坚、陈师道、陈与义也。"② 认为方回《瀛奎律髓》的宗旨是主江西诗派，方回所说的"一祖三宗"，就是江西诗派的"一祖三宗"。同书在评价《简斋集》提要中又云：

> 与义之生，视元祐诸人稍晚，故吕本中《江西宗派图》中不列其名。然靖康以后，北宋诗人凋零殆尽，惟与义文章宿老，岿然独存。其诗虽源出豫章，而天分绝高，工于变化，风格遒上，思力沈挚，能卓然自辟蹊径。《瀛奎律髓》以杜甫为一祖，以黄庭坚，陈师道及与义为三宗，是固一家门户之论。然就江西派中言之，则庭坚之下，师道之上，实高置一席无愧也。③

四库馆臣认为陈与义属于江西诗派中人，他们认为吕本中《江西诗社宗派图》没有收录陈与义的原因，是因为陈与义的年岁晚于黄、陈等人；陈与义的诗风源于豫章，但又能另辟蹊径，自成一家。同时，又对方回将陈与义列为"一祖三宗"的做法，以及将陈与义在诗派中的排名，颇有微词，认为其位置应该在陈师道之上。

综观以上论析可以看出，江西诗派由吕本中提出，经过不断的泛化，到方回时，成员增加了不少。其立派根据无外乎三点：一是认为江西诗派在实践创作上，推重黄、陈，并受到黄、陈的影响，与黄、陈在创作上具有前后继承关系。二是江西诗派有共同的诗学渊源——杜甫，杜诗是他们主要的诗学主张来源；三是诗风与江西诗派成员的诗风大致相同或相近。严羽和方回等人将陈与义纳入江西诗派的依据也不外乎以上三点。

现在学界对陈与义和江西诗派的关系，多数学者认同陈与义属于江西诗派，也认同是方回提出江西诗派"一祖三宗"的说法。几部影响比较

---

① （清）纪昀等：《四库全书总目提要》卷一百六十六，集部卷十九，中华书局1997年版，第2203页。
② （清）纪昀等：《四库全书总目提要》卷一百八十八，集部卷八，中华书局1997年版，第2631页。
③ （清）纪昀等：《四库全书总目提要》卷一百五十六，集部卷九，中华书局1997年版，第2097页。

大的文学史，包括游国恩主编的《中国文学史》，刘大魁的《中国文学发展史》，中国社会科学院孙望等人编写的《宋代文学史》等都持这样的观点。此外，一些学者的专著与论文如：莫砺锋《江西诗派研究》[①]、许总《宋诗史》[②]、吕肖奂《宋诗体派论》[③]、刘乃昌《两宋文化与诗词发展论略》[④]、胡明《关于陈与义诗歌的几个问题》[⑤]、胡守仁《论陈与义诗》[⑥]姚大勇《陈与义诗歌新论》[⑦] 等，虽然程度不同，但也持这样的观点。当然，也有一些学者反对将陈与义纳入江西诗派，如社会科学院文研所在20世纪60年代由余冠英主编的《中国文学史》就没有提到相关问题，说明他们对江西诗派持保留的态度。章培恒先生主编的《中国文学史》也说方回把"陈与义算作三大宗师，这是很牵强的说法。这一派真正的祖师还是黄庭坚，陈师道难以和他并列，而陈与义与江西诗派并不很相似"[⑧]。钱锺书先生认为"南宋末期，严羽说陈与义'亦江西诗派而小异'，刘辰翁更把他和黄庭坚、陈师道讲成一脉相承，方回尤其仿佛高攀阔人做亲戚似的，一口咬定他就是江西诗派，从此淆惑了后世文学史家的耳目"[⑨]。反对将陈与义纳入江西诗派。白敦仁也说，"自从方回论诗，把陈与义与杜甫、黄庭坚、陈师道拉在了一起，硬派作江西诗派的一祖三宗，人们也就习惯于把陈与义算作江西诗派诗人，这实际上是一种误会"[⑩]。邓红梅《陈与义诗风与江西诗派辨》一文[⑪]也反对把陈与义划入江西诗派。

总的来看，现代学界认为陈与义属于江西诗派者，基本承袭了方回等人的看法。而认为陈与义不属于江西诗派者，根据是说陈与义诗风和江西诗派有差异，不能将陈与义划入江西诗派，但仅凭这一点，还不能从根本

---

① 齐鲁书社1986年出版。
② 重庆出版社1997年出版。
③ 四川民族出版社2002年出版。
④ 山东大学出版社2005年出版。
⑤ 《中州学刊》1989年第2期。
⑥ 《江西师范大学学报》1987年第4期。
⑦ 《中国韵文学刊》2001年第1期。
⑧ 《中国文学史》，复旦大学出版社1997年版，第401页。
⑨ 钱锺书：《宋诗选注》，人民文学出版社1958年版，第133页。
⑩ （宋）陈与义著，白敦仁校笺：《陈与义集校笺前言》，《成都大学学报》（社会科学版）1990年第4期。
⑪ 邓红梅：《陈与义诗风于江西诗派辨》，《学术月刊》1994年第8期。

上推翻陈与义属于江西诗派的论断。陈与义是否属于江西诗派，还要从陈与义与江西诗派诗人的具体创作情况来判断。下面本书就主要从江西诗派立派的三个依据，即生平与实际创作交往、诗学主张、诗歌风貌三个方面，来澄清陈与义到底是否属于江西诗派。

第十二章　陈与义与江西诗派创作关系考索

"源流同出于豫章"（实际也包括陈师道）与"同作并和"是江西诗派立派的一个重要依据。换句话说，年岁晚于黄、陈的诗人，是否属于江西诗派，首先就应该看其在创作实践中是否推崇学习黄、陈，是否参与派中诗人的创作交往。这里我们先就此对江西诗派诗人和陈与义，以及以江西诗派后继者自居的吕本中、曾几，作一个粗略的考察[①]。

黄庭坚（1045—1105年），于仁宗嘉祐（1056—1063年）后期开始诗歌创作。神宗元丰三年（1070年），苏轼守徐州，黄庭坚寄诗书于苏轼，二人从此定交，逐步成为苏门文人群体最为重要的成员。此后，黄庭坚的诗歌创作也进入高峰，一直到哲宗元祐六年（1091年）黄庭坚居母忧归家守孝之前，都是黄庭坚诗歌创作的黄金时期，尤其是元祐年间，苏门诗人聚集京城，黄庭坚的创作更为活跃，他在诗坛上的地位也是在这一时期确立的，"黄庭坚体"主要指的是其这一时期的诗歌创作。[②] 绍圣元年（1094年）开始，新党对元祐党人实行严酷的禁锢，黄庭坚名列元祐党籍，先后谪居宣州、鄂州、黔州、戎州等地，他心灰意冷，将自己的书斋命名为"枯木庵"、"死灰寮"，再加上贬谪生活的束缚，创作也跌入了低谷。元符三年（1100年）黄庭坚被召回，此后也基本没有得到任用，老弱多病，"早衰气索"[③]，醉心佛禅，"万事不挂

[①] 本章关于苏轼和苏门诗人以及江西诗派诗人的生平与创作交友材料，主要来源于孔繁礼《三苏年谱》，北京古籍出版社2004年版。郑永晓：《黄庭坚年谱新编》，社会科学文献出版社1997年版。韦海英：《江西诗派诸家考论》，北京大学出版社2005年版。由于材料繁多，除了必要者之外，一般不再注释，谨此说明并致谢。

[②] 根据白政明《黄庭坚诗歌研究》（宁夏人民出版社1999年版，第167—168页）的统计，黄庭坚这一时期创作的诗歌共有1020多首，占他全部创作的2/3。

[③] （宋）黄庭坚：《寄苏子由书》，《黄庭坚文集·正集》卷十八，《四库全书》，文渊阁本。

眼，心洁似毗尼"①。大部分时间寓居鄂州，直到去世。

陈师道（1052—1101年）在江西诗派中位居第二，与黄庭坚并称"黄陈"。其早年的诗歌创作已经难以考索。现存诗集有编年者，始于元丰五年（1082年），这也是陈师道诗歌创作繁盛期的开始。元丰七年（1084年）始见黄庭坚，两人在创作中定交，开始学黄。元祐元年（1086年）陈师道经苏轼等人推荐进入馆阁，从此成为苏门成员，与苏门诗人有大量的唱和之作。元祐四年（1089年）苏轼外放杭州时，陈师道违反朝廷禁令前往拜见苏轼，一度被罢免，不久另授官职，元丰中期以后到元祐年间是其诗歌创作的高峰，绍圣元年（1094年）被罢官闲居徐州、曹州等地，建中靖国元年（1101年）去世。

潘大临（1060—1108年）家居黄州，一生三次应试都没有及第，布衣终生。其祖父、父亲和苏门交往较多，关系密切，黄庭坚和张耒分别为其祖父和父亲作墓志铭。元丰年间苏轼居黄州时，与潘大临父子兄弟多有唱和。元符年间大临赴京赶考，与黄庭坚有唱和。黄庭坚在《书卷壳诗轩候》中云："潘邠老蚤得诗律于东坡，盖天下奇才也。"② 指出了其早期的诗学渊源。元祐年间黄庭坚、张耒先后居黄州，潘大临与二人多有交往，唱和赠答也较多，与洪刍、江端礼、贺铸、何颛兄弟、徐俯、胡直儒、饶节、林敏功等人也有唱和交往。

潘大观，潘大临之弟，生卒不详，大致与其兄相仿。苏轼居黄州时，他曾和潘大临一同与苏轼游。元丰年间黄庭坚居黄州时，与潘大临一同从黄学。元祐四年（1089年）、五年（1090年）与何颛、洪刍、徐俯唱和，绍圣四年（1097年）张耒居黄州，二人与之游庐山。黄庭坚居戎州时，去黄州省张耒，二人又多与之从游。卒于大观二年（1108年）稍后，具体不详。

祖可，生卒不详，俗名苏序，丹阳人，苏坚之子，苏庠之弟。与惠洪、李彭、徐俯等人唱和，又与王铚等结庐山诗社。徐俯和刘克庄对他的诗评价较高。靖康以前已经不见其事迹材料。

谢逸（1068—1112年）临川人，两次应试不第，朱彦推荐也辞而不受，终生布衣。没有和黄庭坚有直接的交往，但黄庭坚通过洪刍等人，对

---

① （宋）黄庭坚：《陈荣绪惠示之字韵诗推奖过实非所取当辄次高韵》，（宋）任渊等注，刘尚荣点校《黄庭坚诗集注》，中华书局2003年版，第646页。

② （宋）黄庭坚：《山谷集》卷十二，《四库全书》，文渊阁本。

他的诗歌有点评。与汪革、王直方、李希声、吕本中、惠洪等人有创作交往。

洪刍（1066—1127?）江西诗人中的达者。24岁前就任黄州监酒官，25岁任黄州知录事参军。元祐六年（1091年）任黄州推官。绍圣元年（1094年）进士及第。元祐、绍圣年间与山谷交往很多，与王直方、谢逸、谢过等交往较多。建中靖国元年（1101年）于王蕃处访陈师道。"崇宁二年（1103年），坐元符上书邪下，降两官，监汀州酒税。崇宁三年（1104年）入元党籍，五年叙复宣得郎。"① 大观四年、政和元年与徐俯、张元干、洪炎、苏坚、苏子庠、潘子真、吕本中、汪藻、向子諲等人在南昌结诗社唱和。(《芦川归来集》卷九）靖康元年（1126年）由尚书郎迁左谏议大夫。建炎元年（1127年）因参与立张邦昌僭越一事被下狱，后被流放沙门岛而死。

饶节（1065—1129年）临川人，少年与谢逸友好，后又依潘大临。连年科举不第，居京城与王直方、夏倪游，结识洪氏兄弟。元符末（1101年）曾客曾布，上书请求参用苏黄，遭到拒绝，离去。崇宁二年（1103年）往宿州，与黎确、汪革拜入吕希哲门下，并结识吕本中，相与唱和。后出家在邓州为僧，不久还俗隐居，宣和元年（1119年）到二年再次出家，会徽宗毁佛，往杭州灵隐寺，晚年居襄阳天宁寺和邓州香严寺。元符年间曾从陈瓘学理学。

徐俯（1075—1141年），洪州人。因父亲在对西夏战争中战死，8岁就授通直郎，12岁转奉议郎。元祐、元符年间受到黄山谷赏识，得到其道德文章的指点。崇宁元年（1102年）和韩驹、陈瓘从游唱和，被列为元符上书邪下。崇宁二年与王直方等在京师聚会唱和。大观元年（1107年）、政和元年（1111年）参加江西诗派南昌唱和。崇宁到政和年间一直担任宫观官。宣和五年（1123年）任吉州通判。靖康元年（1126年）入京师任尚书员外郎，反对张邦昌僭位辞职，后开始逃难。绍兴元年（1131年）召赴行在，第二年任右谏议大夫。绍兴四年（1134年）签枢密院事兼权参知政事，同年四月因与赵鼎的政界分歧被罢免，提举临安府洞霄宫，与僧人有较深的交往。绍兴十一年（1141年）卒于饶州。曾受学于杨时、陈瓘等理学传人。

---

① （宋）陆心源：《元祐党人传》卷八《洪刍传》，《续修四库全书》本。

洪朋（约1065—1102年），布衣。三洪、徐俯都是黄庭坚的外甥。他得到黄的指导，与山谷、饶节、王直方、谢逸等人有唱和。

汪革（1071—1110年）临川人，27岁即绍圣四年（1097年）进士及第，任潭州教授，得张顺民（张云叟）的重视。崇宁初，任宿州教授，师事吕希哲，与吕本中、饶节等人结社唱和。崇宁初在符离与张耒也有交往。大观元年（1107年）入京师任宗子教授，与晁说之等游，不愿与蔡京合流，崇宁二年（1103年）主动要求改任处州教授，与吕本中、洪炎等人相会，与谢逸、谢过有唱和。绍圣年间曾从吕希哲门下，元符三年（1100年）从学陈瓘。

谢薖（1074—1117年），两次应考不第，终生布衣。与洪刍、潘大临、王直方、吕本中、汪革、李彭有唱和。绍圣年间二谢曾于吕希哲处问学，崇宁、大观年从陈瓘学理学。

洪炎（1067—1133年），大致在绍圣元年（1094年）洪炎第三次参加进士考试及第，知颖上县，有政绩。大观年间，参与江西诗派南昌诗社唱和，后迁著作郎、秘书监。宣和六年坐元祐曲学罢官。绍兴二年（1132年）起用为秘书少监、秘阁修撰。绍兴三年转中书舍人，同年因病提举万寿观，卒于信洲。

韩驹（1080—1135年），仙井监人（四川仁寿县），又称陵阳先生，晚年居临川，号北窗居士。韩驹的父亲与苏黄有较深的交情。绍圣四年（1097年）到元符三年（1100年）游泰州与葛次仲交往较多。建中靖国元年（1101年）、崇宁元年（1102年）与陈瓘游（陈瓘同年除右司员外郎兼权给事中，也在同年被贬泰州），有唱和。崇宁五年（1106年）赴颖昌（河南许昌）从苏辙学。苏辙有《题韩驹秀才诗卷一绝》夸赞其诗学："唐时文士例能诗，李杜高深得到希。我读君诗笑无言，仿佛重见储光羲。"大观元年（1107年）到大观四年入太学。政和元年，以献颂补假将仕郎，召试舍人院，赐进士出身，除秘书省正字。他此时还与王黼有交往。针对当时经义盛行而文章不足尚的现实，上书论文章的重要性。政和二年（1112年），坐苏学，请监华州蒲城县市易务。政和六年（1116年）被赦还朝，第二年任著作郎。政和八年出知洪州份宁县，与李彭有交往。宣和元年，与惠洪交于分宁云岩寺，还与宗杲游。宣和二年（1120年）还朝为著作郎，有对蔡京的献谀诗。第二年与当时在馆的另一江西诗人李镎有交往唱和。宣和五年（1123年）除秘书少监，宣和六年迁中书舍人。

坐乡党曲学提举江州太平观。七年除守和州。靖康元年授中书舍人。不久因蔡攸的关系出知南京（治所在商丘），又移黄州、蔡州。建炎元年（1127年），高宗即位，除知江州，辞而未受。本年与第二年寓居金陵，与知江宁的赵明诚有创作交往，与宗杲和尚相会于金陵。建炎四年到江西洪州，与僧圆悟及其弟子大慧宗杲有交往。绍兴元年（1131年）寓居临川，绍兴二年（1132年）与聚居临川的曾纡等唱和交往。绍兴三年（1133年），汪藻以龙图阁学士之扶川与韩驹相会，两人有创作交往，并与徐俯有唱和，与范季随亦有交往；吕本中由桂林来临川，两人就《江西诗社宗派图》有过探讨。韩驹与宗杲和尚有很深的禅学交往。绍兴五年（1135年），韩驹卒于抚州。崇宁元年（1102年）曾从陈瓘学，被黄庭坚称赞。

　　李彭，生卒不详，南康建昌人。祖父李常乃黄庭坚舅父。其父亲李秉彝在元丰年间和黄庭坚、秦观、苏轼等有交往。元祐八年（1093年）、九年（1094年）间，少年的李彭见苏轼，请为父亲写墓志。建中靖国元年（1101年）苏轼北归，李彭从游庐山。崇宁间流寓东南，崇宁元年（1102年）与黄庭坚会于庐山西林寺。宗宁二年（1103年）与胡直孺会于金陵。大观三年（1109年），与谢薖在昏海见面，大观四年（1110年）与徐俯等人在南昌结社。政和三年（1113年）、四年（1114年）间在临川与谢过、季端卿交往。政和、宣和年间与宗杲、韩驹等人交往。另外，李彭与惠洪也有交往。

　　何颙（1073—?）黄州人。少年便结识苏轼，元丰年间苏轼据黄州，得到苏的教诲。元祐初年在京师从学于陈师道、黄庭坚，后回到黄州。元祐年间，洪刍在黄州作酒正，与二何有交往；元祐七年（1092年）洪羽娶二何妹妹。元祐六年（1092年）、七年（1093年）黄庭坚在黄州居丁母忧，与何颙书信中云："观斯举诗句，多自得之，他日七八少年，皆当压倒老夫，但须得忠孝友信，深根固蒂，则枝叶有光辉矣。"[①] 崇宁年间何颙从张耒、黄庭坚交往较多。绍圣四年（1097年）张耒贬黄州酒税，徽宗即位起用为黄州通判，直到建中靖国元年（1101年），召为太常少卿回京，其间多与何颙往来。崇宁元年（1102年），黄庭坚在黄州，二何与潘大临兄弟拜见山谷。崇宁元年张耒贬房州别驾，黄州安置直到崇宁五年

[①]（宋）黄庭坚：《山谷集》卷十六《答何斯举书四》，《四库全书》，文渊阁本。

（1106年），期间何颙又与张耒有较多的交往，与潘大临、李彭也有较多的交往。靖康年间与南渡初年学和居黄州的韩驹有较多交往。高宗绍兴十二年（1142年），黄州重修东坡学堂，何颙作上梁文，此后不久便去世。

　　王直方（1069—1109年）开封人。元祐年间，与苏、黄等人开始交往。王家有园林在汴京东南，并蓄有一班歌姬，多有文人雅集会饮。元祐元年（1086年）苏黄、张耒、晁补之先后入京，秦观也入京应试。他们经常在王家宴饮，王直方父亲与苏门交谊深厚，王直方在此期间向苏黄请教学问。元祐四年（1089年）苏轼出知杭州，王直方曾欲到杭州造访，可见对苏轼的仰慕与交谊之深。元祐年间黄庭坚与王直方父子的书信20多封，赠答诗十多首。同时他与张耒、陈师道、秦观兄弟都有创作往来。绍圣元年（1094年）王直方任怀州酒税，改冀州籴官，很快就辞官归家，期间曾寄书吕希哲参问学术。同年苏轼贬谪惠州，黄庭坚被贬谪黔州，王直方与他们还有密切的书信来往，绍圣年间在苏黄作品遭到禁毁的时候，王还保存他们的作品。绍圣年间与洪朋、洪刍、徐俯、潘大临等活跃诗坛的人交往甚多，多次与江西诗人聚会在京师。崇宁五年（1106年）得风痹，直到去世。

　　善权，生卒年不详，洪州人，本姓高，洪州诗礼大户，多居庐山。与惠洪、苏庠、饶节、谢逸、李彭、韩驹等有唱和。与祖可、如璧齐名，称为"三诗僧"。

　　林敏功，履历不详，约卒于南渡初年。十几岁乡试落第后隐居，两次受诏不仕。与夏倪、饶节、谢逸、李彭、潘大林有唱和。靖康以后没有资料记录。

　　林敏修，生卒年不详。林敏功之弟，终生不举进士，与兄比邻而居。兄弟两人与理学人士有很深的友谊。靖康前已没有记录。

　　李錞，生卒年不详，豫章人，父亲元符三年（1100年）入元祐党籍。本人官秘书丞，后弃官归家。与米芾、李秉彝、李鹰等诗人为友。绍圣年间与王直方有诗交，宣和年间与韩驹有唱和，谢逸也和他有赠答。

　　夏倪，（？—1127年）字均父，蕲州人。以宗女夫入仕，青年有功业理想，元符年间上书徽宗言国事。与王直方、饶节、林敏功、潘大临惠洪有交往。宣和元年谪居祁阳（湖南），崇尚陶诗。吕本中称其为友，当和吕本中有交往。

　　晁冲之，（？—1126年）开封人，与晁补之为兄弟。绍圣年间因元祐党关系被谴谪，隐居茨山。元符年间复出，又与恩师陈师道遇。做过县令，但多数时间隐于故居。晁氏的外甥陆宰（陆游之父）曾与之游。他与王直方、江端本为好友。政和年间与吕本中相识于京城。后批评宣和朝政，靖康元年（1126年）金军败宋军于宁陵，晁冲之上吊殉国。诗学源于后山，专学老杜，诗风清壮。从兄晁说之学理学，同时，与江端本、汪革、徐俯、夏倪、王直方、潘大临、洪炎等也有唱和交往。

江端本，生年不详，卒于绍兴年间，开封人。出身文学世家，与兄弟端友、端礼都擅诗，与晁家友好。他与晁冲之从小为好友。元祐年间和父兄与苏门有交往。元符年因不满章惇迫害元祐党人不赴举，徽宗即位补河南府助教，后出通判温州，靖康避乱湖州，绍兴元年知光州不赴，被停官主管临安洞霄宫。

杨符，生卒年不详，曾任北海簿。参加过崇宁二年（1103年）江西诗派在王直方家聚会，与饶节吕本中等人有交往。

高荷，江陵人，建中靖国元年（1101年）与黄庭坚相遇江陵，以诗上黄庭坚，表达对黄的钦慕得到黄赏识。晚年为童贯客，为其平燕作赞歌，卒于河北任上。

吕本中（1085—1145年）元祐党魁吕公著之曾孙，吕希哲的孙子。元祐年授承务郎，因曾祖和程颐关系密切，又受程颐教导。绍圣元年（1094年）坐元祐党夺官，与父转怀州、和州等地。徽宗即位恢复承务郎，并与陈师道有交往。崇宁元年（1102年）坐元祐党寄居宿州，与徐俯以及投入吕希哲门下的汪革、黎确、饶节、二谢唱和交游。大观二年（1108年）到四年（1110年）居符离，与洪炎、徐俯相识，并与徐俯为核心的淮南诗人进行大规模的唱和。政和元年（1111年）、二年（1112年），游京师，与晁冲之等人产生交谊。到扬州后，结识程门高足杨时、陈瓘，从元祐名臣马涓、任伯雨游。政和五年（1115年）任济阴主簿，政和七年（1117年）与向子諲等相约归隐。此时宗派中几位重要人物去世，关系松散，同作并和的盛况不再。宣和年间，吕本中任微官，居京城一带。靖康之变时，写了一些纪实的"史诗"性的作品。建炎中吕本中逃难涉东南、西南等地，建炎三年（1129年）居桂林一年多，绍兴二年（1132年）北返，绍兴三年（1133年）在岭南与夏倪论诗，阐述活法。当年返回临川，收集故人子弟共学，与韩驹等人唱和，收门生曾季貍，同年授员外郎，不久即辞官，到福州，与张元干、宗杲、范燎等人交游，收福建弟子林子奇等人。绍兴六年（1136年）到临安为起居舍人，兼权中书舍人。七年（1137年）辞官，又因赵鼎推荐，任中书舍人、兼侍讲、兼权直学士，兼史馆修撰。绍兴八年秦桧以依附赵鼎将其落职。晚年寓居信州茶山广教寺，与曾几、刘勉子等人交游，绍兴十五年（1145年）卒。崇宁年间从学杨时，政和年间从学陈瓘。

曾几（1084—1166年）号茶山居士。其舅父孔武仲等与苏轼交谊深厚。北宋末，曾几在京城任辟雍教授、校书郎等职。靖康初，任淮南东路茶盐公事等职务。绍兴八年（1138年）因反秦桧与金议和被罢免，闲居上饶七年多。绍兴二十五年（1155年）又起用，知台州，后除秘书监、礼部侍郎。隆兴二年（1164年）致仕。曾向韩驹学诗，又与徐俯有过交游，推崇杜甫、黄庭坚与陈师道，直接影响陆游等人。

综合考察吕本中列入图中的二十五人，黄庭坚与陈师道年龄相差8岁，他们又同是苏门诗人群体的重要成员，两人创作高峰也基本在元丰到元祐年间，在江西诗派中年岁最长，又是派中很多人推重的对象，对很多人的创作有过指导，无论从年岁和创作都可以看作是同时代人。

派中其余成员，除了韩驹出生于元丰三年（1080年），年岁较小外，有年龄可考者，均出生在嘉祐五年（1160年）到熙宁八年（1175年），大多比黄庭坚小20多岁，比陈师道小15岁左右，属于黄陈的晚辈，与黄陈属与两代人。他们之间年龄相差不过15岁，主要生活在哲宗与徽宗两朝，除了韩驹、徐俯、何顗、江端本四人外，余人在南渡前基本都去世（生卒不详者，在南渡后没有事迹与创作记录），基本可以看作是同代人。他们在诗歌创作中或直接或间接受到黄陈的影响[①]。黄陈在与他们的创作交往中，也有意对他们进行栽培奖掖，尤其是黄庭坚常常以导师的身份自居，指导后学。黄庭坚在《书倦壳轩诗后》中的下面一段话，将他和江西宗派诗人的交往和对后学的指导，说得更为集中。

> 潘邠老蚤得诗津于东坡，盖天下奇才也。予因邠老故识二何，二何尝从吾友陈无已学问，此其渊源深远矣。洪氏四甥，才器不同，要之皆能独秀于林者也。师川亦予甥也，比之武事万人敌也。因五甥又得潘延之之孙子真，虽未识面，如观虎皮，知其啸于林而百兽伏也。

[①] 本书第一章写北宋末年诗坛时也对此有描述，可参看。

夫九人者，皆可望以名世，子犹能阅世二十年，当见服周穆之箱绝尘万里矣。

这段话不仅道出了黄庭坚与江西宗派中诗人广泛的交往，还道出其对他们的奖掖与提携之意。黄庭坚还有很多写给徐俯、韩驹等人的信，对他们的创作有过很具体的指导。后学者在创作实践中，也确实走了黄庭坚指导的路子，吕本中说他们"所传者一"，方回说他们"嗣黄陈"确实属于事实。在与黄陈等人创作交往的同时，派中诗人相互之间的创作交流亦非常密切，这种交往早在元丰、元祐年间就已经开始，上面所引黄庭坚的《书偓佺轩诗后》的一段话，就是黄庭坚为四洪、徐俯等人，在元祐四年（1089年）、五年（1090年）一次唱和诗集后的鼓励之言。徽宗崇宁年间黄陈去世之后，他们的创作交往更为密切，在徽宗大观与政和年间前期达到了极盛。江西宗派诗人就成了诗坛的主导力量，他们的创作也达到了高峰，相互之间同作并和，形成了几个相对集中的创作中心：一个是以三洪、徐俯等人为主导的南昌，一个是以二谢、王革等人为中心的临川，还有一个就是以二潘、二何为主导的黄冈。此外，元祐诗人曾经常聚会的京城王直方家，也是一个比较重要的聚会唱和之地。几个地方的诗人经常流动，唱和频繁，一次唱和常常往复十几次，是此时诗坛最值得关注的现象。对此，伍晓曼曾经有过详细的考述，可以参看。①

吕本中虽然只是从诗歌创作的角度立派，其实，派中人之间还有极强的学术渊源关系与血缘伦理关系。他们中的很多人，都曾从学于当时著名的理学家吕公著、陈瓘等人，相互之间有深刻的理学渊源，同时，他们还有很强的禅学渊源。如黄庭坚与其中的很多人又是禅宗黄龙派的弟子。黄庭坚是禅宗黄龙派晦堂祖心的得法弟子；晦堂祖心弟子灵源惟情又是徐俯的开法老师；李彭又是晦堂祖心弟子展堂文准的俗家弟子，和他交往的禅家弟子有十多人②，吕本中自己在他的《师友杂记》等著作中也有很多这方面的记录。从人类心理学的角度看，这种广泛的师友关系，更能使派中的成员相互认可。吕本中的《江西诗社宗派图》序言中强调"同作并和"与"所传者一"，就是强调派中成员之间在诗歌创作中的师友关系。清人

---

① 伍晓曼：《江西宗派研究》，巴蜀书社2005年版，第153—163页。
② 具体名单见伍晓曼《江西宗派研究》第135页注释一，巴蜀书社2005年版。

张泰来在《江西诗社宗派图录跋》中就说:"居仁作图,名虽为诗,意实不专主诗……后人舍立身行己不论,仅举有韵之言,称为宗派诗人而已。嗟乎!几何不以吕公论世尚友之旨大相径庭也哉!"[①] 也强调宗派成员之间的师友关系。

由此可以看出,江西诗派是大致生活在同一时代的,具有包括诗学渊源关系在内的多种渊源关系的诗人群体。而陈与义和派中诗人群体,根本没有以上关系。

就年龄看,陈与义出生在元祐五年(1190年),与江西诗派中人大多相差20岁以上,与诗派开宗人物黄庭坚年龄相差更大,黄比他年长45岁,陈师道也比他年长38岁之多。应该说,陈与义与江西诗派中的大部分成员是前后相邻的两代人,而他与黄陈则属于隔代人。

就创作实践看,黄陈的创作期从宋英宗治平年间就已经开始,其创作高峰是在神宗元丰到哲宗元祐年间,到哲宗绍圣年间陈与义出生时,黄陈的创作已经进入了衰落期,黄、陈的传人江西诗派已经逐步进入了创作高峰。到徽宗政和三年(1113年)陈与义登上诗坛时,陈师道已经辞世十四年,黄庭坚也离世了八年,他们的传人的创作虽然还较多,但创作巅峰(大观年间)也即将过去。当南渡前后陈与义进入创作高峰时,黄陈的传人江西诗派的主要成员也大部分都已离世。陈与义与派中人物的交游唱和也极少,据《全宋诗》看,他集中只有一首写给吕本中的诗,还是在南渡之后。他在开德府、汝州期间也与葛胜仲等人有过较多的唱和,但与江西诗派中的其他成员都没有创作交往。实际上陈与义走上诗坛之前,黄庭坚被贬谪在西南,陈师道寓居于徐州、曹州等地,他们的后学创作也活跃于江西一带,而陈与义基本生活在京洛一带,巨大的年龄差和相去甚远的地域差,使他们根本没有交往的机会。

再者,在对待开派之宗黄庭坚的态度上,陈与义与派中诗人也有巨大差异。派中绝大多数诗人包括陈师道在内,奉黄庭坚为圭臬。而陈与义对黄庭坚,甚至是与派中有极强诗学渊源的苏门诗人却颇有微词。

    近世诗家知尊杜矣,至学苏者乃指黄为强,而附黄者亦谓苏为

---

① (清)张泰来:《江西诗社宗派图录》,傅璇琮编《黄庭坚和江西诗派资料汇编》下册,中华书局1978年版,第462页。

肆。要必识苏黄之所不为，然后可以涉老杜之涯矣。此简斋陈公之说云尔。①

　　陈与义批评苏轼诗过于放纵，有不守规矩之嫌疑，而黄庭坚又过分强调规矩，过分刻削，对黄庭坚和苏轼的诗风颇为不满，表现出要在苏黄之外另辟蹊径的创作主张。可见陈与义并不像江西诗派中人那样推重黄庭坚，在某种意义上，他对黄庭坚的态度正好与江西诗派众人相反。

　　至于江西诗派诗人之间所具有的理学渊源、禅学渊源、地域渊源，以及血缘伦理关系，陈与义和派中诗人更是扯不上少许关系。陈与义与派中成员之间的差异不仅存在于比他年龄大的诗人之间，即使是与他年岁大致相当，被后来补入江西诗派的吕本中、曾几两人，亦同样存在。因此，就江西诗派立派的第一个标准来看，陈与义无疑不属于江西诗派。至于将陈与义列为江西诗派的"一祖三宗"之中，那更是无稽之谈，江西诗派中无一人曾学过陈与义，更重要的是在陈与义登上诗坛的时候，江西诗派中的谢逸、谢薖、洪朋等人已经离世，当陈与义创作进入成熟期后，派中诗人已经是凋落大半。将一个年龄相差悬殊的后代诗人给前辈作"祖宗"，甚至是给死人作"祖宗"，岂不荒谬？

---

　　① （宋）晦斋：《简斋集原引》，（宋）陈与义撰，吴书荫、金德厚点校《陈与义集》卷首，中华书局1982年版。

第十三章　陈与义与江西诗派
诗学主张比较

　　陈与义和江西诗派诗人都没有系统的诗学理论著作，其诗学主张主要体现在对前代诗人的继承和学习上，杜甫是他们共同效法的典范，学杜比较集中地体现了他们的主要诗学思想和诗学渊源，以至于学杜被方回视为江西诗派的不二之法门，他在论到江西诗派时，不厌其烦地强调这一点。

　　　　老杜诗为唐诗之冠，黄陈诗为宋诗之冠。黄、陈学老杜者也，嗣黄陈而恢张悲壮者，陈简斋也；流动圆活者，吕居仁也。①
　　　　简斋诗气势浑雄，规模广大。老杜之后有黄、陈，又有简斋，又其次则吕居仁之活动，曾吉甫之清峭，凡五人焉。②
　　　　简斋诗即老杜诗也。予平生持所见以老杜为祖，老杜同时诸人皆可伯仲。宋以后山谷一也，后山二也，简斋为三，吕居仁四，曾茶山为五，其他与茶山伯仲亦有之。此诗之正脉也，余皆傍支别流，得斯文之一体者也。③
　　　　独黄双井专尚少陵，秦晁莫窥其藩，张文潜自然有唐风，别成一宗。惟吕居仁克肖，陈后山弃所学，学双井。黄致广大，陈极精微，天下诗人北面矣。立为江西派之说者，铨取或不尽然，胡致堂诋之。乃后陈简斋、曾文清为渡江之巨擘。④
　　　　东坡暗合太白，惟山谷法老杜，后山弃其旧而学焉，遂名黄陈，

---

　　① （元）方回选评，李庆甲集评点校：《瀛奎律髓汇评》卷一，上海古籍出版社2005年版，第42页。
　　② （元）方回选评，李庆甲集评点校：《瀛奎律髓汇评》卷二十四，上海古籍出版社2005年版，第1091页。
　　③ （元）方回选评，李庆甲集评点校：《瀛奎律髓汇评》卷十六，上海古籍出版社2005年版。
　　④ （元）方回选评：《送罗寿可诗序》，（元）方回《桐江续集》，《四库全书》，文渊阁本。

号江西派，非自为一家也，老杜实初祖也。①

以上种种言论可以看出方回认定江西诗派的基本依据，他的"一祖三宗"也正是在这种认识基础上提出的，这也是方回将陈与义纳入江西诗派的最主要原因。

杜甫的确是陈与义和以黄陈为首的江西诗派诗人共同取法的对象，学杜也能比较集中地反映陈与义和黄陈等人的诗学主张和诗学渊源。陈与义和江西诗派诗人对博大精深的杜诗，所继承的艺术因素有相同之处，但不同之处更多。

我们先来看江西诗派诗人是如何学杜的。江西诗派学杜集中体现在黄庭坚和陈师道身上，派中其他诗人是通过黄陈间接学杜，黄庭坚学杜基本能反映江西诗派学杜的门径。黄庭坚学杜主要包括两个方面：一是认同杜甫忧国忧民的儒者情怀；二是学习继承杜甫的诗法技艺。

黄庭坚早年肯定杜诗表现出来的儒者情怀，其中最主要的就是杜甫一饭不曾忘君的忠义思想，但是肯定并不意味着他能把杜甫的这种人格精神融入其创作中。黄庭坚在《老杜浣花溪图引》云："拾遗流落锦官城，故人作尹眼为青。碧鸡坊西结茅屋，百花潭水濯冠缨。故衣未补新衣绽，空蟠胸中书万卷。探道欲度羲皇前，论诗未觉国风远。……愿闻解鞍脱兜鍪，老儒不用千户侯。中原未得平安报，醉里眉攒万国愁。生绡铺墙粉墨落，平生忠义今寂寞。"称赞杜甫在颠沛流离中，仍然不忘忧国忧民的忠义情怀及其诗歌关注现实的风雅精神。黄庭坚还称赞杜诗"国风纯正不欹斜"，能做到"千古是非存史笔，百年忠义寄江花。"（《次韵伯氏寄赠盖郎中喜学老杜之诗》）他早年的诗歌作品如《流民谈》、《呼号南山》、《按田》等，确实体现了杜甫三吏、三别那种忧国爱民的情怀。但黄庭坚进入诗歌创作的高峰期后，这样的作品几乎消失殆尽，而当时正是北宋走向灭亡，社会政治最为腐败、民不聊生的时候，可在他此时的诗中几乎找不到反映国计民生的作品，没有了杜诗那种至死不渝的浓烈的爱国爱民思想。同时，黄庭坚的诗学思想也有了重大的变化，他在《胡宗元诗集序》中说："士有抱青云之器，而陆沉林皋之下，与麋鹿同群，与草木共尽，

---

① （元）方回选评，李庆甲集评点校：《瀛奎律髓汇评》卷一，上海古籍出版社2005年版，第18页。

独托于无用之空言,以为千岁不朽之计,谓其怨邪,则其言仁义之泽也,谓其不怨邪,则又伤已不见其人,然则其言不怨之怨也。"这里黄庭坚强调诗歌要抒发"不怨之怨"的情怀。他在《书王知载朐山杂咏后》中将这种诗学思想阐发得更加明白:

> 诗者,人之情性也。非强谏争于廷怨,忿诟于道,怒邻骂坐之为也。其人忠信笃敬,抱道而居,与时乖逢,遇物悲喜,同床而不察,并世而不闻,情之所不能堪,因发于(为)呻吟调笑之声,胸次释然,而闻者亦有所劝勉,比律吕而可歌,列干羽而可舞,是诗之美也。其发为讪谤侵陵,引颈以承戈,披襟而受矢,以快一朝之忿者,人皆以为诗之祸,是失诗之旨,非诗之过也。

黄庭坚认为诗本质上是一种抒情文体,而这种情感是受理性约束,符合儒家诗教,含蓄而不怒张的情感,即黄庭坚自己所说的"不怨之怨",反对将诗歌作为政治讽谏的工具。"闻者亦有所劝勉",强调诗歌的感化功能;"比律吕而可歌,列干羽而可舞,是诗之美也。"又强调诗歌要符合格律规范,涉及诗歌的审美功能。他批评苏轼之诗"好骂"的缺点也大致体现了类似的创作主张。在创作实践中也极少有涉及现实政治的作品,就连他所说的要有所"劝勉"的作品也不多。这固然是严酷党争中的一种心态,但他的实际创作已经失去了先前称赞杜诗的那种风雅精神。

不仅如此,他还主张从内心和书本去寻找创作素材,走上了与杜甫风雅精神和关注现实精神背道而驰的路子。

> 但须勤读书,令精博,极养心,使纯静。根本若深,不患枝叶不茂也。
>
> ——《与济川侄帖》
>
> 词意高胜,要从学问中来。尔后来学诗者,时有妙句,譬如合眼摸象,随所触体得一处,非不即似,要且不是,若开眼则全体见之,合古人处,不待取证也……读书要精深,患在杂博。因按所闻,动静念之,触事辄有得意处,乃为问学之功。文章惟不构空强作,待遇境而生,便自工耳。
>
> ——《论作诗文》

寄诗语意高重,数过读不能去手,继以叹息。少加意读书,古人不难到也。诸文亦皆好,但少古人绳墨耳。可更熟读司马子长、韩退之文章。

——《答洪驹父书三首》

黄庭坚重视诗人的心性与品格修养和诗人的学术修养,强调从内心和书本去寻找诗材,他指导给后学"夺胎换骨"、"点铁成金"的作诗路径,就是他这种诗学主张的具体体现,这种理论和杜诗关注现实政治和现实人生的风雅精神无疑是越走越远了。

在创作实践中,黄庭坚主要继承的是杜诗精妙的诗法。他在指导后学时,反复地要求他们效仿杜甫夔州后的诗作。

所送新诗皆兴寄高远,但语生硬不谐律吕,或词气不逮初造意时,此病亦只是读书未精博耳。长袖善舞,多钱善贾,不虚语也。……好作奇语自是文章病,但当以理为主,理得而辞顺,文章自然出群拔萃。观杜子美到夔州后诗,韩退之自潮州还朝后文章,皆不烦绳削而自合矣。

所寄诗多佳句,犹恨雕琢功多耳,但熟观杜子美到夔州后古律诗,便得句法简易,而大巧出焉。平淡而山高水深,似欲不可企及。文章成就更无斧凿痕,乃为佳作耳。

——《与王观复书》

自作语最难,老杜作诗,退之作文,无一字无来处。盖后人读书少,故谓韩杜自作此语耳。古之能为文章者,真能陶冶万物,虽取古人之陈言入于翰墨,如灵丹一粒,点铁成金也。

——《答洪驹父书》

这是论者经常使用的几段黄庭坚学杜的材料①,体现了他学杜的重点。一是强调学杜甫晚年"不烦绳削而自合"、"平淡而山高水深"那样的老成风格。二是学杜诗"以理为主","理得而辞顺","句法简易,而

---

① 其中也论及学韩,从黄庭坚的与义看,这里所说的学韩,主要是学韩愈的作文之道,故在下文的分析中,不论及韩愈。

大巧出焉",达到不见刀斧雕刻的地步,方是最高境地。三是强调多读书,加大积累,才能把握学习杜甫融会前人诗句的方法。这些都侧重对杜甫高妙诗歌技法的继承。因此,黄庭坚的诗在艺术上往往得到杜诗的精髓,但因缺少像杜诗那样深厚的思想内容,他的诗中极少有老杜那样沉雄浑厚的作品。当然,黄庭坚诗歌内容的狭窄和当时激烈的党争文禁有极大的关系,不单是诗人主观审美取向造成的,但事实毕竟是不可改变的。

陈师道推重黄庭坚,在学杜上基本走的是黄庭坚的路子。他也主张学杜,认为杜甫是诗歌艺术的集大成者。"诗欲其好则不能好矣,王介甫以工,苏子瞻以新,黄鲁直以奇,而子美之诗奇、常、工、易、新、陈莫不好也。"[①] 将北宋大家尽掩于杜诗艺术光辉之下,认为杜诗"有规矩故可学"[②]。具体学杜的途径上,他主张由韩愈和黄庭坚入手学杜。"黄诗韩文有意,故有工;夫老杜则无工矣。然学者先黄韩,不由黄韩而为老杜,则失之拙易矣。"即由有意为工,达到超越法度,达到无意为工。总观陈师道对杜诗的评价,基本没有涉及杜诗思想内容者,他和黄庭坚一样,仍然侧重学习艺术手法,他的诗也极少有杜甫那样浓烈的仁民爱物的情怀。

在黄、陈,尤其是黄庭坚的影响下,再加之党锢文禁的制约,江西诗派诗人在学杜上大多走的是黄、陈的路子。吕本中作为江西诗派后期最重要的人物,论诗很少提及杜甫,谈的较多的是对苏黄的继承。《四库全书总目提要》就说他"著《童蒙训》极论诗文必以苏黄为法。"他论诗也讲究法度,他提出的著名的"活法"就是承接了黄庭坚的诗法而来。他在与朋友论诗也表现出对法度的重视。如《次韵吉父见寄新句》"词源久矣多歧路,句法相传共一家。良贾深藏宜有待,大圭可宝在无瑕。长江渺渺看秋注,孤鹜悠悠伴落霞。盛欲寄书商榷此,岭南不见雁行斜。"诗中对曾几的句法表示高度称赞,并说曾几和自己所传的句法是一家,还希望能与他共同探讨作诗的句法。显然他这种思想受到黄庭坚很大的影响,却看不出对杜甫有什么继承。以江西诗派的继承者自居的曾几也十分尊崇老杜。他曾经说:"老杜诗家初祖,涪翁句法曹溪。尚论渊源师友,他时派列江西。"(《李商叟秀才求斋名于王元渤,以"养源"名之,求诗》之

[①] (宋)陈师道:《后山诗话》,吴文治主编《宋诗话全编》第二册,凤凰出版社1998年版,第1019页。

[②] 同上书,第1017页。

二）曾几论诗，也推崇老杜，曾经说："华宗有后山，句律严七五。豫章乃其师，工部以为祖。"（《次陈少卿见赠韵》）这里他不仅表现出对老杜极大的尊崇，还建立起了杜甫—黄庭坚—陈师道，以及他自己，这样一个诗学传承体系，和后来方回所建立的"正脉"、"一祖三宗"①说已经十分相近。从他的言论中也可以看出，其所推崇老杜的也正是句法、句律等艺术手法、艺术形式等方面，而没有论及杜诗广博的情怀。

陈与义和黄庭坚一样也对杜甫十分敬仰，他和黄庭坚一样都很推崇杜甫的尊君爱国思想和杜诗的风雅精神，这是他们的共同之处。不同的是，黄侧重接受他夔州后的诗风，而陈与义则更注重学习其在"安史之乱"期间的诗风。还有一点，陈与义和黄庭坚学杜的心路历程也大不相同，黄是早年学杜诗的人格精神，后来重点学杜的诗歌艺术技法，而在诗学精神上与杜甫越走越远。而陈与义学杜的历程正好与黄相反，陈与义对杜甫的评价前后有较大的差别，从他的诗中看，其前期对杜甫的认识并不深刻，甚至有所偏颇。首先他肯定杜甫诗歌绝高的成就，他在《再赋》其一诗中云："堂堂李杜坛，谁敢蹑其址。"将李杜对举，认为他们的诗歌成就是无人比拟的，但同时又对杜甫的人生态度提出质疑。

  一官专为口，俯仰汗我颜。顾将千日饥，换此三岁闲。冥冥云表雁，时节自往还。不忧稻粱绝，忧在罗网间。绝胜杜拾遗，一饱常间关。晚知儒冠误，犹恋终南山。

           ——《杂书示陈国佐胡元茂四首》

这里陈与义认为官场险恶，与其郁郁于官场，不如脱离是非而归隐。不能像杜甫那样，大半生一饭不曾忘君，又抑郁不得志，到了晚年才知道儒冠误身，才想到归隐。他在另一首诗中，先表达了自己归隐的想法后，又说："人生本是客，杜叟顾未知。今年我闻道，悲乐两脱遗。"（《冬至二首》）大有讥杜甫固执不解人生之意。总观陈与义南渡前的诗，他对人生的看法更类似于陶渊明，而与杜甫大不相类。他前期学杜，主要表现为对

---

① （元）方回选评，李庆甲集评点校的《瀛奎律髓汇评》（上海古籍出版社2005年版，第1091页）卷二十四说："简斋诗即老杜诗也。予平生持所见以老杜为祖，老杜同时诸人皆可伯仲。宋以后山谷一也，后山二也，简斋为三，吕居仁为四，曾茶山为五，其他与茶山伯仲亦有之。此诗之正脉也，余皆傍支别流，得斯文之一体者也。"

杜甫一些诗句的化用，以及对杜甫句法结构的模仿，这点白敦仁先生在给陈诗作注的时候，已经较有详尽的征引①，学界也有很多论文论析了这一点，这里就不再论述。

经过靖康之难这个天崩地裂的大变动，陈与义对杜诗的看法有了极大的转变。靖康元年（1126 年）避地南奔的第一首诗《发商水道中》说：

> 商水西门语，东风动柳枝。年华入危涕，世事本前期。草草檀公策，茫茫杜老诗。山川马前涧，不敢计归时。

在此后不久，他在逃难中与金军相遇，差点命丧锋镝，写下了《正月十二日自房州遇金兵至奔入南山十五日抵回谷张家》，更是对自己曾经忽视杜诗很是懊悔：

> 久谓事当尔，岂意身及之，避兵连三年，行半天四维。我非洛豪士，不畏穷谷饥。但恨平生意，轻了少陵诗。今年奔房州，铁马背后驰。造物亦恶剧，脱命真毫厘。（节录）

钱锺书在论析陈与义的诗歌时，就举了这些作品，并评价说：他"在流离颠沛之中，才深切体会出杜甫诗里所写安史之乱的境界，起了国破家亡、天涯沦落的同感，以前只是认识到杜甫风雅可师，这时才认识到他是个患难中的知心伴侣"。"诗人要抒写家国之恨，就常常自然效法杜甫这类悲壮苍凉的作品。"② 陈与义南渡后的很多作品，也很似杜甫自安史之乱以后，抒写漂泊生活的沉郁顿挫之类的诗作，继承了杜诗的风雅精神，可谓是学杜而得杜诗之精神者。关于陈与义诗歌的风雅精神，本书第六章已经有过专门的论析，这里就不再重复。

正因为如此，陈与义明确表示反对以雕章镂句的方式学杜：

> 陈去非常谓余言：唐人作诗皆苦思，所谓"吟安一个字，捻断数茎须。""句向夜深得，心从天外归，吟成五字句，用破一生心。"

---

① 详见（宋）陈与义著，白敦仁校笺《陈与义集校笺》各诗的注释，上海古籍出版社 1990 年版。

② 钱锺书：《宋诗选注》，人民文学出版社 1958 年版，第 132 页。

"蟾蜍影里清吟苦,舴艋舟中白发生。"之类者是也。故造语皆工,得句皆奇,但韵格不高。故不能参少陵之逸步,后之学诗者,傥能取唐人语而掇入少陵绳墨步骤中,此速肖之术也。①

这里陈与义批评晚唐诗人苦思、苦吟的作诗方法,认为晚唐诗人虽能做到工、奇,但没能学到杜诗之精神,认为追求格韵皆高才是学杜应有态度。江西诗派学杜也是追求工、奇,上文所引陈师道就说"王介甫以工,苏子瞻以新,黄鲁直以奇,而子美之诗奇、常、工、易、新、陈莫不好也。"陈与义所批评的正是陈师道所推崇的。

陈与义在战乱中逼近杜甫又不失个人特色的作品,代表陈与义的诗歌成就,也最能体现其创作风格。刘克庄认为"第其品格,当在诸家之上"②者,就指的是这些作品。胡稚也说:"其忧国忧民之意,又与少陵无间,自坡谷已降,谁能企之?"③ 吴子良亦云:"盖建炎乱离奔走之际,犹庶几少陵不忘君之意而。"④ 都指出陈与义南渡后诗歌创作继承了杜甫忧国忧民的情怀。

胡应麟还将陈与义学杜和江西诗派的二号人物陈师道学杜作了比较,认为"宋人学杜者,无出二陈,师道得杜骨,与义得杜肉,无己瘦而劲,去非赡而雄"⑤。关于这段话的意思很多人都有阐述,但究竟是什么意思,没人说得清楚。如果结合刘勰《文心雕龙》有关"骨"、"肉"的论析,此语的主旨也不难理解。

> 诗总六义,风冠其首,斯乃化感之本源,志气之符契也。是以怊怅述情必始乎风,沉吟铺辞莫先于骨,故辞之待骨,如体之树骸;情之含风,犹形之包气。结言端直,则文骨成焉。意气骏爽,则文风清焉。若丰藻克赡,风骨不飞,则振采失鲜,负声无力。是以缀虑裁篇,务盈守气刚健,既实辉光,乃新其为文用,譬征鸟之使翼也。故

---

① (宋)葛立方:《韵语阳秋》卷二《诗人玉屑》卷十二 (宋)魏庆之《品藻古今人物》,《四库全书》,文渊阁本。
② (宋)刘克庄:《后村诗话》前集卷二,中华书局1983年版,第26页。
③ (宋)胡稚:《简斋诗笺序》,(宋)陈与义撰,吴书荫、金德厚点校《陈与义集》卷首,中华书局1982年版。
④ (宋)吴子良:《荆溪林下偶谈》卷一,《四库全书》,文渊阁本。
⑤ (明)胡应麟:《诗薮》外编卷五,上海古籍出版社1958年版,第214页。

练于骨者，析辞必精，深乎风者，述情必显。捶字坚而难移，结响凝而不滞，此风骨之力也。若瘠义肥辞，繁杂失统，则无骨之征也。思不环周，索莫乏气，则无风之验也。昔潘勖锡魏，思摹经典，群才韬笔，乃其骨髓峻也。相如赋仙，气号凌云，蔚为辞宗，乃其风力遒也。能鉴斯要，可以定。①

结合陈与义、陈师道的创作和刘勰的论析，我们可以这样说，胡应麟所说的"骨"也主要应该指的是陈师道创作中"思摹经典，群才韬笔，乃其骨髓峻也"，即陈师道学杜，得老杜熔炼辞才之真传，而内容相对枯淡而形成朴拙老练、枯槁瘦硬的审美风格。而陈与义得杜肉，则应该指的是其得杜诗之情韵风神，形成雄浑沉郁，情韵皆胜的审美境界。

总的来看，黄庭坚和江西诗派诗人虽然肯定杜甫忧君爱国的博大情怀，可他们并没有将这种情怀纳入到诗歌创作中，实际上更注重学杜甫夔州以后诗歌那种高超的艺术手法和对诗歌技法精深的锻炼，即老杜自己所说的"晚节渐于诗律细"（《戏呈路十九曹长》），追求"语不惊人死不休"的艺术境界，他们的诗有老杜的顿挫而没有老杜的沉郁。而陈与义则在战乱中开始学杜，对杜甫在"安史之乱"时，面对国家危亡，个人飘零不偶的情怀体验独深，所以他更侧重于学习老杜在战乱中的创作精神，他虽在艺术技法上没有老杜那样丰富多彩，但在艺术精神上逼近老杜，一些作品纳入老杜集中亦不见逊色，这是陈与义和江西诗派学杜最重要的差别。黄庭坚等江西派中诗人对杜甫的继承更多的是在艺术技法上，而陈与义南渡后的创作却在艺术精神上更接近于老杜。

因此，以学杜为标准，将陈与义纳入到江西诗派之中，是有失深考的，未免牵强。方回在宋代普遍学杜的风气下，认为陈与义和江西诗派一样，以杜甫为师法对象，将其纳入派中的说法，是难以成立的。江西诗派中的人，并不一定都学杜，他们中的不少人只是通过黄陈间接受到杜甫的影响。即使抛开以上差别不说，在逻辑上也是说不通的，宋代诗人鲜有不受杜甫影响者，主张学杜者不乏其人，如果不加详细考证笼统以学杜为标准，那恐怕还要有很多宋代诗人要被纳入江西诗派了。

---

① （南朝）刘勰著，范文澜注：《文心雕龙注》，人民文学出版社1958年版，第513页。

再者，杜甫也不是黄庭坚等江西诗人和陈与义唯一的诗学渊源，从第十一章的梳理中就可以看出，江西诗派的很多人与苏门诗人曾有过广泛的交往，作为一个群体，他们除了受到黄陈的影响外，苏门群体诗人对他们的影响也是不可忽视的。就拿被视为江西诗派后期代表人物的吕本中和曾几来说，《四库全书总目提要》就说吕本中"著《童蒙训》极论诗文必以苏黄为法"。曾几作为"清江三孔"①的外甥，在创作上曾受到他们较大的影响，而"清江三孔"与苏门有密切的创作交往，很多人也将他们视为苏门的外围诗人。至于黄庭坚的诗学渊源就更为广泛了，这里我们再从总体比较一下陈与义和江西诗派的开山人物黄庭坚的诗学渊源，这样，就能将以学杜为标准来划分江西诗派的偏颇之处看得更为清楚。

陈与义与黄庭坚作为宋诗史上的大家，两人都主张推陈出新，注重广泛学习前代诗人，从前人那里汲取营养，都有比较广泛的诗学渊源。

从他们自己的言论和诗作中可以看出，黄庭坚钦佩的前辈诗人主要有陶渊明、李白、杜甫、白居易、韩愈、李商隐等大家，此外还对曹植、刘桢、鲍照、谢灵运、阴铿、何逊、王维、孟浩然、刘长卿、韦应物、刘禹锡、梅尧臣等人②的诗歌艺术给与较高的评价，并给予广泛的吸纳。除了对前代人的接受外，黄庭坚对同时代的苏轼、王安石也很佩服，还对张耒、秦观、陈师道，甚至是江西诗派中的谢逸等人的诗也颇为称赏，显示出一种兼容并蓄的容纳态度。陈与义敬仰的前代诗人，主要有曹植、刘桢、陶渊明、谢灵运、杜甫、王维、柳宗元、刘禹锡、韦应物等人，而对同时代的诗人独推赏陈师道。相比之下，黄庭坚的诗学渊源更为广泛，不同朝代、不同风格的诗人都是他继承和学习的对象，他取法的对象博而杂，各人诗歌在取材和风格差异明显，有陶、谢、王、孟、韦、柳之清丽者，有李白、苏轼豪放飘逸者，有白居易这样浅近通俗者，更有集大成者杜甫，很难在他们之间找到明显的共性。而陈与义所欣赏的著名诗人中，除了曹植、杜甫和陈师道之外，都是被认为在山水诗上有突出贡献者，习惯上被称为山水诗人，在取材和风格上具

---

① "清江三孔"，指的是临江新喻（今江西新喻）的孔文仲、孔武仲、孔平仲三兄弟。黄庭坚有诗云"二苏上连璧，三孔立分鼎"（《和答子瞻和子由常服忆馆中故事》），借此来称赞和记述他们与苏轼兄弟的唱和与交往。

② 莫砺锋：《江西诗派研究》，齐鲁书社1986年版，第36页。

有相对的一致性。从陈与义和黄庭坚所崇拜的对象上，大致可以看出他们诗歌渊源趋向上的某些差异，这也可以算是陈与义和黄庭坚诗歌渊源的一个差别。但这只能看出他们诗学渊源上的某种大致的趋向，要弄清陈与义和黄庭坚两人具体的诗学渊源，还要看他们对前人的具体继承是什么，学谁固然重要，但重点学谁、具体学什么更为重要，也只有如此，才能看出两人诗学渊源的具体异同。

　　陈与义和黄庭坚推崇的诗人有不少是相同的，但他们重点推崇的诗人是不同的，这是两人诗歌渊源上的又一个重要区别。黄庭坚所推崇的人中，像韩愈、梅尧臣、苏轼、王安石等，陈与义并不推崇这些诗人。韩、梅、王、苏是曾对宋诗的发展和流变产生过巨大影响的人，黄庭坚在他们身上所汲取的正是他们诗歌创作中具有宋诗特色的艺术因子。清人叶燮曾评价韩愈说："韩愈为唐诗之一大变，其力大，其思雄，崛起特为鼻祖，宋之苏（舜钦）、梅、欧、苏（轼）、王、黄，皆愈为之发端也，可谓极盛矣。"① 指出韩愈对宋代诗人的广泛影响，叶燮所列举的受影响诗人都是成就宋诗面目的大家，韩愈对宋诗的巨大影响，也是一个不争的事实②，其中就包括黄庭坚，黄庭坚对韩愈的接受也是显而易见的，他在给徐俯的信中云："诗正欲如此作，其未至者，探经术未深，读老杜、李白、韩退之诗不熟耳。"（《与徐师川书》）明确提出作诗要学习韩愈的主张。黄庭坚对韩诗的特点也有较深的把握，认为退之诗，虽"要非本色"，然能"极天下之工"③。在实际创作中他注意克服韩诗过于散文化，即非本色的倾向，但对韩愈诗歌之"工"，即用字奇险、压险韵、比喻新警，以及章法结构的曲折安排等特点都有所接受，白政民先生在《黄庭坚诗歌研究》一书中对此有过详细论述。④ 梅尧臣是宋诗开风气之人，他作诗主张"意新语工，得前人所未到者，斯为善也"⑤。黄庭坚"自成一

---

① （明）叶燮：《原诗·内篇》，《原诗　一瓢诗话　说诗晬语》，人民文学出版社1979年版，第8页。
② 杨国安：《宋代韩学研究》，中国社会科学出版社2000年版。该书第七章《宋代韩诗的接受研究》对此有专门的论述，主要论述韩愈对欧阳谢主盟诗坛期间，以及欧门弟子苏轼、王安石等人的影响。
③ 参见《后山诗话》，（清）何文焕辑《历代诗话》，中华书局1981年版，第309页。
④ 参见白政民《黄庭坚诗歌研究》，宁夏人民出版社1991年版，第153—156页；莫砺锋《江西诗派研究》，齐鲁书社1986年版，第40—41页。
⑤ （宋）欧阳修：《六一诗话》，吴文治主编《宋诗话全编》，凤凰出版社1998年版，第214页。

家始逼真"的追求与此如出一辙，他说梅尧臣的诗"得意处"，"其字稳实，句法刻厉而有和气，他人无此功也。"（《跋雷太简梅圣俞诗》）对梅尧臣诗刻削而又不失平和的风格推赏备至，他有一些诗句，如："客心如头垢，日欲擞千篦。"（《次韵寄李六弟济南郡城桥亭之诗》）语义新警而又不至于陷入奇险，古雅浑涵之气与梅尧臣的诗句："灯前相对语，怪我面骨生。"（《宿安上人门外裴如晦胥平叔来》）也确实很相近，字面平实，仔细读来，又可见诗人用功和寄托之深。欧阳修说梅尧臣的诗"如食橄榄，真味久愈在"①。无独有偶，清人沈涛也说："读豫章诗如食橄榄，始若苦涩，咀嚼既久，味满中边。"②也从一个角度说明黄庭坚对梅尧臣诗风的继承。成就宋诗面目的王安石、苏轼也对黄庭坚有较大的影响。黄庭坚在诗中说"我诗如曹桧，浅陋不成邦，公如大国楚，吞五湖三江……句法提一律，坚城受我降。"（《子瞻诗句妙一世乃云效庭坚体盖退之戏效孟郊樊宗师之比以文滑稽耳恐后生不解故以韵道之》）在苏轼面前他几欲绝倒。进入苏门后，与苏轼相互唱和，切磋诗艺，苏轼对他的影响是全面的，不只是在诗律上。黄庭坚又自称："从半山老人得诗句法。"③王安石在立意、句法、用典等方面都给了黄诗一定的影响。这一点白政民先生已经做过较为深入的论析④，这里就不再重复。

陈与义着重推赏的诗人中，与黄庭坚不同的主要是王维、韦应物、柳宗元。他的诗中直接写道赞赏王维的作品有5首，都是在南渡以后，其中四次⑤都是表示要学王维那样，以山水、书画、佛禅寄托无奈的情怀，一次是说要学王维诗歌的表达艺术。

　　　　布衲王摩诘，禅余寄笔端。试将能事迫，肯作画工难。秋入无声

---

① （宋）欧阳修：《六一诗话》，吴文治主编《宋诗话全编》，凤凰出版社1998年版，第215页。
② （清）沈涛：《瓠庐诗话》，转引自白政民《黄庭坚诗歌研究》，宁夏人民出版社1991年版，第160页。
③ （宋）吴聿：《观林诗话》，见白政民《黄庭坚诗歌研究》，宁夏人民出版社1991年版，第162页。
④ 白政民：《黄庭坚诗歌研究》，宁夏人民出版社1991年版，第161页。
⑤ 四首分别是《心老久许为作画未果以诗督之》、《题道州甘泉书院》、《同继祖民瞻游赋诗亭二首》其一、《大成黄字韵赋八句赠之》其二。

句，山连欲雨寒。平生梦想处，奉乞小巑岏。

——《心老久许为作画未果以诗督之》

雪里芭蕉摩诘画，炎天梅蕊简斋诗。他时相见非生客，看倚琅玕一段奇。

——《题赵少尹青白堂三首》其三

在前一首诗中以王维比觉心长老（天宁寺僧人、陈与义的唱和诗友），梦想能像觉心长老和王维那样，以精妙如无声之诗的山水画来寄托情怀，虽是比拟，但也可以看出他对王维山水情怀的认同。第二首诗，将王维的画和自己的诗并举，是说自己作诗也像王维作画那样①，注重神会，注重达意，而不模拟形似。这与他"意足不求颜色似，前身相马九方皋。"（《和张矩臣水墨梅五绝》）的艺术追求是一致的。他对韦应物、柳宗元的接受也大致如此。

还有一点值得注意，在上述黄庭坚最为推崇的人中，陈与义基本都不欣赏，其中韩愈、王安石，他从来没有从诗学的角度提起过。对苏轼倒提过一次，说苏轼的诗"波澜富而诗律疏"②，对黄庭坚的诗陈与义也认为是"锻炼精而性情远"③，褒贬参半。而对梅尧臣则明显表示不齿，认为他的诗是本朝"甚不可读者"④。按照宋人的记录，他贬低梅尧臣的主要原因是因为梅尧臣的诗"俗"和"有意于用事"。在宋代诗人中，陈与义唯一肯定而没有非议的诗人，是与黄庭坚亦诗亦友的陈师道，认为陈师道的诗是本朝诗人之诗"不可不读者"⑤。

由以上对比可以看出，陈与义和黄庭坚不仅接受的对象不同，具体接

---

① 关于王维《雪里芭蕉》画，曾有人批评其不合物理。而宋人江少虞的评论则被后人广泛认同。他在《宋朝事实类苑》卷五十中雪里芭蕉笔条云："谈书画之妙，当以神会，难以形求。世之观画者，唯能指摘其间形象位置、采色瑕疵而已，至于奥理？造者，罕见其人。如彦远《画评》言王维画多不问四时，如画花，往往以桃李、芙蓉、莲花同画一景。予家所藏摩诘画《袁安卧雪图》，有雪中芭蕉，此乃得心应手，意到便成，故造理入神，迥得天意，此难以俗论也。"（明）彭大翼：《山堂肆考》卷一百六十六，《四库全书》，文渊阁本。

② （宋）晦斋：《简斋集原引》，（宋）陈与义撰，吴书荫、金德厚点校《陈与义集》卷首，中华书局1982年版。

③ （宋）刘克庄：《后村诗话》前集卷二，中华书局1983年版，第26页。

④ （宋）徐度：《却扫编》（《四库全书》，文渊阁本）卷中："凡作诗工拙所未论，大要忌俗而已。天下书虽不可不读，然慎不可有意于用事。去非亦尝语人，言本朝诗人之诗，有慎不可读者，有不可不读者，慎不可读者梅圣俞，不可不读者陈无已也。"

⑤ （宋）徐度：《却扫编》卷中，《四库全书》，文渊阁本。

受的侧重点也不同。黄庭坚所推赏的人，多是对宋诗发展有较大影响的诗人，接受的侧重点也是他们诗中具有宋诗特质的艺术技法，强调对诗歌技艺的磨研，推赏他们具有宋诗特质的审美风格。有人批评黄庭坚论诗注重形式，就其渊源或者说对前诗人的评价来看是有一定依据的。黄庭坚之所以能成为宋诗的典型代表，与他的诗学渊源有直接的关系。反过来说，也正因为他是宋诗的典型，才对前人诗歌中具有宋诗特色的艺术因子感兴趣。而陈与义则对王维等人的山水情怀以及山水诗技法情有独钟，对黄庭坚推赏对象的某些艺术倾向表现出反对的态度，他批评梅尧臣诗歌的"俗"和用意用事，实际上这两方面正是宋诗两个比较突出的特征。正因为陈与义在这点上与陈师道暗合，所以宋代诗人中唯独他对陈师道感兴趣，认为"秦少游诗如刻就楮叶，陈无己诗如养成内丹"①。他这里将秦观和陈师道对举，借典故对秦观过分刻削的诗风表示不满，而借道教的内丹说推崇陈师道强调锤炼诗意的作法。他在宋诗中独推赏陈师道，而陈师道的诗风也明显地具有向唐诗回归的某些倾向。前面已经说过，陈与义的诗有向唐诗回归的倾向，这与他的诗学渊源也有很大的关系。

　　陈与义和黄庭坚所推崇的诗人中，也有不少是相同的，其中最主要的是陶渊明和杜甫，但在对两人具体接受上又有同有异，对陶渊明的接受大致相类，但也有明显的不同，而对杜甫的接受有较大的差别，这是陈与义和黄庭坚诗学渊源上的又一明显的差别。陶渊明被视为隐逸诗人之宗，他从黑暗的官场抽身而退，保全自己的人格，他平淡自然的诗作，给那些失意的士人开辟了一个安顿失落之心的精神家园，后世诗人每逢失意，便从陶渊明及陶诗中寻求慰藉，重新寻找人生的价值。杜甫被看作诗坛的集大成者，其一生劳顿而不忘忧君爱国，给后代诗人树立了另一种人格典范，他的诗集博大精深，是留给后代诗人的艺术宝库。如果说陶渊明是失意诗人的精神家园的话，杜甫就是一个与其相对积极进取的诗人典范。刘勰评价屈原说："其衣被词人，非一代也。故才高者苑其鸿裁，中巧者猎其艳辞，吟讽者衔其山川，童蒙者拾其香草。"② 屈原之后的陶渊明和杜甫也具有相似的诗学地位，在宋代，他们都是诗人们景仰和学习的对象，陈与义和黄庭坚也不例外。关于陈与义和黄庭坚学杜的差异上文已经有详细的

---

① （宋）张镃：《仕学规范》卷三十六，《四库全书》，文渊阁本。
② （南朝）刘勰著，范文澜注：《文心雕龙注·辨骚》，人民文学出版社1958年版，第48页。

论析，下面来看看陈与义和黄庭坚学陶的差异。

黄庭坚和陈与义都肯定陶渊明的人格精神和诗歌艺术。黄庭坚对陶渊明的接受主要是在诗歌艺术上，他直接提到陶渊明的言论，主要出现在诗论之中，在诗中则相对较少；而陈与义对陶渊明的接受则侧重他的艺术精神，他没有提及陶渊明的诗论流传于世，在他的诗歌中陶渊明是其提到次数最多的前代诗人，对陶渊明的人格与诗学精神，比黄庭坚把握得更为深刻。我们来看下面两首作品：

潜鱼愿深渺，渊明无由逃。彭泽当此时，沉冥一世豪。司马寒如灰，礼乐郊金刀。岁晚以字行，更始号元亮。凄其望诸葛，抗脏犹汉相。时无益州牧，指挥用诸将。平生本朝心，岁月阅江浪。空余诗语工，落笔九天上。向来非无人，此友独可尚。属予刚制酒，无用酹杯盏。欲招千载魂，斯文或宜当。

——《宿旧彭泽怀陶令》黄庭坚

野马本不羁，无奈卯与申。当时彭泽令，定是英雄人。客来两绳床，客去一欠伸。市声自杂沓，炉烟自轮囷。莺声时节改，杏叶雨气新。佳句忽堕前，追摹已难真。自题西轩壁，不杂徐庾尘。

——《题酒务壁》陈与义

在这两首诗中，黄庭坚和陈与义分别称赞陶渊明"沉冥一世豪"、"定是英雄人"，对陶渊明的评价如出一辙，几乎没有什么差别。但在黄庭坚的诗中，陶渊明是个生不逢时，因无人赏识而被迫隐居，以诗酒度日，失魂落魄的谪人。在陈与义的诗中，陶渊明是个在山水中悠然自得，从容赋诗的隐士，颇有高士风范。陈诗的首句非常接近陶渊明"少无适俗韵，性本爱丘山"的自述，下文中"佳句忽堕前，追摹已难真"一句，又和陶诗"此中有真意，欲辨已忘言"相类。总的来说黄诗虽然是直接咏陶渊明，但是他笔下的陶渊明更像他自己；陈与义的诗虽然是写自己，但更像是吟咏陶渊明；可见，陈与义对陶渊明人格和诗歌精神的把握更为准确。再如：

南渡诚草草，长沙想艰难。松风自度曲，我琴不须弹。远公香火社，遗民文字禅。虽非老翁事，幽尚亦可观。客来欲开说，觞至不得言。

——《题松下渊明》黄庭坚

狂夫缚轩冕，自许稷契身。静者乐山林，谓是羲皇人。不如两忘快，内保一色醇。伟哉道山杰，滞此汝水滨。大来会阔步，小憩得幽欣。一斋有琴酒，万事无缄縢。不作子公书，肯受元规尘。人言君侯痴，我知丈人真。月明泉声细，雨过竹色新。是间有真我，宴坐方申申。

——《汝州吴学士观我斋分韵得真字》陈与义

黄庭坚的诗前面的八句所反映的情怀还类似陶渊明，可结尾两句就不类陶，分明是自己在党争文禁中缄口避祸的心态。陈与义诗中"静者乐山林"、"内保一色醇"、"不作子公书，肯受元规尘"的"真我"，真有陶渊明的风神，特别是"内保一色醇"一句，触及了陶渊明不愿低眉屈尊于黑暗的官场而退守保全的人格精神。他在另外一首诗中也说："渊明死千年，日月走名誉。不肯见督邮，归来守旧庐。"（《寄题康平老昞柯亭高怀志丘壑既足不愿余》）也具有同样的认识深度。他还有不少作品和以上两诗相类，《书怀示友十首》其三、其四、其五就是比较典型的例子。陈与义诗中"不杂徐庾尘"一句，也颇能概括他自己诗歌的风格，他的这两首诗，清淡简朴，确实没有"徐庾体"那样华丽的辞藻。就诗歌来说，陈与义在一定意义上是得陶风神者，黄诗与陶诗颇为不类。

另外，黄庭坚还从理论上对陶诗的艺术特点进行了概括，他在《论诗》中说："谢康乐、庾义城之于诗，炉锤之功不遗力也。然陶彭泽之墙数仞，谢庾未能窥者，何哉？盖二子有意于俗人赞毁其工拙，渊明直寄焉耳。"又《题意可诗后》："宁律不谐，而不使句弱，用字不工，不使语俗，此庾开府之所长也。然有意于为诗也，至于渊明则所谓不烦绳削而自合，虽然巧于斧斤者多疑其拙。窘于捡括者辄病其放。孔子曰：'宁武子其智可及也，其愚不可及也。'渊明之拙与放，岂可为不知者道哉？……若以法眼观，无俗不真。若以世眼观，无真不俗。渊明之诗，要当与一丘一壑者共之耳。"其中说陶诗"直寄"、"不烦绳削而自合"、"真"等艺术的一些特点比较准确，但并不全面，与其说是评陶诗，倒不如说是借陶诗阐述自己的诗学主张。

以上所述虽主要是陈与义和黄庭坚的诗学渊源差异，但以黄庭坚在江西诗派中的特殊地位和影响,他的这种诗学渊源在与江西后学的创作交往过程中,对江西后学产生了直接的影响,上文引述黄庭坚在指导后学创作时,一再要求他们学韩愈、学陶渊明,这只是一些有文字记录的言语,或许没有留下文字记载的会更多。因此,陈与义和黄庭坚的这种诗学渊源差异,在很大程度上也可以看作是陈与义和江西诗派群体的诗学渊源差异。

　　通过以上分析,可以这么说,在诗学渊源上,不加区分来论析陈与义与江西诗派诗人学杜,并将陈与义纳入江西诗派,有失牵强。在诗学渊源上忽视陈与义和江西诗派诗人巨大差异不论,只笼统地强调学杜,更是以偏概全。不论是单说学杜,还是从整个诗学渊源上看,把陈与义纳入江西诗派都是没有说服力的。

第十四章　陈与义与江西诗派诗歌风貌比较

江西诗派诗人生活在相同的时代环境，人生经历也大致相似，又共同受到黄陈乃至苏门诗人的深刻影响，诗学主张和诗学渊源也基本相同，派中成员之间亦有广泛而密切的创作交往，形成了大致相同的创作风格。这是江西诗派之所以能成为一个诗歌流派的最主要原因，也是吕本中、方回等人划分江西诗派的主要依据。

总的来看，江西诗派的诗风主要承袭了黄陈，取材和内容比较狭窄，"诗歌的表现范围由社会转向个人，由外界转向内心，生活转向书卷"[①]。主要反映他们穷居末世消极颓唐的心态，以及贫寒自守中对高洁耿介、淡泊超脱精神的发现和追索。在艺术上讲求用典，语言朴拙而生新，句法结构曲折，风格奇崛料峭。

在北宋末年腐败末世环境中，江西诗派诗人绝大部分仕途不得志，或穷居下位，或退隐山林，很多人终生布衣未能出仕，抒写人生失意以及对现实社会的失望，是他们诗歌共有的主题。他们在相互唱和中，还表现出来一种以节义人格相高的群体认同感，他们的诗歌基本没有直接涉及现实政治的题材，显得狭窄重复，派中主要诗人都是如此。比如江西诗派重要人物谢逸，他早年本有用世精神，与弟弟一起几次应考都没能及第，逐步认识到现实的腐败，渐渐失去了仕进的热心。他的《感白发赋》将其心态变化勾勒得比较清楚，作品的序言这样写道："深惧湮灭无闻，而道不行于世也，乃自赋以自激。""深惧湮灭无闻，而道不行于世"表达出岁月流逝，而功业理想不能实现的恐慌与伤感，说明他曾有过积极的功业理想。作品的前半部分说的也是这种意思，结尾处却感叹道：

[①] 许总：《唐宋诗体派论》，江西人民出版社2008年版，第283页。

君之阃深且远兮,曷不上书而陈事?公侯之门高而峨峨兮,亦有长裾之可曳。胡不驾言而远游兮,四海岂乏乎兄弟。沧浪之水清兮,可以漱濯乎污人之腻。望鸿鹄之高举兮,凌赤霄之逸翅。聊以快平生之孤愤兮,虽星星而不愧。蕲有所遇兮,又以谢童子之戏。①

言语之中充满对皇帝、王公大臣以及朝廷的失望,表达了一种浓烈的归隐思想,这也是他的诗歌所反映的基本心态。

科名盖余事,文章徒媚妩。欲筑平生基,更师黄叔度。
——谢逸《送汪叔野》其二

沓沓举子万马奔,倾动场屋风尘昏。失身白袍青幕底,平生干没三家村。今君触热去乡县,矫如野鹤离鸡群。笔端万字洒飞雹,岂畏食叶春蚕喧。广文先生倒屣待,三舍弟子气可吞。琴书在笥马在门,看看山上复有山。愿君莫忘大刀头,何年驷马君当还。
——谢逸《送谭子仁游太学》

曾侯江南英,文章有家法。坚壁仁义涂,势若太山压。跫然过我语,如热得清箑。为言行赴官,扁舟泛苕霅。炙手公卿门,眼底端不乏。吾人傥闻道,执圭同荷锸。谓予言不信,捧盘与君饮。
——谢逸《送曾伯长》

第一首诗反映了诗人求取功名失望后的一种失望、消极的心态,把科举看作人生余事,可有可无,对于本是儒者余事的文章,却被他看作人生的基业,放弃立功、立德,欲以立言来实现自己的人生价值。第二首诗的重点是开头的六句,虽然是写给别人,但可以看出诗人自己的影子——一个因科考不中,在穷居中保持独立耿直士子的形象,这是诗人一生的缩影。诗的后八句,是祝福对方,也是送人科考的一些套话。第三首诗写与对方相互之间以节义、文章相高,体现了对相同或相近人生处境士人群体之间的一种认同感,这也是江西诗派中诗人常写的主题。

饶节也是江西诗派的重要诗人,他的诗歌在内容上和谢逸相类。据陆游记载,他"早有大志,既不遇,纵酒自晦,或数日不醒,醉时往往登

---

① (宋)谢逸:《溪堂集》卷一,《四库全书》,文渊阁本。

屋危坐，浩歌恸哭，达旦乃下。又尝醉赴汴水，适遇客舟，救之获免"①。他这种呼酒买醉和穷途恸哭的心态，似乎又让我们看到了魏晋名士阮籍、嵇康等人的身影，从中也可以感受到诗人对现实的不满和深深的无奈。谢逸虽然也有诗云："生前不吝作虫臂，身后何须留豹皮。……偶逢名酒辄径醉，儿童拍手笑公痴。"② 相比之下，可以看出饶节更为痛苦的感受。也正因为这种差别，谢逸只是做了隐士，而饶节却彻底断绝了尘世之想，做了四大皆空的和尚。但是即便做了和尚，也得不到安稳，徽宗灭佛时要求"和尚"改称为"德士"，饶节出家之路也遭受了意想不到的挫折。他的《改德士颂五首》③ 就反映了其在这一特殊历史事件中的心态。

  自知祝发非华我，故欲毁形从道人。圣主如天苦怜悯，复令加我旧冠巾。
  旧说螟蛉逢蜾蠃，异时蝴蝶梦庄周。世间物化浑如梦，梦里惺惺却自由。
  德士旧尝称进士，黄冠初不异儒冠。种种是名名是假，世人谁不被名谩。
  衲子纷纷恼不禁，倚松传与法安心。瓶盘钗钏形虽异，还我从来一色金。
  少年曾著书生帽，老大当簪德士冠。此身无我亦无物，三教空名何处安。

  这组诗名为赞，其实是讽刺，诗中很多话显然是反语。诗人出家为僧本为摆脱尘世的烦恼，没想到遁入佛教空门也不得安宁。因此，诗人在第二首诗中感叹，恐怕只有在梦里才能得到真正的自由，其实也就是说自由和超脱在这个没落的世界是不存在的。从饶节的身上我们也就可以更好地理解北宋末年为什么会出现那么多的诗僧。如果用士大夫的标准来衡量他们，饶节心态的颓废程度远远超出了谢逸等人。

---

① （宋）陆游：《老学庵笔记》卷二，中华书局1979年版，第20页。
② （宋）谢逸：《饮酒示坐客》，傅璇琮等编《全宋诗》，北京大学出版社1999年版，第15805页。
③ （宋）饶节：《改德士颂五首》，傅璇琮等编《全宋诗》，北京大学出版社1999年版，第14580页。

江西诗派中的另一重要诗人洪朋终生未仕,是江西诗派洪州诗人群体中的代表人物。他的诗在内容上也和上述两人的作品相类。如:

> 南纪瘴疠剧,风土异中州。炎凉倏忽变,仲夏飒如秋。丈人东海来,税驾此迟留。气候感若此,何用写我忧。泮水多时暇,南轩景物幽。方塘绿萍乱,佳树蝉声稠。曲肱梧阴美,玩此日月流。觞至聊共倾,此外亦焉求。丈夫功名志,天机不我谋。愿言快心意,身世真悠悠。
>
> ——洪朋《和元乐教授南轩》

这首诗是借景物描写,抒发时代逼仄下的人生失意。诗中"觞至聊共倾,此外亦焉求。"所反映的失望、颓废的心态就和前面两人基本相同,诗歌结尾四句也流露出对时代的不满、失望,与谢逸、饶节不同的是洪朋面对人生失意时,常以幻想来超脱现实。如:"安得洪崖八琼药,令我飞出六合间。"(《幽寻》)"畴昔之梦非想因,倏欻游遨出无垠。旁日挟月超昆仑,虚无上下列宿分。"(《记梦》)这也是洪朋诗歌比较有特点的地方。

限于篇幅,这里姑且就列举以上几人,实际上江西诗派中诗人的创作内容上基本都是如此。

陈与义南渡以前的诗内容上与江西诗派诗人大致相同,主要都是反映末世衰风下士人颓废消极的心态,上述江西诗人所写的这些内容也正是陈与义南渡前诗歌的基本主题。

> 偶然思玉仙,便到玉仙游。兴尽未及郭,玉仙失回头。成毁俱一念,今昔浪百忧。未知横笛子,亦解此意不。春风所经过,水色如泼油。垂鞭看落日,世事剧悠悠。
>
> ——陈与义《路归马上再赋》

这首诗所流露出来的心态和思想与江西诗派诗人极其相似,如果拿这首诗和上文所引洪朋的《和元乐教授南轩》相参看,更能说明问题。陈与义诗中"成毁俱一念,今昔浪百忧。"与洪朋诗中"觞至聊共倾,此外亦焉求。"所反映的失望、颓废的心态是何等相似。洪朋诗歌结尾四句所写的对时代的不满、失望和陈与义诗结尾的一联表达的意思也如出一辙,只不过陈与义表达得更加艺术、更加含蓄。相比之下，洪朋的失意之情更为强烈，这与两人的仕途处境有关，陈与义虽然仕途不顺，但毕竟还算是有功名之人，而洪朋则完全是没入仕途的白丁。因此，人生失意时，陈与义常常想到归隐或逃禅来解脱，而洪朋则以幻想来超脱现实人生。陈与义早年仕途不得志的时候，还有很多类似的诗句："平生诗作祟，肠肚困藿食。使我忘殷忧，亦自得诗力。绝知是余蔽，且复永今日。不如付杯酒，一笑万事毕。毛颖仅升堂，曲生真入室。""功名勿念我，此心已扫除。"（《怀示友十首》其一、其二）也是对功名失望后，欲以诗酒了却人生，与谢逸第一首作品流露的人生态度基本相同。再如："张子霜后鹰，毛骨非凡曹。不肯兄事钱，但欲仆命骚。胡为随我辈，碌碌着青袍。相逢车马边，技痒不得搔。"（《怀示友十首》其三）诗歌的前半部分是称道对方的品格，后半部分写两人同处失意的困境，与谢逸后两首诗表达的意思基本相同，甚至所使用的语汇也相同。关于陈与义南渡前的诗歌内容，本文第一章与第二章已经做过详细的分析，这里就不再赘述。

就审美风格而言，江西派中诗人主导风格接近黄庭坚生新瘦硬的风格，但由于才学和艺术修养不及黄庭坚，生新瘦硬程度不及黄庭坚。如谢逸的《豫章别李元中宣德》：

旧闻诸李隐龙眠，伯时已老元中少。一行作吏各天涯，故人落落疏星晓。西山影里识君面，碧照章江眸子瞭。向来问道渺多岐，只今领略归玄妙。老凤垂头噤不语，古木槎枒噪春鸟。身在幕府心江湖，左胥右律但坐啸。第愁一叶钓鱼舟，不容七尺堂堂表。我今归卧灵谷云，君应紫禁莺花绕。相思有梦到茅斋，细雨青灯坐林杪。

诗中八处用典，不少典故比较生疏，读起来生涩难懂，上文所举的《送谭子仁游太学》中也有不少用典，与黄庭坚那些生涩的作品相类，只是程度不及而已。江西诗派其他诗人类似的作品还有很多。如汪革《寄谢无逸》：

问讯江南谢康乐，溪堂春木想扶疏。高谈何日看挥麈，安步从来可当车。但得丹霞访庞老，何须狗监荐相如。新年更励于陵节，妻子同锄五亩蔬。

短短的一首诗中明显的用典之处就有六个，表现出一种繁复的风格。再者，江西诗派诗人的很多作品，句法拗折，语义生新，也颇得黄、陈，尤其是黄庭坚的真传。如僧如璧（饶节）的《次韵答吕居仁》：

向来相许济时功，大似频伽饷远空。我已定交木上座，君犹求旧管城公。文章不疗百年老，世事能排双颊红。好贷夜窗三十刻，胡床趺坐究幡风。

此诗风格上矫健瘦硬，颔联家常之语和颈联陈意，通过诗人精心的雕琢锤炼达到了化腐朽为生新的艺术境界，明显可看出黄庭坚诗风的影子。再如谢逸的"老凤垂头噤不语，枯木槎枒噪春鸟。"（《豫章别李元中宣德》）"贪夫蚁旋磨，冷官鱼上竹。""山寒石发瘦，水落溪毛凋。"为鲁直所称赏①。再如：洪刍《次山谷韵》：

宝石峥嵘佛所庐，经宿何年下清都。海市楼台涌金碧。木落牖户明江湖。千波春撞有崩态，万栋凌压无完肤。巨鳌冠山勿惊走，欲寻高处垂明珠。

诗歌语义生新，声调料峭，体势回荡曲折，纳入黄庭坚诗集中恐也难以分辨。后人称洪刍"酷似其舅"②就是指的这类诗作。

以上是江西诗派的主导诗风，他们都有不少清新自然之作。如上面所引洪朋《和元乐教授南轩》就是比较典型的例子。江西诗派中年岁晚于黄陈的诗人这样的作品数量还比较多，在个别诗人的诗集里，这样的作品在数量上还超过了前者，洪朋的诗就是这样。

陈与义南渡前的诗歌也喜欢堆砌典故，强调技巧，甚至有卖弄才学、斗巧逞能的嫌疑，尤其是占主导地位的次韵唱和类的作品表现得最为突出。如《次韵张矩臣迪功见示建除体》：

建德我故国，归哉遄我驱。除道得欢伯，荆棘无复余。满怀秋月

---

① （宋）惠洪：《冷斋夜话》卷七，《四库全书》，文渊阁本。
② （清）纪昀等：《四库全书总目提要》卷一百五十六，《四库全书》，文渊阁本。

第十四章　陈与义与江西诗派诗歌风貌比较　　　　　　　　　　213

色，未觉饥肠虚。平林过西风，为我起笙竽。定知张公子，能共寂寞
娱。执此以赠君，意重貂襜褕。破帽与青鞋，耐久心亦舒。危处要进
步，安处勿停车。成亏在道德，不在功利区。收视以为期，问君此何
如。开尊且复饮，辞费道已迂。闭口味更长，香断窗棂疏。

　　建除体起于鲍照，以建、除、满、平、定、执、破、危、成、收、
开、闭十二字冠于句首，具有固定的体式，颇有八股之意味，对作者才学
有较高要求。陈与义此诗引经据典，大有掉书袋的味道。"建德"语出
《庄子》，"南粤有邑焉，名为建德之国。其民愚而朴，少私而寡欲，知作
而不知藏，与而不求其报，不知义之所适，不知礼之所将，猖狂妄行，乃
蹈乎大方，其生可乐，其死可葬，吾愿君去国捐俗，与道相辅而行。"①
意思是要返愚朴，而去忧累，以达到逍遥快意的境界，也是本诗的主旨。
"除道"出自《周语》"九月除道"。"欢伯"指酒，出自焦赣《易林》
"酒为欢伯，除忧来乐。"接下来的两联也有化用《诗经》和杜诗的痕迹。
张公子典出《汉书》"燕燕尾涎涎，张公子，时相见。"这里代指元方。
"寂寞"本是常用之词，诗人这里显然是化用庄子"寂寞无为者，天地之
平而道德之至。"②的语义。"耐久"出于《新唐书》"玄同与裴炎缔交，
能保终始。故号'耐久朋'。"③"闭口"一典出于《史记》"从古以来，
贤者避世，有居止舞泽者，有居民间闭口不言，有隐居卜筮间以全身
者。"④诗中还有很多诗句和语汇都是化用前人的语句，几乎是句句有出
处。如"成亏在道德"一句话用庄子《齐物论》；"貂襜褕"出于张衡的
《四愁诗》中"美人赠我貂襜褕。"他的《次韵谢文骥主簿见寄兼示刘宣
叔》一诗明显用典的地方有七处之多，化用之处就更多了。（详见第一
章）过多的用典和化用使得全诗艰涩难懂，很多词汇、语句还保留着古
文的韵味，显得生硬不化。这样的作品还有《西郊春事渐入老境元方欲
出游以无马未果今得诗又有举鞭何日之叹因次韵招之》、《次韵周教授抒
怀》、《题易元吉画獐》、《张迪功携诗见过次韵谢之二首》、《次韵答张迪

---

①　（先秦）庄子：《山木》，《诸子集成》第三册《庄子集释》，上海书店1986年版，第123页。
②　（先秦）庄子：《天道》，《诸子集成》第三册《庄子集释》，上海书店1986年版，第81页。
③　（宋）欧阳修：《新唐书》卷一百一十七《魏玄同传》，中华书局1975年版。
④　（西汉）司马迁：《史记》卷一百二十七《日者列传》，中华书局1975年版。

功坐上见贻张将赴南都任二首》、《寄若拙弟兼呈二十家叔》、《元方用韵见寄次韵奉谢兼呈元东二首》、《次韵光化宋唐年主簿见寄二首》，等等。其第一个创作时期的 120 多首次韵、唱和之作，有很多都是这样。后来（第一创作阶段）虽然逐步有所改变，但总体上还是保持了艰涩生硬的特点。

陈与义诗歌的这一特点在他的很多抒怀诗中也有充分的体现，如《八音歌》二首其一：

> 金张与许史，不知寒士名。石交少瑕疵，但有一曲生。丝色随染异，择交士所贵。竹林固皆贤，山王以官累。鲍酌可延客，藜藿无是非。土思非不深，无屋未能归。革华虽可侯，不敢践危地。木奴曾足饱，宽作十年计。

全诗一共八联，用典多达十一处，这些典故多出于史传，引用了很多古人的姓名，视为"点鬼簿"虽有些尖刻与不敬，就事实而言则未尝不可。诗中一些事物不直接说，而是大抖书袋子，如将酒说为"曲生"，将喝酒说为"鲍酌"，达到了陌生化的效果，但造成了诗歌生硬的缺陷。再如《目疾》：

> 天公嗔我眼常白，故着昏花阿堵中。不怪参军谈瞎马，但妨中散送飞鸿。着篱令恶谁能对，损读方奇定有功。九恼从来自佛种，会如那律证圆通。

本诗八句八典故，比前一首诗用典更为密集。方回云："此八句而用七事（其实是八事），谓诗不必用事者，殆胸中无事耳……其要，妙在用虚字以翰实事，不可不细味也。"① 他指出了其中的事实，但是后面的评价明显有回护之意，是门户之见。倒是冯班的评价比较中肯："太堆砌，如此何得薄昆体耶？""江西诗派承昆体之后，用事多假借扭合，往往不可通。昆体用三十六体，用事出没，皆本不古法，黄陈多杜撰，所以不足。"

---

① （元）方回选评，李庆甲集评校点：《瀛奎律髓汇评》卷四十四，上海古籍出版社 2005 年版，《诸子集成》第三册《庄子集释》，上海书店 1986 年版，第 1596 页。

"都是江西恶派乱谈。"① 冯班批评陈与义诗歌的这种不足，顺路也捎带了方回，所论确有见地。除与义的《抒怀示友十首》、《送张仲宗呀押戟归闽中》、《六言二首》、《抒怀呈送十七家叔》等作品也大致如此。

不仅如此，陈与义南渡前的很多典故还有生造之嫌疑，如"李遫綦"（《棋》）"公子书"、"圆规尘"、（《汝州学士观我斋分韵得真字》）"超公雾"、（《赵虚中有石名小华山以诗借之》）"徐凝水"、"汉帝河"（《次韵家弟碧咸泉》）"灵运屐"（《寄题商洛宰令狐励迎翠楼》）等。就是在人名或人称代词前加上一个事物名词，如此用典则不仅难懂，也没有了审美的韵味。宋人楼钥说陈与义的诗"至用事深隐处，读者抚卷茫然。"② 言下所指，主要就是这类作品。《蔡宽夫诗话》云："荆公尝云'诗家病使事太多'，盖皆取其与题合者类之，如此乃是编事，虽工何益。若能自出己意，借事以相发明，情态毕出，则用事虽多，亦何所妨。"③ 不客气地说，陈与义初期的一些诗歌用典不仅有"编事"之嫌，更有"造事"之嫌。

当然，这只是陈与义第一个创作时期的主要风格，这一时期也有一些写得自然清新的作品，显示出其诗歌的另一个特点，而且这种风格的作品在逐渐增多，而那种繁复的作品在逐步减少。如《襄邑道中》"飞花两岸照船红，百里榆堤半日风。卧看满天云不动，不知云与我俱东。"全诗语言自然明快、简练、朴实，没有雕刻的痕迹，又意味深长，结尾一联在后代广为传唱。再如"疏疏一帘雨，淡淡满枝花。"（《试院书怀》）"墙头语鹊衣犹湿，楼外残雷气未平。"（《雨晴》）也是宋诗中的千古名句。胡仔说前者"平淡有工"④；方回亦云："随只一句说雨，与花作一串。"⑤ 纪昀更说这首诗"通体清老，结亦有味。"说《雨晴》中的一联"眼前景，而写得新警。"⑥ 陈与义南渡后诗歌的风格，正是沿着这个路子发展

---

① （元）方回选评，李庆甲集评校点：《瀛奎律髓汇评》卷四十四，上海古籍出版社 2005 年版，第 1596 页。

② （宋）楼钥：《简斋诗笺叙》，（宋）陈与义撰，吴书荫、金德厚点校《陈与义集》卷首，中华书局 1982 年版。

③ 见宋人编辑的《竹庄诗话》卷一，《四库全书》，文渊阁本。

④ （宋）胡仔：《苕溪渔隐丛话前集》卷五十三，《四库全书》，文渊阁本。

⑤ （元）方回选评，李庆甲集评校点：《瀛奎律髓汇评》卷十七，上海古籍出版社 2005 年版，第 698 页。

⑥ 同上。

而来。到了宣和四年（1122年）以后，简洁自然已经逐步成了其诗歌创作的主要风格。

通过以上比较可以看出，陈与义南渡前的诗风总体上和江西诗派诗人创作上相近的。靖康之难发生后，社会发生了天塌地陷的大变化，国家民族的危亡让他揪心。陈与义个人生活也随之发生了改变，为了避免战乱，他被迫逃难，五年的时间里历经河南、湖北、湖南、广西、广东、福建、浙江等地，辗转大半个中国。国家的磨难、个人离难深深地触动了诗人的心灵，他的创作心态发生了极大的变化，由关注个人穷愁转向关注国家磨难和自己苦难的人生遭际，感事伤时，描写逃难生活的痛苦以及漂泊异地的思乡之情，成了他诗歌最重要的主题。感伤国难的如《伤春》：

> 庙堂无策可平戎，坐使甘泉照夕烽。初怪上都闻战马，岂知穷海看飞龙。孤臣霜发三千丈，每岁烟花一万重。稍喜长沙向延阁，疲兵敢犯犬羊锋。

诗歌抓住国家面临的战乱、朝廷御敌无策、天子蒙羞逃难、沉重的岁币、军队抵抗无力等一系列重大问题，写出了在国难面前的愁苦、感愤与无奈，感伤中带有尖锐的批判，显示了其强烈的忧患意识和士大夫的使命感，面对国难作为一个具有良知的士大夫表现出积极的救国热情。

> 中兴天子要人才，当使生擒颉利来。正当吾曹红摸额，不须辛苦学颜回。
>
> ——《题继祖蟠室三首》其三

诗中大有投笔从戎、慷慨赴国的气概，表现出对国家的责任感和对中兴的热望。被白敦仁先生称为"充满爱国激情的战歌"[1]。

抒写个人身遭兵火，历经艰险的如：

> 久谓事当尔，岂意身及之。避兵连三年，行半天四维。我非洛豪士，不畏穷谷饥。但恨平生意，轻了少陵诗。今年奔卢州，铁马背后

---

[1] （宋）陈与义著，白敦仁校笺：《陈与义集校笺》前言，上海古籍出版社1990年版。

驰。造物亦恶剧,脱命真毫厘。

——《正月十二日自房州遇金兵至奔入南山十五日抵回谷张家》

诗中三、四两句说自己三年的时间历经半个天下,写长期逃难漂泊之苦;最后四句又具体描绘了一幅死里逃生的画面。有面有点,用语不多,但深刻而真切地写出了诗人历经战乱的生死考验和长期逃难的痛苦。刘辰翁在评点此诗时说:"隔世读此,如对当日避世,常有此不能语。"①

抒写对故国家园思念之情的如:

一自胡尘入汉关,十年伊洛路漫漫。青墩溪畔龙钟客,独立东风看牡丹。

——《牡丹》

这是陈与义晚年诗歌中的名篇,牡丹是洛阳名花,提到牡丹人们自然会想到洛阳。洛阳是陈与义的故乡,他青少年生长于斯,因诗才出众,成为"洛阳八俊"中的一员,这是他一生中比较快意和风光的岁月。自战乱十多年来,诗人漂泊异乡,深深怀念着沦落于异族铁蹄之下的故国家园。诗中的家国之恨、身世之感交织在一起,写出无限的爱恨。

这些诗不仅在内容上大大突破了他前期诗歌,在艺术手法和审美风格上也和前期发生了极大的变化。诗中很少用典,化用前人诗句亦极自然,语言凝练,简洁自然而不失工切。看似浅近的语言,却表现出无尽的情感,达到了短语述无限的艺术效果。刘辰翁就评价《牡丹》诗的第三句说:"语绝。"② 几个朴实无华的词语,将诗人苍老、漂泊、临水伤叹的形象,活脱脱地呈现在读者眼前,字里行间也透露出伤感的情绪,语义一层深过一层,确实堪当"语绝"二字的评价。

在审美风格上,陈与义后期的诗也呈现出多样化的趋势,有类似《伤春》和《题继祖蟠室三首》其三这样雄浑悲壮者,也有类似《牡丹》这样沉郁低回者,还有上文没有提到的一些清淡自然的山水田园之作,代表了陈与义诗歌的主要成就。(详见第三章与第八章)这不仅是他前期所

---

① (宋)陈与义著,白敦仁校笺:《陈与义集校笺》,上海古籍出版社1990年版,第502页。

② 同上书,第833页。

没有的，也是北宋末年的江西诗派诗人所没有的，也不可能有的。

更为重要的是陈与义的诗在艺术表达上，明显地表现出融合唐宋诗风的倾向，那些感事伤时之作，对社会批判见解深刻而富有理性，议论化倾向明显，表现出宋诗重意、重思理的特点。唱和之作用典繁复，与北宋末年流行的江西诗风相近，有逞才弄学之嫌，属于典型的宋诗。而他的写景抒怀诗和山水诗，又明显地走的是唐诗重意象、意境营造的路子，显得情韵皆胜。张嵲在《陈公资政墓志铭》中说陈与义的诗："上下陶、谢、韦、柳之间。"① 胡稚在给陈与义诗集作注时说："诗者性情之溪也，有所感发，则轶入之，不可遏也。其正始之源，出《风》、《骚》，达于陶、谢，放于王、孟，流于韦、柳，而集于今简斋陈公。"② 近代的陈衍也说："宋人罕有学韦柳者，有之，以简斋为最。"③ 这些论段都指出了陈与义和王、孟、韦、柳之间的诗学传承关系。还有一些论家说得更具体，如：刘辰翁在评点《与夏志宏孙信道张巨山同集涧边以散发岩岫为韵赋四小诗》时，也说本诗写得近王维的"辋川"④诗。明代胡应麟也说陈与义的《年华》一诗，"自然有唐味"⑤。冯舒评他的《晚晴野望》说："此亦不减唐人。"纪晓岚也说陈与义的有些诗"雅淡有种唐气味"。这也是陈与义诗歌在艺术上不同于江西诗风的集中表现，对改变北宋末年宋诗渐已僵化的格局，使其重新走上健康发展的路子，具有重大的诗史意义。

另外，在江西诗派诗人中，吕本中、徐俯等人的诗风也有类似的转变。如吕本中的《城中纪事》、《守城士》、《兵乱后寓小巷中作》、《兵乱后自嬉杂诗》，韩驹的《陵阳先生诗》，洪炎的《次韵公实雷雨》和徐俯的《咏史》等作品也反映了南渡战乱的现实，反映诗人忧国忧民的情怀以及强烈的中兴愿望。吕本中的一些作品还真实地描写了战乱的景象，比陈与义描写战乱景象的作品还要细致。由于时代的玉成和诗人艺术经验的积累，他们诗歌的总体风貌也发生了一些积极的变化，内容要比北宋末年

---

① （宋）陈与义撰，吴书荫、金德厚点校：《陈与义集》卷首，中华书局1982年版。

② （宋）胡稚：《简斋诗笺叙》，（宋）陈与义撰，吴书荫、金德厚点校《陈与义集》卷首，中华书局1982年版。

③ 陈衍：《宋诗精华录》卷三，蔡义江、李梦生《宋诗精华录译注》，上海古籍出版社1999年版，第323页。

④ （宋）陈与义著，白敦仁校笺：《陈与义集校笺》，上海古籍出版社1990年版，第524、525页。

⑤ （明）胡应麟：《诗薮》外编卷五，上海古籍出版社1958年版。

的创作丰富，风格也不似北宋末年那样繁复生硬。但从整体上看，没人能达到陈与义那样的水准。更主要的是陈与义诗歌中那类写得情景交融的作品，在吕、曾两人的诗中很难找到，即便偶尔亦有，但艺术水准远不能和陈与义相比。再者，江西诗派中的诗人，大多在南渡前已经离世，活到南渡以后的也就是上述几人。南渡后江西诗派内部的这种新变，并不能改变其作为一个整体的诗歌风貌。

因此，陈与义诗风与江西诗风相同或相近的说法，也是不符合他们的创作实际，依此将陈与义纳入江西诗派的依据是不能成立的。这和以诗学渊源说陈与义学杜、推崇黄陈一样，都犯了以偏概全的错误。

通过本章和上一章的论析可以看出，论家以诗学渊源上学杜和陈与义诗风与江西诗派相近为由，将陈与义纳入江西诗派，其依据有很大的偏颇。在陈与义与江西诗派诗学渊源和风格上，为什么舍去那么多的不同不论，而单要笼统地说其相同之处，就非常值得深思了。

笔者以为南宋以来，论诗的门户偏见是造成这种偏差的最主要原因。门户之见使他们的视野出现了偏差，只看到甚至放大了对自己立论有利的一面，而忽略了对自己立论不利的因素。

宋代本就学术流派众多，论争激烈，为了在论争中取得优势，各派尽量给自己建立一个追源溯流的统序，这也是宋代学术一个显著的特点。到南宋中后期，这种风气更加浓烈，如理学就分成了湖湘学、闽学、浙东事功学、象山心学，并表现出很强的地域性①。在这种风气之中，诗坛也是派系之争很激烈，江西诗派、江湖诗派、晚唐派之间相互诋毁，争论不休，唐宋诗之争也是诗坛争论的一个重要话题，刘克庄、刘辰翁、杨万里、陆九渊、严羽、方回等人也都卷入了派别争论之中。② 在这种混乱的纷争中，是否将某人纳入江西诗派，以什么标准确定派别的范围，都显得比较混乱。

吕本中在他的《宗派图序》中云"唐自李、杜之出，焜耀一世，后之言诗者，皆莫能及。至韩、柳、孟郊、张籍诸人，激昂奋厉，终不能与前作者并。元和以后至国朝，歌诗之作或传者，多依效旧文，未尽所趣。

---

① 详参张立文主编《中国学术通史·宋元明卷》第八章，人民文学出版社 2004 年版。同时可参看龚鹏程《江西诗社宗派研究》第三卷《宋诗之演变与江西诗社宗派之产生》，文史哲出版社 1983 年版。

② 参见齐治平《唐宋诗之争·南宋》，岳麓书社 1983 年版。

惟豫章始大出而力振之，抑扬反复，尽兼众体，而后学者，同作并和，虽体制或异，要皆所传者一。"第一，他有贬低李、杜之后到黄庭坚之前的诗人的倾向，而黄历来被看作是宋诗的代表，隐约可以看出他尊崇宋诗的倾向①。第二，推重黄庭坚，并以黄为"宗"，尽管承认派中诸人"体制或异"，但还是认为他们在渊源上都出自黄庭坚，表现出重统序的思想。

在重统序的学术风气影响下，吕本中勾勒的江西宗派不断被泛化。杨万里以"味"论诗，把曾纮、曾思父子续入江西诗派，他虽推崇陈与义，但并没有把他划入江西诗派中。严羽宗唐黜宋，以"兴趣"论诗，推崇汉魏至盛唐的诗歌，对唐代大历以后和宋代诗人不加深考，一概否定，严羽将陈与义划入江西宗派，又指出其与江西诗派有"小异"。方回论诗倾向宗宋，②推重格高、力主学杜，把赵章泉、韩涧泉和陈与义纳入江西诗派。以上四人以自己不同于吕本中的标准，扩大了江西宗派。就当时的事实来看，江西诗派的泛化与扩大，主要就是主江西派者以及江西籍学者为扩大门派影响的结果，如谢薖之孙刻江西宗派诗人作品，目的就是"将以兴发西山章江之秀，激扬江西人物之美，鼓励骚人国风之盛"。他在邀请杨万里为其作序的信中也写道："子江西人也，非乎？序斯文者，不在子其将焉在？"③陆九渊也称赞江西诗派"植立不凡，斯亦宇宙之奇诡也"。称赞程帅搜刻宗派作品之举为盛事，并说："某亦江西人也，敢不重拜光宠。"④这些言行明显具有标榜乡学前辈的意味。方回建立自己所谓的"正脉"统序，并将陈与义纳入派中，也是为自己标榜的诗派壮大声势、张本立目。基于以上原因，当时对诗派的称呼也各不相同，有人称之为江西宗派，有人称之为江西派，也有人称之为江西诗派，有人甚至几个概念通用。也可以说，这时对江西诗派的界定上，发生了一些混乱，不同论家虽都以吕本中的宗派图为蓝本，但在不同论家眼里又有着明显的差别。这一时期论家笔下的江西诗派，已经和吕本中所说的江西宗派不是一个概念，而是一个由江西宗派泛化后的概念，不仅派中成员有所增加，更重要的是立派标准发生了巨大变化，主要强调派中诗人艺术风格上的趋同性，每个论家又各有侧重，与吕本中当初立派时宗黄（所传者一）、"同

---

① 齐治平：《唐宋诗之争·概述》，岳麓书社1983年版，第1页。
② 同上书，第5页。
③ （宋）杨万里：《江西宗派诗序》，《诚斋集》卷七十九，《四库全书》，文渊阁本。
④ （宋）陆九渊：《与程帅》，《象山先生全集》卷七，《四库全书》，文渊阁本。

作并和"等标准有明显的差异,淡化甚至抛开了派中诗人之间学术、政治与伦理关系,以及他们曾经同作并和的创作交往,单以其诗歌艺术或审美风格的某一端为立派依据。清人张泰来就敏锐地看到了这一点。他在《江西诗社宗派图录跋》中说:"居仁作图,名虽为诗,意实不专主诗……后人舍立身行己不论,仅举有韵之言,称为宗派诗人而已。嗟乎!几何不以吕公论世尚友之旨大相径庭也哉!"① 自然,对陈与义是否属于江西诗派产生不同的看法也是必然的。

这里要特别强调唐宋诗之争中,严羽和方回两人对陈与义与江西诗派关系上的论断。严羽是挑起唐宋诗之争中的重要人物,以宗唐黜宋的立场,最早提出陈与义"亦江西宗派而小异"②的说法。他论诗虽推重汉魏至盛唐诗歌,否定中唐以后的诗歌,对宋诗更是瞧不上,在评论宋诗和宋代诗人时,简单以时间划段,一概否定,疏漏极多。(详见本书第十一章)他虽然看到了陈与义与江西宗派之间的差异,但其"亦江西宗派"的说法偏颇亦明显可见。他虽然强调"兴趣",但在实际操作中,又单纯从作家的生活年限把诗坛化为唐宋两段,忽视了诗人的艺术个性与文学本来具有的多样性。方回把陈与义纳入江西诗派,在一定意义上是延续了严羽的说法,他提出一祖三宗说,并把学杜和推重黄陈作为将陈与义纳入江西诗派的依据,尽管他的论述模棱两可,但被后世广泛接受,他因门户之见,过分强调派别内部的一致性,而忽略了生活背景以及诗人的艺术个性带来的创作差异。严羽、方回两人对后人认识陈与义与江西诗派的关系,产生了极大影响,余波直至现在。学界关于陈与义与江西诗派关系的上述偏颇,两人实际是始作俑者。姑且抛开他们以上具体偏颇不论,两人以诗学渊源或诗风相近的作家划入一个文学派别,在理论上就讲不通,都忽略了诗人生活的具体历史背景对其诗歌创作的决定意义。相同时代的诗人之间在创作上具有相近或相同的风格,那是必然的,古代文论家早就对此有所论述。刘勰说"文变染乎世情,兴废系乎时序"③。清代王夫之也曾云:

---

① 《江西诗社宗派图录》,傅璇琮编《黄庭坚和江西诗派资料汇编》下册,中华书局1978年版,第462页。
② 严羽在《沧浪诗话》中说"夫学诗者以识为主,入门须正,立志须高,以汉魏晋盛唐为师,不作开元天宝以下人物。"(宋)严羽著,郭绍虞校释:《沧浪诗话校释》,人民文学出版社1961年版,第1页。
③ (南朝)刘勰著,范文澜注:《文心雕龙注》卷四十五《时序》,人民文学出版社1958年版,第675页。

"身之所历，目之所见，是铁门限。"① 这些精辟的论说，都道出了作家所生活的时代环境才是决定作家艺术风貌的最根本因素，也就是说社会阅历和作家自身经历是文学创作的源泉和基础，更是作家情感的来源和基础。时代精神是任何作家都无法超越的铁门槛，门槛内相同或相近的文学生态，提供了他们相类的创作材料和表达方式，就好比是包裹了他们血肉筋骨的皮肤，使其不能超越，他们的创作必然会有趋同的一面。西方的很多文论家将此阐述得更加明白。英国著名诗人雪莱说："在任何时代，同时代的作家总难免有一种近似之处，这种情形并不取决于他们的主观意愿，他们都少不了要受到当时时代条件的总和所造成的某种共同影响。"② 正是北宋末年末世文人心态的影响下，文人的创作表现出明显的趋同性。丹纳在《艺术哲学》中对艺术创作与时代风会的关系也有精辟的分析："悲伤既是时代的特征，他（按：指艺术家）在事物中所看到的当然是悲伤……在悲伤的时代，周围的人在精神上能给他哪一类的暗示呢？只有悲伤的暗示，因为所有人的心思都用在这方面。他们的经验只限于痛苦的感觉和感情，他们所注意的微妙的地方，或者有所发现，也只限于痛苦方面。"③ 同样的道理，陈与义南渡前的诗风与江西诗派大致相近，从根本上讲，是他们都生活在北宋末年相同的时代和相似的人生经历。诗学渊源的相同性，只是其中一个次要的因素。陈与义南渡后的诗风发生了不同于江西诗派的变化，也是因为陈与义生活的南渡初年的社会环境，与江西诗派主要诗人生活的北宋末年的社会环境相比发生了根本的改变。

现在学界对陈与义归属上的一些错误，实际主要是严羽和方回两人偏失的延续，单在诗学传承上找依据却忽略了根本。不少论述陈与义属于江西诗派的论文也颇有自证的嫌疑，陈与义属于江西诗派的观点本就出于严羽、方回等人，有人直接拿严羽和方回两人的材料来证明这一命题，实际上是一种无意义的循环论。

在这一点上刘克庄早就有过精辟的论断，可惜没得到足够的重视。他在评价元祐以来的诗人时就说：

> 元祐后诗人迭起，一种则波澜富而句律疏，一种则锻炼精而性情

---

① （清）王夫子：《姜斋诗话》，《清诗话》本，上海古籍出版社1978年版，第9页。
② ［英］雪莱：《伊斯兰的起义序言》，《西文文论选》下卷，上海译文出版社1979年版。
③ ［法］丹纳：《艺术哲学》，傅雷译，人民文学出版社1963年版，第36—37页。

远，要之不出苏黄二体而已，及简斋出，始以老杜为师。墨梅之类尚是少作，建炎以后，避地湖峤，行万里路，诗益奇壮……造次不忘忧爱，以简洁扫繁缛，以雄浑代尖巧，第其品格，故当在诸家之上。①

这里道出了几个重要的信息非常值得注意。第一，这段话里，言语之中对苏、黄及其后学颇有不满，这与陈与义批评苏诗"肆"和黄诗"强"②高度吻合，他批评苏黄，而对陈与义却高看了一眼，有意无意地肯定了陈与义要在苏黄之外另辟蹊径的诗歌创作追求。第二，他把陈与义放在元祐之后的诗坛，很明显他意识到了陈与义与苏黄生活时段的差异，认为陈与义与苏黄的后学属于同一代诗人（其实是两代人）。第三，他批评苏黄后学沿袭苏黄诗风的"肆"和"强"的缺点，肯定陈与义跨越苏黄，直承老杜，道出陈与义与苏黄后学（其中最主要的就是江西诗派）在诗学渊源上的差异。第四，他肯定了南渡后的生活经历对陈与义诗风转变的巨大作用，找到了陈与义南渡诗风改变的根本原因。第五，将陈与义视为元祐以后诗人之冠，也准确地道出了陈与义在当时诗坛上突出的成就。此外，还有一点值得注意，刘克庄也曾对江西诗派的成员有过增补，他在《茶山诚斋诗选序》中也说："山谷，初祖也；吕、曾，南北二宗也；诚斋稍后出，临济德山也。"姑且不说将黄庭坚视作"本朝诗家初祖"，是否符合事实，但就江西诗派中而言，无疑是正确的。重要的是，作为对陈与义诗歌有如此深刻认识的诗论家，他并没有把陈与义纳入江西诗派，在关于陈与义是否属于江西诗派的问题上，自立其说而又论析精到，在一定意义上也可以说明陈与义并不属于江西诗派。刘克庄的上述言论，在古代众多对陈与义诗歌的评语中，堪称是最有真知灼见者。另外，杨万里也曾增补过江西诗派成员的名单，并对陈与义的诗有很高的评价，认为陈与义"诗宗已上少陵坛"，他也没有把陈与义纳入江西诗派，论调和刘克庄大体一致。

尽管严羽和方回将陈与义纳入江西诗派的说法并不成立，但他们对陈与义的评价，对认识陈与义在宋诗史上地位，还是有借鉴的价值。严羽从

---

① （宋）刘克庄：《后村诗话》前集卷二，中华书局1983年版，第26页。
② 近世诗家知尊杜矣，至学苏者乃指黄为强，而附黄者亦谓苏为肆。要必识苏黄之所不为。然后可以涉老杜之涯矣。此简斋陈公之说云尔。参见（宋）陈与义撰，吴书荫、金德厚点校《陈与义集·简斋集原引》，中华书局1982年版。

诗歌演变发展角度将"简斋体"列为宋诗史上继苏轼、黄庭坚、陈师道之后的一体,方回将其列为"古今诗人之一祖三宗",两人把陈与义与黄、陈相提并论,如果单从诗歌创作成就来看,还是比较中肯的。这一点和刘克庄、刘辰翁、杨万里等人将陈与义提高到与黄陈并列的地位,颇有殊途同归的意味。不同的是刘克庄等人已经认识到南渡之后,诗坛已经不像北宋末年那样,是江西诗派一统天下,出现了像陈与义这样的变调,而严羽、方回却忽略了这一点。

从以上论析可以肯定,尽管陈与义南渡前的诗风有与江西诗派相近之处,但他并不属于江西诗派。这种相近是他们共同生活的时代风气造成的,并不像有的诗论家所说,是因陈与义学杜,推崇黄、陈,而使他的诗风与江西诗派趋同。

陈与义是两宋之际独立于江西诗派之外为数不多的诗人之一,他的成就可以与黄庭坚和陈师道并驾,但风格又与二人有很大的差异。在宋诗史上,是继黄庭坚、陈师道之后,杨万里、陆游等人之前的又一大家。在江西诗风盛行的情况下,他的诗风却在一定程度上表现出向唐诗回归的倾向,为诗坛吹进了一股清新之风,为宋诗走出北宋末年的困境起到了巨大的作用。

论家将陈与义划入江西诗派,主要与唐宋诗之争影响下批评家的视野有极大的关系。严羽将说陈与义"亦江西宗派而小异也",是由于他扬唐抑宋,论诗推崇汉魏到盛唐诗歌而贬斥中唐以后的所有诗人,对宋诗和宋代诗人有失深考,故简单以时间作断,一概加以否定。他虽然强调不同诗人突出的个性,但他对宋代诗人以及陈与义的评判,却恰恰忽略了陈与义的个性,也忽视了艺术本来具有的复杂性和多样性。方回又倾向于宋诗,推崇杜甫以后的诗歌,建立了一个他自认为是"正脉"的统序,并将陈与义纳入江西诗派,又因门户之见片面强调流派的共性,也忽略了陈与义突出的个性。以后论家对陈与义和江西诗派的关系,或认可严羽,或认可方回,而对他们的门户之见所带来的局限缺乏必要的考察,对文学事实考察亦不详尽,主张陈与义属于江西诗派者,往往以严羽、方回的论据来证明严羽、方回的观点,在逻辑上犯了自证的错误。同时,由于门户之见,过分强调统序内部成员之间的传承关系,把诗人之间的渊源关系看作是决定作家风格的主导因素,而忽略了时代环境对作家创作的决定性影响,从根本上找错了文学的源头,违背了艺术来源于生活的基本规律,更是一个致命的错误。钱锺书先生批评说:"南宋末期,严羽说陈与义'亦江西诗派而小异',刘辰翁更把他和黄庭坚、陈师道讲成一脉相承,方回尤其仿佛高攀阔人做亲戚似的,一口咬定他就是江西诗派,从此淆惑了后世文学史家的耳目。"① 确是非常有见地之论。

---

① 钱锺书:《宋诗选注》,人民文学出版社 1958 年版,第 133 页。

主要参考文献

（元）脱脱等撰：《宋史》，中华书局 1977 年版。
（明）冯琦原编，陈邦瞻增辑：《宋史纪事本末》，中华书局 1977 年版。
（宋）徐自明：《宋宰相编年录》，《四库全书》，文渊阁本。
（清）陆心源：《宋史翼》，中华书局 1991 年版。
（清）徐松辑：《宋会要辑稿》，中华书局 1957 年版。
（宋）司马光等：《资治通鉴》，中华书局 1975 年版。
（清）毕元编：《续资治通鉴》，中华书局 1975 年版。
（宋）李心传：《建炎以来系年要录》，中华书局 1988 年版。
（宋）汪藻著，王智勇笺注：《靖康要录》，四川大学出版社 2008 年版。
（宋）李焘：《续资治通鉴长编》，中华书局 1988 年版。
（清）黄以周等撰：《续资治通鉴长编拾补》，中华书局 2004 年版。
（宋）李心传：《建炎以来朝野杂记》，中华书局 2000 年版。
（宋）邵伯温：《邵氏见闻录》，中华书局 1983 年版。
（宋）徐梦莘：《三朝北盟会编》，江苏广陵古籍刻印社影印清光绪五年铅印本，1987 年版。
（清）陆心源：《元祐党人传》，《续修四库全书》本。
丁傅靖辑：《宋人轶事汇编》，中华书局 1981 年版。
（清）纪昀等：《四库全书总目提要》，中华书局 1997 年版。
（宋）黎靖德：《朱子语类》，中华书局 1986 年版。
《宋元笔记小说大观》，上海古籍出版社 2001 年版。
（宋）陈思编：《两宋名贤小集》，《四库全书》，文渊阁本。
钱锺书：《宋诗记事补订》，生活·读书·新知三联书店 2005 年版。
（清）吴之振编：《宋诗钞》，中华书局 1986 年版。

主要参考文献

傅璇琮等编：《全宋诗》，北京大学出版社 1993 年版。

（元）方回选评，李庆甲集评点校：《瀛奎律髓汇评》，上海古籍出版社 2005 年版。

祝尚书：《宋人总集叙录》，中华书局 2004 年版。

祝尚书：《宋人别集叙录》，中华书局 2004 年版。

（宋）陈与义著，白敦仁校笺：《陈与义集校笺》，上海古籍出版社 1990 年版。

（宋）陈与义著，吴书荫、金德厚点校：《陈与义集》，中华书局 1982 年版。

（宋）苏轼著，孔凡礼点校：《苏轼文集》，中华书局 1986 年版。

（宋）苏轼著，（清）王文诰辑注，孔凡礼点校：《苏轼诗集》，中华书局 1982 年版。

（宋）苏辙著，陈宏天、高秀芳点校：《苏辙集》，中华书局 1990 年版。

（宋）黄庭坚著，（宋）任渊等注，刘尚荣点校：《黄庭坚诗集注》，中华书局 2003 年版。

（宋）陈师道著，（宋）任渊注，冒广生补笺，冒怀礼整理：《后山诗注补笺》，中华书局 2003 年版。

（宋）张耒著，李逸安、孙通海等人点校：《张耒集》，中华书局 1990 年版。

（宋）秦观著，周义敢等人编注：《秦观集编年校注》，人民文学出版社 2001 年版。

（宋）汪藻：《浮溪集》，《四部丛刊初编》本。

（宋）韩驹：《陵阳集》，《四库全书》，文渊阁本。

（宋）王庭珪：《卢溪集》，《四库全书》，文渊阁本。

（宋）张元干：《芦川归来集》，《四库全书》，文渊阁本。

（宋）张嵲：《紫薇集》，《丛书集成初编》本。

（宋）陆游：《陆游集》，中华书局 1976 年版。

（宋）陆游著，钱仲联校注：《剑南诗稿校注》，上海古籍出版社 2005 年版。

（宋）刘克庄：《后村先生大全集》，《四部丛刊初编》本。

（宋）朱熹注：《诗集传》，凤凰出版社 2007 年版。

（南朝）刘勰著，范文澜注：《文心雕龙注》，人民文学出版社 1958 年版。

（晋）陶渊明著，逯钦立校注：《陶渊明集》，中华书局 1979 年版。

（清）彭定求等编：《全唐诗》，上海古籍出版社 1991 年版。

（唐）李白著，（清）王琦注：《李太白全集》，中华书局 1977 年版。

（唐）杜甫著，（清）仇兆鳌注：《杜诗详注》，中华书局 1979 年版。

（唐）杜甫著，（清）浦起龙解：《读杜心解》，中华书局 1961 年版。

（唐）杜甫著，（清）杨伦笺注：《杜诗镜铨》，上海古籍出版社 1980 年版。

陈伯海主编：《唐诗汇评》，浙江教育出版社 1995 年版。

（清）沈德潜：《古诗源》，中华书局 1963 年版。

高步瀛：《唐宋诗举要》，上海古籍出版社 1978 年版。

钱锺书：《宋诗选注》，人民文学出版社 1958 年版。

吴文治主编：《宋诗话全编》，凤凰出版社 1998 年版。

（宋）严羽著，郭少虞校释：《沧浪诗话校释》，人民文学出版社 1961 年版。

（宋）阮元著，周本淳校释：《诗话总龟》，人民文学出版社 1987 年版。

（宋）胡仔辑：《苕溪渔隐丛话》，人民文学出版社 1962 年版。

（宋）蔡正宽：《诗林广记》，中华书局 1982 年版。

（宋）魏庆之：《诗人玉屑》，上海古籍出版社 1987 年版。

（清）何文焕辑：《历代诗话》，中华书局 1981 年版。

（清）丁福保辑：《历代诗话续编》，中华书局 1983 年版。

（清）丁福保辑：《清诗话》，上海古籍出版社 1978 年版。

郭绍虞编选：《清诗话续编》，上海古籍出版社 1983 年版。

（明）许学夷：《诗源辨体》，人民文学出版社 1987 年版。

（清）刘熙载：《艺概》，上海古籍出版社 1978 年版。

（明）胡应麟：《诗薮》，上海古籍出版社 1979 年版。

（清）方东树：《昭昧詹言》，人民文学出版社 1998 年版。

（清）叶燮：《原诗》，人民文学出版社 1998 年版。

（清）薛雪：《一瓢诗话》，人民文学出版社 1998 年版。

（清）沈德潜：《说诗晬语》，人民文学出版社 1998 年版。

华文轩编：《古典文学研究资料汇编·杜甫卷》，中华书局 1964 年版。

四川大学中文系唐宋文学研究室编：《古典文学研究资料汇编·苏轼卷》，中华书局 1994 年版。

傅璇琮编：《古典文学研究资料汇编·黄庭坚和江西诗派资料汇编》，中华书局 1978 年版。

周义敢、周雷编：《古典文学研究资料汇编·秦观资料汇编》，中华书局 2001 年版。

孔凡礼、齐治平编：《古典文学研究资料汇编·陆游研究资料汇编》，中华书局 1962 年版。

湛之编：《古典文学研究资料汇编·杨万里范成大资料汇编》，中华书局 1964 年版。

季羡林等编：《二十世纪中国文学研究·宋代文学研究》，北京出版社 2001 年版。

钱锺书：《谈艺录》，中华书局 1984 年版。

朱光潜：《诗论》，上海古籍出版社 2001 年版。

袁行霈：《中国诗歌艺术研究》，北京大学出版社 1996 年版。

叶嘉莹：《迦陵论诗丛稿》，河北教育出版社 1997 年版。

郭绍虞主编：《中国历代著名文学家评传》，山东教育出版社 1983 年版。

陈贻焮：《杜甫评传》，上海古籍出版社 1982 年版。

冯至：《杜甫传》，人民文学出版社 1952 年版。

王立：《中国古代文学十大主题》，（台湾）文史哲出版社 1994 年版。

缪钺：《诗词散论》，上海古籍出版社 1982 年版。

邹进先师：《启蒙文学的先驱》，黑龙江人民出版社 2000 年版。

陶尔夫、刘敬圻：《说诗说稗》，黑龙江教育出版社 1997 年版。

韩经太：《心灵现实的艺术透视》，现代出版社 1990 年版。

孔凡礼：《三苏年谱》，北京古籍出版社 2004 年版。

白敦仁：《陈与义年谱》，中华书局 1983 年版。

郑永晓：《黄庭坚年谱新编》，社会科学文献出版社 1997 年版。

徐培均：《秦少游年谱长编》，中华书局 2002 年版。

夏承焘：《唐宋词人年谱·贺方回年谱》，上海古籍出版社 1978

年版。

黄宝华：《黄庭坚评传》，南京大学出版社1998年版。

王水照、朱刚：《苏轼评传》，南京大学出版社1998年版。

莫砺锋：《江西诗派研究》，齐鲁书社1986年版。

龚鹏程：《江西诗社宗派研究》，（台湾）文史哲出版社1983年版。

伍晓蔓：《江西宗派研究》，巴蜀书社2005年版。

韦海英：《江西诗派诸家考论》，北京大学出版社2005年版。

钱志熙：《黄庭坚诗学体系研究》，北京大学出版社2003年版。

萧庆伟：《北宋新旧党争与文学》，人民文学出版社2001年版。

沈松勤：《北宋文人与党争》，人民出版社1998年版。

沈松勤：《南宋文人与党争》，人民出版社2005年版。

湛芬：《张耒学术文化思想与创作》，巴蜀书社2004年版。

赵齐平：《宋诗臆说》，北京大学出版社1993年版。

吴淑钿：《陈与义研究》，（台湾）文津出版社1993年版。

范月娥：《陈师道及其诗歌研究》，（台湾）文史哲出版社1998年版。

欧阳炯：《吕本中研究》，（台湾）文史哲出版社1996年版。

汪俊：《两宋之交诗歌研究》，中国旅游出版社2001年版。

王水照等编：《首届宋代文学国际研讨会论文集》，复旦大学出版社2001年版。

莫砺锋等编：《第二届宋代文学国际研讨会论文集》，复旦大学出版社2003年版。

许总：《唐宋诗宏观结构论》，人民文学出版社2006年版。

钱建状：《南宋初期的文化重组与文学新变》，厦门大学出版社2006年版。

詹杭伦：《方回的唐宋律诗学》，中华书局2002年版。

张宏生：《宋诗通融与开拓》，上海古籍出版社2001年版。

郭鹏：《诗心与文道》，北京语言大学出版社2003年版。

程杰：《宋诗学导论》，天津人民出版社1999年版。

袁行霈主编：《中国文学史》，高等教育出版社1999年版。

章培恒、骆玉明主编：《中国文学史》，复旦大学出版社1996年版。

郭预衡主编：《中国古代文学史》，上海古籍出版社1998年版。

刘大杰：《中国文学发展史》，上海古籍出版社1982年版。

林庚：《中国文学简史》，北京大学出版社1988年版。

郑振铎：《插图本中国文学史》，人民文学出版社1957年版。

陆侃如、冯沅君：《中国诗史》，百花文艺出版社1999年版。

孙望、常武国主编：《宋代文学史》，人民文学出版社2001年版。

许总：《宋诗史》，重庆出版社1997年版。

朱东润：《中国文学批评史大纲》，上海古籍出版社2001年版。

郭绍虞：《中国文学批评史》，上海古籍出版社1979年版。

张毅：《宋代文学思想史》，中华书局1995年版。

顾易生、蒋凡、刘明今：《宋金元文学批评史》，上海古籍出版社1994年版。

周裕锴：《宋代诗学通论》，巴蜀书社1997年版。

王水照主编：《宋代文学通论》，河南大学出版社1997年版。

周振甫：《诗词例话》，中国青年出版社1962年版。

石明庆：《理学文化与南宋诗学》，中国社会科学出版社2006年版。

刘乃昌：《南宋文化和诗词发展论略》，山东大学出版社2005年版。

林岩：《北宋科举考试与文学》，上海古籍出版社2006年版。

成复旺：《神与物游》，中国人民大学出版社1989年版。

陈良运：《中国诗学体系研究》，中国社会科学出版社1992年版。

蒋寅：《古典诗学的现代诠释》，中华书局2003年版。

徐复观：《中国文学精神》，上海世纪出版集团2006年版。

张少康：《中国文学理论批评史》，北京大学出版社1999年版。

莫砺锋：《古典诗学的文化关照》，中华书局2005年版。

陈伯海：《中国诗学之现代观》，上海古籍出版社2006年版。

汪涌豪：《中国文学批评范畴及体系》，复旦大学出版社2007年版。

张邦炜：《宋代政治文化史论》，人民出版社2005年版。

宗白华：《美学散步》，上海人民出版社1981年版。

叶朗：《中国美学史大纲》，上海人民出版社1985年版。

李泽厚：《李泽厚十年集》（第一卷），安徽文艺出版社1994年版。

陈来：《宋明理学》，华东师范大学出版社2004年版。

葛兆光：《中国思想史》，复旦大学出版社2000年版。

张立文主编：《中国学术通史·宋元卷》，人民出版社2004年版。

冯友兰：《中国哲学史》，中华书局1984年版。

余英时：《士与中国文化》，上海人民出版社 1984 年版。

钱穆：《中国文化史导论》，商务印书馆 1994 年版。

［德］格罗塞：《艺术的起源》，蔡慕晖译，商务印书馆 1998 年版。

［法］丹纳：《艺术哲学》，傅雷译，人民文学出版社 1963 年版。

［德］黑格尔：《美学》，朱光潜译，商务印书馆 1986 年版。

［美］勒内·韦勒克、奥斯汀·沃伦：《文学理论》，刘象愚等译，江苏教育出版社 2005 年版。

白敦仁：《陈与义集校笺前言》，《成都大学学报》（社会科学版）1990 年第 4 期。

丁国样：《"亦江西之派而小异"——陈与义及南宋初年诗歌嬗变管窥》，《铁道师院学报》（社会科学版）1990 年第 3 期。

周腊生：《陈与义避乱鄂西北》，《十堰职业技术学院学报》2002 年第 6 期。

姚大勇：《陈与义诗歌新论》，《中国韵文学刊》2001 年第 1 期。

吴淑佃：《陈与义简论》，《许昌师专学报》（社会科学版）1993 年第 3 期。

璩银吉：《陈与义诗用韵考》，《华南理工大学学报》（社会科学版）2001 年第 1 期。

李春霞：《陈与义闲淡诗歌的审美表现》，《佳木斯大学社会科学学报》2006 年第 3 期。

左福生、颜健：《陈与义咏梅诗寓意探微》，《沙洋师范高等专科学校学报》2006 年第 6 期。

王友胜、许菊芳：《陈与义咏雨诗初探》，《湖南文理学院学报》（社会科学版）2006 年第 7 期。

李琨：《陈与义属于"江西诗派"吗?》，《辽宁大学学报》1999 年第 4 期。

高利华：《方回奉陈与义为"江西"宗师的诗学依据》，《山东师范大学学报》（人文社会科学版）2003 年第 3 期。

胡明：《关于陈与义诗歌的几个问题》，《中州学刊》1989 年第 2 期。

莫砺锋：《江西诗派的后起之秀陈与义》，《社会科学战线》1984 年第 1 期。

杨玉华：《略论陈与义诗的地位及其影响》，《楚雄师专学报》（社会科学版）1993 年第 2 期。

艾思同：《论陈与义的诗歌》，《江西社会科学》1989 年第 1 期。

胡守仁：《论陈与义诗》，《江西社会科学》1986 年第 2 期。

吴淑钿：《论陈与义诗歌的主要风格》，《铁道师院学报》（社会科学版）1992 年第 1 期。

施洪波：《论陈与义之学杜》，《浙江广播电视大学学报》2002 年第 2 期。

高利华：《论方回的江西宗派学说及其对陈与义的评价》，《社会科学战线》2004 年第 6 期。

吕改梅、高林广：《摩坡仙之垒，逼近大苏——试论陈与义对苏轼的学习与继承》，《广播电视大学学报》2007 年第 2 期。

施洪波：《小议陈与义诗歌中的"夺胎换骨"》，《浙江广播电视大学学报》2002 年第 3 期。

钟贤培：《一生襟抱与山开——宋代文学家陈与义〈雨中再赋海山楼诗〉赏析》，《岭南文史》1992 年第 3 期。

施洪波：《意足不求颜色似，前身相马九方皋——论陈与义的咏物诗》，《湖州师范学院学报》2002 年第 10 期。

沈松勤、史伟：《元初陈与义诗风的流衍与江西诗风的转变》，《南开学报》（哲学社会科学版）2007 年第 4 期。

巨川友：《简斋体论析》，《中国韵文学刊》2004 年第 2 期。

杨玉华《简斋体论略》，《楚雄师专学报》1994 年第 1 期。

于红枚：《靖康之难后移居浙江的河南籍文学家群体》，《商丘职业技术学院学报》2003 年第 5 期。

吴中胜：《诗宗已上少陵坛了吗》，《杜甫研究学刊》1996 年第 1 期。

徐兴菊：《无助词漫论》，《求索》2004 年第 2 期。

闵定庆：《陈与义无助词浅说》，《九江师专学报》1986 年第 4 期。

杨玉华：《陈与义无助词宗论》，《楚雄师专学报》1992 年第 4 期。

朱明秋：《陈与义词试论》，《贵州市教育学院学报》1994 年第 3 期。

吴中胜：《陈与义南渡期内心理探析》，《固原师专学报》1994 年第 4 期。

邓红梅：《陈与义诗风与江西诗派辨》，《学术月刊》1994 年第 8 期。

吴中胜：《陈与义心态探微》，《宁夏大学学报》1994 年第 4 期。

吴中胜：《陈与义与陶、杜心态比较》，《赣南师范学院学报》1995年第2期。

张利玲：《陈与义寓湘诗初探》，《牡丹江大学学报》2008年第4期。

宁智锋：《简论禅宗对陈与义的影响》，《理论界》2008年第1期。

张福勋：《简斋已开诚斋路》，《中国韵文学刊》1994年第1期。

张利玲：《柳宗元与陈与义寓湘诗的两个艺术世界》，《怀化学院学报》2007年第9期。

杨玉华：《论陈与义及其诗歌创作》，《菏泽师专学报》1994年第6期。

左福勋：《论陈与义南渡诗的"雄浑"》，《乐山师范学院学报》2007年第6期。

艾思同：《论陈简斋体》，《菏泽师专学报》1998年第1期。

吴中胜：《陈与义战乱诗的几个问题》，《赣南师范学院学报》1996年第4期。

后　　记

　　本书由我的博士学位论文修改而成，题目是一个平实的论题。记得当初选题的时候，导师一再强调，学位论文题目选择，不仅要有研究价值，更重要的是要在论文写作过程中，接受一次系统的学术与治学思维训练。陈与义是两宋之际最杰出的诗人，也是学界研究较多的一位宋代诗人，他是否属于江西诗派更是南宋后期以来的一桩学术公案，研究陈与义不仅要关注他个人的创作，也要关注两宋之际的诗坛和在宋诗史上有巨大影响的江西诗派，选择这样一个既涉微观和宏观又具有争议论题的初衷就是让自己接受一次系统的学术训练。

　　通过这次论文写作，我对陈与义乃至宋诗有了进一步的认识，对如何治学也有了更深的体会。论文三易其稿，每稿都留下老师红、蓝、黑各色批注，每每看到这些，都让我想起老师指导论文的情形，这些文稿也是老师给我最珍贵的礼物。刘勰在《文心雕龙·神思》中说："方其搦翰，气倍辞前，既乎篇成，半折心始。何则？意翻空而易奇，言征实而难巧。"这也是我写论文的最深刻的感受。论文在提交答辩之时，与导师的期望还有不小的差距，留下不少遗憾，但在有限的时间内，我已经尽力了。论文在答辩时，蒙各位专家的错爱，被评为哈尔滨师范大学2009年优秀博士学位论文，这是对我最大的鼓励与鞭策。

　　在本书即将付梓之时，首先要感谢恩师邹进先教授。由硕士到博士，从学恩师六年是我求学之路最重要的阶段，是恩师把我领上了治学之路。六年之中我收获的不只是学业，他敬业之勤恳，治学之严谨，对学生之情深，都令我感动和钦佩。毕业后自己亦身为人师，时时以恩师为榜样，努力想让自己在学生眼里能成为和恩师一样的人。现虽未遂愿，但自己的教学已得到学生和学校的认可，并获得了两项教学奖励，我想以此为礼物来感谢恩师，他一定会感到欣慰的。

　　其次，要感谢我的家人。在我读博期间爱人独自承担了所有家务，还帮我分担了很多工作上的事情，几年之中过得非常辛苦。在书稿修改时，正好是女儿出生的时间，母亲担负了大部分家务并帮着照料孩子，有了她们的支持，我才能安心上学与书稿的写作与修改。

再次，还要感谢在读博和书稿写作过程中给过我大力帮助的曹金钟、许隽超、刘中文、王洪军等几位学长。

最后，本书由大连市人民政府资助出版，中国社会科学出版社的任明先生在本书出版时做了大量的编辑校对工作，书稿即将付印之时，本人调入陕西学前师范学院中文系工作，本书出版也得到陕西学前师范学院中文系和科研处等领导的支持，在此一并致谢！